U0119196

黃凡小說精選集

◉黃凡／著

聯合文叢 137

目次

◆序文◆

我打了個盹
那便過了一生

黃凡

賴索

螢幕上出現韓先生疲倦、威嚴的臉孔，時間是六十七年六月廿四日，這一天對混亂如常的世局並不重要，也未曾賦予這個世界任何新的意義。但是對於端坐電視機前，表情複雜，時而憤怒、時而沮喪、時而沉思的賴索而言，正是一連串錯亂、迷失、在時間中橫衝直撞的開始。

這要怎麼說呢？

一陣激動過後——他進入臥室，一邊哭泣，一邊抓自己的頭髮。他太太站在上了鎖的門口，叫他的名字，沒有反應，便回頭繼續她的清洗工作，她喜歡拿水龍頭沖洗看得到的一切東西——賴索發現自己竟躺在六十八年夏季，位於高速公路邊的公寓床上，光著上身，身邊臀部肥大，側身而睡的賴太太，發出茶壺一般的鼾聲。他乃披衣而起，站在陽台上，面對滿天繁星，夢幻的過去和不可知的未來。直到東方的第一線曙光，將他半禿的額頭，像雞蛋般顯現出來，他才又回到六十七年的銀幕前；他生命的一個起點、一個終點、一個休息站。

1

從監獄裡出來一個星期後，賴索已經三十歲了。身上穿一套舊灰呢西裝，骨瘦如柴（患了慢性胃病），眼角堆滿了皺紋，眼睛老是望向自己腳尖，爲的是迴避任何人的眼光，站在他大哥——果醬製造商的辦公桌前。

「什麼事我都能做，我不會惹任何麻煩的。」

「沒有關係，阿索，我是你大哥。」

他並未接觸到他大哥同情關愛的眼光，這種眼光足以把他像老鼠一樣嚇跑。就理論上說，他實在只是一隻老鼠而已，他打其他囚犯的小報告，爲的是使自己更像一隻老鼠。廿一歲時，他在軍事審判官面前，曾經表演了一次男子氣概。他慷慨激昂、唸唸有辭、乃至聲淚俱下。結果並不理想，因爲他只是個無關緊要的小人物。他在大學門口散發油印的傳單，結結巴巴地唸著傳單上的句子，他的怪模怪樣，吸引了來往學生的注意，他們甚至笑了起來。在笑聲中韓先生和幾個重要部屬正踏上日本國土，幾天後在銀座僻靜街上租了一棟樓房。一切就緒，韓先生便開始爲他日後四個混血小孩儲存大量精子，和在六十七年這一天，於電視上爲他重歸祖國懷抱的演講稿蒐尋資料。

韓先生是他最後一個崇拜的人，後來他就學會了不崇拜任何活著的人。因爲每一個人都會死，他這樣想，偉人也會死，笨蛋也會死，我也會死。任何人死的時候，樣子都不會好看。杜子毅死前，甚至放了個響屁，他的臉孔先脹成豬肝色，慢慢越腫越大，然後就放了個莫名其妙的屁。杜滿腦子的共產主義，認爲馬克思是介於神與人之間的一種物質。所以他就對沒有受過教育的人說：「分富人的錢。」對知識分子說：「階級鬥爭是社會進步的動力。」對自己說：「不要後悔。」但是杜的家屬探監送來的食品，他從不與人分享。杜是個胖子，圓圓的臉，一副他自己嘴裡的小資產階級模樣。杜臨終時，拉過他的室友，他受苦受難的見證人，說了這樣的話：「永遠不要相信別人。」

賴索記住了這句話。這時候，他躺在床上。回想著往事，韓先生、胖子、日本人、表情嚴肅的審判官，跟著他又低泣起來。

「不要吵你爸爸。」他聽到他太太在房門口對十二歲的女兒說。

「他睡覺怎麼發出這種怪聲？」

「他身體不舒服。」

一會兒後，他從床上爬下來，進入浴室梳洗一番。浴室裡一向整理得非常乾淨，被水沖得閃閃發亮的馬賽克瓷磚，映出了一張張扭曲的臉（他對著牆壁搖頭晃腦），這些臉龐隨著移動的瓷磚表面變幻莫測，一下子齜牙咧嘴，一下子吊起眉毛、拉長下巴，一下子鼻孔朝天，露出核桃般的喉結。「我一定又瘦了。」他嘆了一口氣。便站在浴缸邊的磅上秤了一下。磅上的指針跳到了「四十六」這個數字便靜止不動。這還是上個月的紀錄呢。但是上個月他一件衣服都沒穿，他赤裸著身體，蹲在磅上，一面哼著歌（孤夜無伴守燈下，冷風對面吹），哼到一半，他太太敲著門，「阿索，你在裡面幹嗎？」他猛然把門打開，他太太尖叫起來，左右看了一眼，罵道：「你要死了！」所以他現在褪下了褲子，蹲在磅上，指針勉勉強強往後移動了一點。跟著他從磅上跳下來，光著屁股坐到馬桶上，馬桶蓋子沾滿了水，他因此顫抖了一下，這陣寒意沿著脊髓一直鑽到大腦深處。立刻他又回到了五十二年，他結婚的那一天。

2

新娘臉上塗了一層厚厚的粉，頭髮燙成一圈一圈。大大的臀部說明了日後將替新郎生養衆多。當天喜宴進行得很順利，客廳上的大金囍字增添了不少氣氛，新娘遠從鄉下來的父母，嘴裡嚼著檳榔的兄弟，爲了禮貌起見，將檳榔汁吐在衛生紙上，扔得滿地都是。阿索大哥興奮極了，抓著酒杯從這一桌敬到那一桌，喝得滿臉通紅。在這當兒，他忽然當衆宣佈，要將他的果醬工廠股份分一些給他弟弟，親友們都鼓起掌來，他說的可不是醉話，因爲酒席總共也只有兩桌，從這一桌到那一桌，還空下兩個座位，預備給一對有地位的親戚，由於某種緣故而未能出席。

客人走光之後，賴索就急急地鑽進被窩裡，三把兩把地脫掉賴索太太的所有衣服。他太專心在這件事上，竟忘了熄掉桌上貼著喜字的小枱燈。因此新娘在扭動之餘，一面東張西望。

「啊！」她嚷了起來，「這房間眞漂亮。」

「妳不要亂動，」賴索說，「不然這個扣子就永遠解不開。」

除了解扣子外，他還會穿針、縫衣服、做體操，這些都是監獄裡學來的。婚後十五年的這天早晨，他忽然彎下腰，想用手指觸摸腳踝，花了很大力氣，可惜指頭在膝下廿公分處就再也不聽使喚。這時候，他只穿了一條短褲，露出細細小小的腿，膝頭像腫了一塊硬瘤，賴索太太不解地望著他。

「我年輕的時候，手可以摸到這裡，」他蹲下來，拍著地板，「整個手掌，膝蓋彎都不彎一下。」

「那有什麼用？」他太太說

沒有用就算了！這時候，他正呆呆地站在果醬廠的過濾機前。壓力表的指針直往上升，底下的馬達發出嘎嘎的聲音。糖液從管子的一端穿進像個巨型炸彈的過濾機，再從另一端出來，然後爭先恐後地流進吊在半空中的濃縮罐，從罐子裡出來後，糖液就再也不是糖液，而是一堆亮亮的糊狀物。整個過程有點類似上帝造人的工程。也許有人會這麼說，胎兒在子宮裡乃是經由血液濃縮而成的。

但是，賴索的母親可不這麼認爲。他才七個月大就迫不及待地從他母親的肚子裡鑽出來，對著還沒有準備好迎接他的世界哇哇地叫了幾聲。他母親臉色蒼白的躺在一邊，父親則穿著一件軍用內衣，不停地搓著雙手，滿頭汗水，一滴汗忽然掉在嬰兒的鼻尖，這是人類最早認識下雨的紀錄，此外，床邊還圍著一些人。

「怎麼辦？怎麼辦？」賴索爹喃喃地說。

「唉呀！他的皮膚怎麼是青色的？」說話的是他二姨媽，日後有一個在美軍顧問團做事的兒子，並且在賴索婚宴上，因故缺席。

「我的兒子呢？」他媽閉著眼睛說，「給我抱抱。」

「還不能抱，」助產士說，「要用藥水棉布包住他，否則會變形。」

大概是泡了藥水的緣故，後來他就越長越醜，而且到十六歲才進入青春期。不過青春期並沒有帶給他多大的煩惱。他是班上最矮小的一個，坐在離講桌只有一公尺的凳子上。日本教師不時地用手偷偷抓著下襠，他患了濕疹這一類的皮膚病，認為別人都看不到，他可錯了。

「支那！」日本人說，「統統跟我唸一遍。」

「機那。」賴索說。

「知不知道，你們不是支那人，你們是台灣人。」

「可是老師，」一個本地生問，「我祖父說我們都是跟著鄭成功從支那來的。」

「八個野鹿！」日本人罵道。口沫飛到賴索臉上，他舉起手來擦臉，發現臉上長了一顆顆的青春痘。

當這些青春痘開始膨脹，有幾顆甚至化了膿時，他正走在大稻埕的街上，一面走一面用指甲去擠，弄得臉上紅一片白一片，擠到第五顆時，同伴小林用肩膀撞撞他。

「快看！」小林壓低聲音說，「那不是田中一郎嗎？」

「那個田中一郎？」

「二年前教我們歷史的日本人。」

街道兩邊鋪滿了一張張的草蓆，和跪在蓆子上低著頭的日本人。草蓆上亂七八糟的擺了一些東西；假珠寶、扇子、軍用長筒靴、穿和服的日本娃娃。這當兒，賴索剛滿十八歲，日本人在不久前投降，本地人起先不知道怎麼辦才好。賴索替日本人工作的父親，過了幾個月才定下神來。便在中央市場附近租了間房子，做起水果生意來。水果是一種好吃但是麻煩的植物。賴索白天推著一輛小板車，沿著淡水河邊建立了幾個據點。由於他的聲音實在缺乏吸引力，他總是坐在車頭座墊上，兩隻腳伸進水果籃裡，光光的腳板不在意地摩擦著一個個人頭大的西瓜，晚間則讓這兩隻腳套上咯喇咯喇的木屐，在四處的街上閒逛。

「阿里卡多，阿里卡多……。」這些日本人頻頻鞠著躬，額頭幾乎碰到地上。

「我們也去給田中阿里卡多一下，看他還認不認得？」

賴索想了一下。

「不好，這樣不好。」

「爲什麼？」

賴索又想了一下。

但是好像有什麼力量不讓他繼續想，並且使勁地將他往後拉，五年、十年、廿年……。

「賴先生，機器有毛病嗎？」

「賴先生，機器有毛病嗎？」廠裡的工人又問了一句。

「你說什麼？哦，壓力好像高了一點。」

「這次雜質太多，不好濾，你聽聽馬達的聲音。」

不僅僅是馬達，還有攪拌器、幫浦、蒸氣閥，這些聲音匯成一股洪流。

賴索豎起耳朵聽著。

3

他彷彿還聽到一些其他的聲音，他的兩片楓葉似的耳朵完全暴露在喧囂不已的街聲之中，巴士、大卡車、計程車、摩托車，加上偶爾拉長警笛飛馳而過的救護車，紛紛敲擊在賴索的耳膜上，並且企圖往更深處鑽，然而在中途就被某種東西擋住了——一塊類似隔音板的骨頭，上面還刻了幾個字：賴索、台北市人一九七八年六月、時空穿越者。

這時候，他正坐在回家的客運上。司機對待他的車子有如玩具一般，同時把車內收音機開到最大聲，音箱就在他的頭上。在綠色塑膠椅上瑟縮成一團的賴索，身旁坐上來一位碩大的中年女人，滿臉橫肉，兩個乳房像瀑布似的傾瀉而下，身上飄散著廉價化妝品的刺鼻氣味（他太太習慣用蜜斯佛陀，他一嗅就嗅出來），前座的椅背上有人用眉筆歪歪斜斜的寫了幾個字：寂寞嗎？請電八七一三〇四二、李美華。賴索在心裡偷偷笑了一下。

車子在市公所前停了一下，賴索隨著景物倒退的眼光也停了下來。幾秒鐘後，景物又開始倒退，行人、灰白的樹木、髒兮兮的房子、長長的廣告牌，像被一張巨大無比的嘴巴吞噬進去。經過一座陸橋時，賴索將眼睛閉了一會兒，張開時，他正站在泛亞雜誌社的接待室裡，對著一面大穿衣鏡，鏡子裡出現一個矮小的傢伙，眼露茫然之色。房門忽然打開，一個職員探進頭來。

「韓先生要你去會議室一趟。」

「幹什麼？我拿了今天的工錢就走。」

「叫你去就去。」

「說好我按日領錢。」

「少廢話！」

除了韓先生和領他進來的職員外，他一個也不認識。韓先生看到他，咧開嘴笑了一下，他趕緊低下頭，不好意思地瞧著自己骯髒的腳板。在登上乾淨的榻榻米時，職員嫌惡地搖了搖頭，說了一句：沒有關係，你上來好了。

「賴索！」韓先生走過來拍拍他的肩膀，「這是陳先生、林先生，你坐下好了；這位是黃先生……。」

「你在這裡上班多久了？」

「四個月。」

「這以前做什麼？」

「淡水河邊賣水果。」

「怎麼不賣了？」韓先生同時回過頭，對著幾個盤膝坐在榻榻米上的紳士們說了一句，「可眞是百業蕭條。」

「我做不來，」賴索回答說，「我偶爾會找錯錢，而且嗓門也小。」

「這樣好了，你受過教育對吧！想不想做正式職員？」

紳士們抬起頭看了他一眼，其中一位向另一位悄悄說了聲：「老實人。」

賴索聽到了。

老實人，那是什麼意思？卅年後賴索在客運車上，專心傾聽這些聲音。車子現在經過一段正在鋪設水管的路面，木架、混凝土水管、挖土機堆在路的兩旁，市公所前前後後在這條路上也不知挖過多少次、補過多少次，不過這些可跟他扯不上一點關係，再說每個人也都應該找點事來做做，至少也該讓自己忙碌一點。那個大胸脯女人在使勁地拉著下車鈴，整個下半身重重壓在他的肩膀上，賴索不得不抬起頭來，露出一臉的憎恨。鈴聲好像響了很久，女人方才坐下，一陣陰影掠過賴索的眼睛，他趕緊把臉孔朝向窗外。車子現在駛上灰濛濛平滑、單調的公路，車窗外景物不斷的倒退，繼續投向身後的血盆大口，賴索乃繼續他的無邊無際的冥想。

「正式職員是幹什麼的？」他聽到自己在內心問了一句。

「工作比較輕鬆，每個月還可多拿一百元。」

「爲什麼？」他又問了自己一句。

「你把這個看一下，」韓先生遞給他薄薄一份印刷品，「在最後一欄簽上你的名字，明天帶印章來蓋一下。」

賴索讀著上面的句子。

「吾願加入台灣民主進步同盟會，在韓志遠先生的領導下，爲吾省同胞盡心戮力……如違此誓，天地不容。」

4

賴索自己問得累了，便下了車，往回家的方向走。在半路上走進一家麵包店，買了一大包花生，三支棒棒糖。花生他可以晚上坐在陽台上吃。棒棒糖三個小孩一人一支。這是巧克力，店員說，這是奶油，這是檸檬，這是奶油五香花生，先生還要什麼？不！不要了。那麼賴索太太呢？她好像不需要任何東西，她什麼都有了，什麼都沒有。賴索一時搞糊塗了，一個人怎麼能有他太太那樣的精力，她好像隨時隨地準備爆炸，隨便就拿起水龍頭沖洗一切。她要求家裡每一個人每天換乾淨衣服，不厭其煩地掏他們口袋，「什麼髒東西都有，」她說，「如果我不注意，說不定那一天摸出一隻老鼠來。」說完，把賴索的手帕往洗衣機一扔，她扔得很準，襪子、領帶、毛巾，孩子們上學戴的黃色小帽，賴索搖搖頭，一邊踏在潮濕的地板上，滑進了客廳。

這樣的太太，賴索心裡想，雖說如此，至少還可以忍受，甚至夜裡的那件事，他都可以忍受。

睡到一半，她會突然翻過她胖胖的身軀一下壓在他身上，事先一點警告都沒有。賴索不得不使盡吃奶力氣，從一個噩夢中掙脫開來，他一邊掙扎，一邊發出咿咿喔喔的怪聲。

「阿索，我又翻到你身上了。」他太太滿懷歉意的說。

「沒有關係的。」剛結婚的幾個月他都這樣回答。

「我有沒有壓痛你？」

「有一點，」他說，「每回我都做噩夢。」

「什麼夢？」

「奇奇怪怪的。」

這時候，賴索正坐在囚室的地板上，面對牆哭著，陰陰冷冷的陽光從他頭頂的小鐵窗子射進來，停在杜胖子晃來晃去的光腳板上，他不時用手抓抓腳趾頭，一面瞇著一雙眼睛興趣盎然的瞧著哭泣的賴索。賴索才接到他母親的死訊，她每個月來探監一次，總帶些吃的，和帶回去一雙哭腫的眼睛。賴索隔著會客室的鐵絲網，聽到這個消息，禁不住哀號起來，他緊握拳頭，搥著鐵絲網，像一隻絕望了的老鼠，直到獄卒將他拉開，他大哥在另一邊斯文的哭著。賴索踉踉蹌蹌的跌進囚室。杜胖子一把抓著賴索手中裝食物的小盒子，幾分鐘之後，他的胃裡塞滿了食物，心情頗爲愉快，打算說些安慰的話。

「省點力氣吧！」胖子說，「你還有六年四個月好哭呢。」

賴索猛然站起來，轉過身瞪著他，肩膀還一聳一聳的。

「你說什麼？」

「我說省點力氣吧，哭有什麼用。」

「幹依娘！」

下一分鐘，賴索和胖子就在地板上扭打成一團。再過半分鐘，胖子的龐大身軀一下壓在他身上。賴索奮力掙扎著。咿咿喔喔的亂踢亂叫，口沫橫飛，濺得胖子滿臉都是。

「你再鬼叫看看，我就掐死你。」

胖子發了狠，他才安靜下來。

「我有時候，夢見我媽。」賴索對躺在身邊的太太說。

5

已經很晚了，賴索還坐在陽台上剝花生，他將兩隻腳擱在欄杆上，興致總算不錯。時值初夏，天邊星光耀眼，高速公路上亮起了一排排的車燈。著BVD背心、身負解答人生之謎的賴索，眼神忽而溫柔、忽而凌厲、忽而迷惘，兩手則忙著剝弄花生，他以拇指和食指夾起花生，指尖微一用力，花生就「咔！」的叫了一聲，從肚子中央爆開來，露出一粒粒肥肥白白的種子，賴索隨後將花生殼彈到樓下的馬路上，由於起了一點風，花生殼吹得滿街都是。

「喝一點酒有什麼關係？」賴索爹說。

「你會腦充血、風濕、胃潰瘍還有其他什麼病的。」賴索媽說。

賴索放下欄杆上的兩隻腳，換了個姿勢，繼續聽著死人爭吵的聲音。

「我心情不好。」

「那又怎麼樣。」

賴索爹工作得很辛苦，他不認得幾個字，身體也不夠硬朗，卻要養活一家人。白天在一家供應日本軍部的麥芽糖工廠，賴索爹光著上身，跳到一個個大鐵皮罐子上，罐子裡裝滿了糯米粉和大量的水，他使勁地轉動一根像船槳般的木棒，身上的汗水下雨一樣落在罐子裡，半個鐘頭後，放入一桶青麥芽，煤炭繼續燃燒。賴索爹再跳到另一個罐子上，那是昨夜已經液化完全的糖液，繼續攪動木棒，直到糖液冒出了蒸氣，賴索爹才跳下來，他一天要跳上跳下幾十次，兩腿因此變得粗壯壯的，身上卻依然長不出什麼肉。

「阿允馬上就可以幫忙賺點錢，」賴索媽拿開他的酒瓶，「阿索比較聰明，讓他唸書好了。」

「唸書有什麼用？」賴索爹回了一句。

「你就是吃了不識字的虧。」

「媽，妳總是要我唸書，」坐在陽台上的賴索忍不住插嘴，「也許爸說得對。」

「我吃過什麼虧？」賴索爹生了氣，「沒有錢就不受人尊重，就該死。」

「我嫁給你之後，就沒有過一天好日子。」賴索媽也生了氣，「你就會喝酒，把什麼好機會都喝掉了。」

「阿泉跟你說的，」阿泉是他們家的一門遠親，他找賴索爹上台北做生意，「他賺到錢沒有？」

「現在沒有，將來可說不定。」

「將來再說。」

賴索爹該看看阿泉今天的樣子，他穿二萬元一套的西裝，開賓士車，染成黑油油的頭髮，六十幾歲了，一雙老色眼，還在猛瞧夜總會裡穿熱褲女侍的小屁股。

「將來，阿索一定比你有出息。」

「那是他的事。」

賴索爹終於讓了步，同意他的兒子在公立學校唸點書，甚至給他買了雙上學穿的布鞋，這可花了不少錢，賴索在下雨的時候，赤著腳，鞋子提在手上。

「不要想我替你買什麼，」賴索爹威脅著說，「書唸不好，回來我就揍你。」

「你這樣嚇孩子幹嗎？」

「我辛苦工作，拚了老命賺錢。」

盡說這些又有什麼用。到後來弄得賴索也生了氣，便從椅子上站起，把剩下的花生一股腦扔到馬路上，走進客廳，孩子們正圍在電視機前。

「早就作完了，爸。」

「你媽呢？」

「睡覺了！」

賴索輕輕把門關上，他不打算吵醒她，他今天已經夠累了，而且明天還有點事，哦，明天他要請一天假，他表哥病了，住在徐氏醫院裡，表嫂打電話來說表哥老想溜出去（他外面有女人，幾天沒有他的消息一定擔心死了），表嫂因此想了個辦法，藏起他的皮鞋，如果他眞敢穿著睡衣拖鞋在大街上走，她只好認輸，還有什麼辦法？賴索在電話的另一邊不置可否的搖了搖頭，他管別人這些事幹嘛？何況他還有更重要的事呢，啊！他要去見韓先生，從電視新聞裡出現他的臉孔起已經過了卅六個鐘頭，對他而言，這段時間等於別人過的幾十年，因此，他必須弄清楚，到底要弄清楚什麼呢？誰也說不上來，這麼久了，他自已有了三個小孩，韓先生呢，他都快七十了，這個年紀，有些人已經滿嘴的假牙。聽過關於假牙的笑話嗎？也許我只是要握握他的手，說：「韓先生，好久不見了。」

「阿索，你怎麼一個人在陽台上坐了半天？」

他太太可沒有睡著，她穿著粉紅色黛安芬內衣，渾身香噴噴的，她用這種作法，加上一些小手段，讓她替他養了三個孩子，另外還買了兩棟法院拍賣的樓房。她的鄉下親戚上來時，她帶他們上台北聽歌，在飯店裡用餐，鄉下人被大城市的氣派給嚇住了，他們張大著嘴巴，半晌說不出話來。賴索太太這時可就興奮極了，她的聲音出奇地溫柔，一邊用眼角瞟著一臉無奈的賴索。當天晚上，賴索太太熱情得離了譜，她都快四十了，滿滿一肚子的脂肪，還像個小女孩一樣，她一面笑一面叫，把將近六十公斤的身軀，壓在透不過氣的賴索身上。

「我在吃花生。」

「花生容易上火，」她說，「這幾天你怎麼怪怪的？」

「我在想一些事，」賴索躺下來說，「對了，明天我不去工廠，我去醫院看阿宗表哥。」

「去看他幹嘛，一點小病驚動這麼多人，哼——他是什麼東西，」她不喜歡賴索家人，「我可不去，明天還有一大堆衣服要洗。」

「好吧，」賴索鬆了一口氣，「我想早點睡。」

但是，他太太可不想這麼輕易放過他，她把整個身子貼過來，賴索因此聞到她身上濃濃、熱呼呼的香味。

「你記不記得我們剛認識的時候。」

「嗯。」

「你說我長得很有人緣。」

「嗯。」

「你第一次親我嘴，還要我把眼睛閉起來，記得嗎？」

「嗯，」賴索說，「嗯，嗯嗯……。」

6

開往台北的客運車，這時候在橋中央停了下來，橋底下是那條好似未曾乾淨過的淡水河，橋頭則停了一部黑白相間的警車。身穿假日西裝的賴索，一臉受苦的表情，擠在上班的乘客中間。「要下車的擠到前面來，其他人不要擋在門口，」車掌恨恨的說，「你這個人怎麼老是站在這裡？」賴索直到車子經過世紀飯店前面才回答了一句，「我，我要下車。」

他果然下了車，並且在馬路邊買了一籃蘋果。這些蘋果好像剛從冰庫裡拿出來，都帶著暗紫色，不過病人大概不會計較這些，阿宗表哥會說，人來就好，還帶什麼水果。表哥都六十歲了，依然滿面紅光，每天清晨五六點就起身到北投泡溫泉，然後步行到山下的情婦家吃早點。回到家裡，表嫂已經在廚房裡忙得團團轉，阿宗表哥便躡手躡腳的走到他太太背後，照她屁股就是一掌。表嫂叫了起來，表哥就說，「今天吃什麼好菜？」一臉無辜的樣子。

一會兒後，賴索把蘋果籃子放在電話亭裡的地板上，隔著馬路，對面就是七層樓的徐氏綜合醫院。但是這個時候，醫院門口一點動靜都沒有，病人不是還在睡覺，就是全死光了。

賴索沒有空去研究諸如此類的問題：醫生幾點上班？病人什麼時候起床？起床後是不是馬上就有早點吃？他打開那本有三公分厚的電話簿，一根指頭在上面畫來畫去。

「請問你那裡是不是電視台？」

「你說對了。」一個女孩打著呵欠說。

「請問你們今天是不是要訪問韓先生，報上說的。」

「你打錯了，我這裡是餐廳部，你該打去問詢問台。」

「可是妳一定知道韓志遠先生要去貴台？」

「哪個韓志遠？是綜藝節目，還是連續劇的，」女孩開始不耐煩起來，「這裡的歌星、影星我全認識，你那個韓志遠是幹什麼的？你不知道詢問台的號碼是不是？」

「他，他剛從日本回來。」

「怪了，剛從日本回來的只有鄧麗君，我告訴你詢問台的號碼好了。」

「謝謝！」賴索投下一元硬幣，撥了這個號碼。

「詢問台你好。」賴索搶著說。

「詢問台你好。」詢問台的小姐說。

「請問妳韓志遠韓先生今晚是不是要在貴台接受訪問？」

「是啊，晚上八點的『時人專訪』，你沒有訂電視週刊吧。」

「沒有，」賴索說，「不過我很想訂一本。」

「你可以撥這個號碼……，」小姐說，「告訴他們說是電視台的馬小姐介紹的，不要忘了，這樣你就不會錯過『時人專訪』這種節目。還有什麼事沒有？」

這倒好，小姐做起他的生意來了。手持話筒背抵電話亭活動門的賴索，曖昧地笑了起來。對付推銷員（報紙、雜誌、醬油、化妝品……），賴索有的是辦法。他都耐心地聽完他們長篇大論的吹噓（他的臉上甚至露出一副完全被說服的表情），然後冷冷地作了結論，「你說得很有道理，不過我家裡已經訂了，我們已經有了，我一直都用這個牌子。」

「謝謝妳，」賴索最後說，「我會打那個電話，說是電視台的馬小姐介紹的，有沒有優待？」

7

賴索離開了電話亭，現在街那邊的醫院開始顯出了生氣。醫院大門走出來幾個人，四周張望了一下，一輛計程車在門口停住，下來了兩個人，今天的第一號病人，隔著熙熙攘攘的馬路，賴索看不出兩個人當中到底哪一個生了病。張望的那幾個人鑽進了這部車子，司機朝後瞄了一眼，車子便一溜煙的駛開。賴索在馬路邊站了一會兒，找不到橫過街的空隙，於是回到人行道上，走向四、五十公尺外的紅綠燈。人行道上種了成排鐵欄杆圍著的相思樹，樹下站了一個台北市政府的鳥型垃圾桶，肚子上寫了幾個字——我愛吃果皮紙屑。賴索掏著口袋，找不到可以塞進鳥嘴的東西。我愛吃果皮紙屑，賴索在心裡唸著，我們都愛吃果皮紙屑。

紅燈一下子換成綠燈，賴索匆匆越過馬路，再登上紅磚人行道。他的硬膠底皮鞋正適合台北的馬路。台北的馬路——市政府的一個官員，在被問到這個問題時，曾經提出了一個辦法：用原子彈把所有的建築物轟平，再重新規畫。這是一個笑話！不過話又說回來，賴索的硬膠底皮鞋在清晨的陽光下閃閃發光，而皮鞋的顏色也正適合他的假日西裝和人行道上的紅磚。

他可繞了一個大彎才到達醫院。

醫院服務台戴眼鏡護士一臉剛睡醒的樣子，瞧著賴索放在櫃台上的蘋果說：

「二〇一號病房，你是他的什麼人？」

「表弟。」

「你這雙皮鞋還不錯，」護士伸出頭來說，「可惜太小了。」

「我的皮鞋太小？」

她聳聳肩膀。

「妳要不要吃個蘋果？」

「謝了，」護士說，「我已經吃過飯，你從右手邊這個樓梯上去。」

他在病房門口就聽到阿宗表哥的聲音，那是個混合著哀求、威脅、詛咒、壓抑住憤怒的聲音。

「好吧！我究竟什麼時候出院？」表哥說。

「醫生說你什麼時候出院就出院。」表嫂回答。

「醫生，哼！」

賴索推開門，他的出現，果然中止了他們的爭吵。底下發生的事情，坐在電視公司附近一家西餐廳，等著侍者端來食物的賴索，可記得一清二楚。這當兒，他正把臉孔湊向茶褐色的玻璃窗，外面的世界不知道變得怎麼樣了？窗外一片陰陰沉沉，行人、汽車，像一個個飄浮的幽靈，那麼，他推門進來時，背後的那個太陽呢？也許死了。賴索把臉孔移開（一個路人，瞧了玻璃窗一眼，他一定看不見裡面的情景，所以就對著賴索整理起頭髮來了），他實在受不了那個傢伙的蠢相。要是玻璃改成藍色或者綠色，該有多好！你忽然就站在一望無際的高爾夫球場裡，把一個綠色的球擊飛起來，掉進一個綠色的坑，然後你張大你綠色的眼睛，抬起你綠色的腿……。

「阿索，你來得正好，」阿宗表哥興奮極了，赤著腳在藍色的地毯上來來回回跑了兩圈，他穿了一套絲質睡衣，臉孔脹得通紅，凸出的小腹和下巴上的贅肉因此顫動不已。

「你說說看，到底誰病了，」他上氣不接下氣的說，「你說說看。」

沒有病，那你在醫院幹嘛？坐在餐廳裡的賴索開心的笑了。

「阿索，你表哥不但病沒好，還影響到腦神經，」表嫂指指腦袋，「你看他這個瘋樣子。」

他們爭吵個沒完，賴索可站累了，便坐在沙發上，把帶來的蘋果放在一邊。

「吃蘋果罷，表嫂、表哥。」

「好啊，阿索，拿個蘋果把他嘴巴塞住。」

「你這是什麼意思？」阿宗表哥氣得坐在床上，「不但不准我穿鞋子、打電話，還要把我嘴巴塞住。」

「看他那個著急的樣子。」表嫂也坐下來。賴索同情地看著他們。他很想說點什麼，不過他現在可沒這個心情，眞的沒有。他有重要的事情要做，他等一下要去這家餐廳用飯，並且能坐多久就坐多久。

已經過了午餐時間，賴索還坐在那裡，他希望找點事情做做。也許打個電話回去，但是他太太會問東問西的，她想知道台北現在變成什麼樣子了（上個禮拜她才來過），那些騷女人穿什麼衣服？超級市場是不是打八折？是的話，順便帶些什麼回來。帶什麼呢？隨便什麼好了。這就要傷賴索的腦筋了，他不能傷腦筋，至少現在，今天，他不能冒這個險。他要去見韓先生，他要準備一番，他要容光煥發、侃侃而談，要不然他穿這一套漂亮衣服幹嘛？

談到衣服，賴索結婚時，都沒現在穿得漂亮。他們賴家人一向不注重打扮。「吃飽最重要，」賴索爹常常這樣教訓他們，「有錢不要買這個買那個，等到逃難的時候，衣服能吃嗎？」賴索爹好像這輩子都在逃難，他被美國飛機炸怕了。他活到七十二歲，因爲心肌衰竭死在榮民醫院的特等病房裡，死前病房裡寂靜無聲，只有窗型冷氣機發出輕微的嗡嗡聲，連這時醫院上空掠過的波音七四七巨型客機的巨大吼聲都聽不到。

8

也許他眞的睡著了，那個飽經憂患、被糟蹋了的頭顱，正垂靠在塑膠軟皮的沙發上，在西餐廳柔和、曖昧、虛假的燈光下，彷彿生氣全無。凹陷的兩頰，覆在額頭上的幾根灰髮

（禿頂黯淡無光）、鬆弛的皺紋、蒼白乾燥的嘴唇。這就是眞正的賴索，內在力量消失殆盡的賴索，身為榮光、進步、合作、天之驕子、人類一分子，醒著、睡著、悲傷、快樂（他笑起來，像個羞怯的小女孩），深受七情六慾所苦的賴索。

然後，他就在一陣麥克風的聲浪中睜開了眼睛。

「各位先生、各位女士，我們今晚的節目馬上要開始了。」

賴索驚訝地發現到，身邊幾張桌子上都坐了人，節目六點鐘開始。老天！他眞的在這裡坐了一個下午，整整一個下午，卻什麼事情都沒有做，只是坐在這裡，他就要跟韓先生會面了，這個歷史性的一刻，卻什麼都沒準備好，他至少該講一些話的，就像韓先生在飛機場說的那些話，簡短、得體、感情充沛，他一定上機前就打好了腹稿，在太平洋上空修潤一番，最後艙門打開的一剎那，調整一下領帶、清一清喉嚨。

「先生，您需要喝點什麼？」侍者說。

「隨便什麼，咖啡好了。」

雖然時間短促，但是就在對街的電視台，穿過地下道只要五分鐘，所以他只需在十分鐘前付帳，花五分鐘在洗手間，那麼他時間儘夠了。他不需要準備多長的演講稿，韓先生會記得他的，甚至會興奮地抓著他的手，滿面淚痕的告訴賴索，他對不起他們，他要在有生之年為這件事懺悔。好了，他既然這麼說，賴索還能怎樣？只好自認倒楣罷了，而且他也習慣了。

「Ladies and gentlemen, I want to sing a song for you.」

燈光集中在一個長頭髮的年輕人，扁扁的鼻子，黃黃的臉孔。年輕人抱著吉他叮叮咚咚的唱起來。他唱的是一首英文歌，瞇著眼睛，表情豐富，他唱得專心極了，末了弄得自己如醉如癡的。

「Thank you, thank you, once more？ok, ok！」年輕人說。

賴索再也坐不下去了。這些人，這些時髦、優雅、有錢、無事可做的傢伙。賴索被充塞耳際的笑語、歌聲、裝模作樣的手勢，逼得站了起來，匆匆付了帳。他推開餐廳的旋轉門，走進黃昏中筆直寬暢的仁愛路，重新感受到夕陽餘暉所散佈的那種神秘生命力。

這種力量使他坐在人行道的長椅上，面對巍然聳立的電視台，發了一陣呆。

「我究竟想幹些什麼？」

在這一刻，賴索禁不住有些後悔起來，也許不該老遠跑這一趟的。他太太現在一定收拾好餐桌，乖乖的坐在電視機前，孩子們則圍繞在一旁，正中央空著的沙發，那是賴索的座位，他是一家之主，三個孩子的父親，他就坐在那裡，兩腳擱在茶几上，爲螢幕上的滑稽節目，發出低啞的笑聲，太太跟著笑了，孩子們也笑了，這就是賴索家的生活照，賴索家的晚間娛樂。

他實在不應該老遠跑到這裡來，他應該坐在電視機前，泡杯茶，拿著蘇打餅乾吃，然後伸一伸懶腰，走進臥室，脫下衣服，在黑暗中爬上床，在傷感、慶幸，或者無所謂中結束這一天。

9

天色漸漸暗了下來，路兩邊的水銀燈，像點燃一長串無聲的鞭炮，整條街一下就明亮起來，賴索的眼光，隨著一閃一閃的車燈，一直瞧到街的盡頭。時間不多了！他必須趕緊思考。他收回視線，集中到對街燈火輝煌的電視大樓。那麼，他究竟想到哪裡了——他的童年、青春期、婚姻，然後就是莫名其妙的中年。他這一生，說一句洩氣話：「交了白卷！」他丟了賴家的臉。賴允大哥現在很有錢了。他照顧這個唸了書的弟弟，替他成了親，給他工廠股份。賴索爹過世的前一天，還哀傷的瞧著他們，說：「阿允，要看顧你弟弟。」賴允大哥都五十幾了，大腹便便，笑起來，眼睛瞇成一條線。這當兒，他淚流滿面，鼻頭都哭紅了。

「爸，你會好起來的，」賴索握住他爹寬厚、滿是斑點的手掌，指甲泛了灰色，「下個月我們陪你去東南亞逛一逛。」

「恐怕不行了，」賴索爹說，「阿索，你過來……」

他比較疼大兒子，賴索媽則喜歡這個斯文的小兒子。賴索從監獄裡出來，畏畏縮縮地站在他父親跟前，賴索爹流著淚瞧了他半晌，「啊！啊！」啊了半天，說不出話來。過了很久，他從房間裡拿出一套舊灰呢西裝（阿允結婚時，給他父親做的），「穿上這個，」他說，「走，我們去見你大哥。」

「爸，」賴索躊躇著說，「我想先去看看媽的墓好不好？」

直到他在果醬廠上班的第一個禮拜日，他們才動身前往木柵的市立公墓。整整八個人，四個大人、四個小孩，賴索一家三代全在這裡了。賴允大哥忙得團團轉，他負責張羅一切，他太太被四個小孩纏得分不開身，賴索爹狠狠瞧著車窗外，一語不發，賴索則頻頻搓著雙手，他快哭出來了。兩部車子一前一後，孩子們從車窗伸出手來，朝另一輛車子「阿公！阿公！」亂叫。

一個鐘頭後，他們站在墳場的頂端，俯視著一個個冷冷清清、野草蔓生的墳墓。

「幾年後，這裡要擠不下了。」賴索爹說。他料錯了，七年後，他就葬在底下一點的地方，沒有路通到那裡，因此賴索家人不得不踏著一個一個墳頭，跳到賴索爹墳上。

「阿索，」賴索爹回過頭，「你媽死前還唸著你。」

賴索對自己說，可不能再哭了。剛才，孩子們還沒跟上來，賴索就已經哀號起來，賴允大哥抱著最小的兒子，尚未喘過一口氣，立刻跟著大哭出聲。

墳場工人見到這種情景，搖了搖頭說，「我們燒些紙錢好了。」這才止住賴索家的哭聲。

「這些字怎麼都褪了色，」賴索摸著墓碑。

河南燕山徐氏……

「找人來漆一下，墳上再種些花，爸你說怎麼樣？」賴允大哥這時候說。

「那不行，」墳場工人說，「不僅破壞風水，羊還會把它吃掉。」

附近人家的羊群滿山遍野亂跑，羊踩過賴索爹媽墳頭，在上面拉屎拉尿。

「這怎麼行。」賴索從長椅上憤憤然站了起來。

上帝是牧羊人，基督教都這麼說。遠處一座教堂，屋頂上的霓虹十字架，耀眼刺目，賴索走進地下道，再出來時，就看不到那個教堂了。

10

賴索在訪問前半個鐘頭抵達電視台。

他在門口守衛尚未來得及反應之前，昂首闊步而入。守衛瞪著他矮小、生動、黑色的背影，想著這個傢伙到底在哪裡見過。

賴索就這樣冒冒失失的闖入這棟迷宮似的建築。這是個現代科技融合了夢幻、現實、藝術、美、虛僞、誇大的綜合體。他從一個攝影棚到另一個攝影棚，從一個時代，進入另一個時代。賴索在明朝停留了五分鐘，在清朝張望了一下，在八點前一刻，走進了自己的節目。

身著淺藍色西裝，裁剪合身，泰綢襯衫領子翻在外面的韓先生從化妝室走出來。他的步伐穩健、容光煥發、精神抖擻，就像要步上演講台一般。

「韓先生，您請坐在中央。」導播滿懷敬意地說，「張記者、陳記者、楊先生你們坐這個位置。」

「現在就要開始了嗎？」韓先生的聲音出奇地冷靜。

「大家準備！」導播喊了一聲。

賴索站在控制室的玻璃窗外，在另一邊成排的電視機，出現了同一的畫面，控制員戴上耳機，把手上的香菸捺熄，節目就要開始了，人人屏息以待。賴索看得入了神，他看到一些人跑來跑去，移動的水銀燈架、佈景、麥克風的試音聲，導播誇張的手勢。

「開始！」導播說。

「首先，我代表自由祖國一千七百萬的同胞，歡迎韓先生您重歸祖國的懷抱，參加反共陣營。」僑委會的楊先生說。

「謝謝你，」韓先生面對攝影機，眼睛眨都不眨一下，「我衷心感激政府寬大爲懷的德意，我在日本幾十年，無時無刻不在悔恨之中，我對不起我的祖先，對不起全國同胞，」說到這裡，他握起拳頭搥了桌子一下，「共產黨害了我！」

三十年前，他也這樣搥著桌子，坐在最後一排，負責開門的賴索被這一陣響聲震得清醒過來。

「國民黨憑什麼？各位說說看。」韓先生越說越是激動，兩個拳頭在空中交叉飛舞，面對台灣民主進步同盟會的卅五個會員，慷慨激昂，聲嘶力竭，觸目驚心的賴索眞是心儀不已。韓先生在前一陣子還親切地問起他的家庭，他的親戚朋友，和他們的觀感。賴索不好意思地回說，他們不知道呢，他們不認識字。那麼他自己呢？賴索喜歡這個工作嗎？談不上喜不喜歡，韓先生要我做什麼就做什麼。這樣很好，你有什麼問題嗎？沒有，很好，很好。話到這裡韓先生回過頭去問蔡先生，「成績怎麼樣？」蔡先生低聲說（賴索聽到了），「哪裡找來這個笨蛋，居然跑到市場去散發傳單，正好給他們拿來包魚包肉。」「老天！」韓先生拍著額頭說，「用人之際，用人之際。」

「……那麼，韓先生，您能不能告訴我們您一踏上祖國的觀感？」

那個攝影師將鏡頭交給一旁的助手，推開門，走到賴索身邊，從口袋掏出菸來。他喜歡「訪問」這一類的節目。這種節目你不用推著攝影機跑來跑去，他不喜歡歌唱節目，還有對著鏡頭窮扭屁股的歌星。

「你怎麼進來的？這個節目不准參觀。」看都不看賴索一眼。

「門沒有關，我就進來了。」

「安全人員都睡覺去了，」攝影師說，「你該去二號影棚，那裡很熱鬧，這個節目沒什麼看頭。」

賴索不再回答，他來這裡不是回答別人問題的。

「祖國進步的情形，簡直令人難以置信，」韓先生說，「我一下飛機就被嚇了一跳。我對自己說，這是個現代化的都市嗎！在日本我看過電視報導台灣的繁榮，我總不太相信……。」

賴索耐心聽著。攝影師現在抽完了菸，說了聲，「老天！」走向他的助手。

「您去過大陸，您對那邊的觀感如何？」

「我在那邊認識幾個人，我就是受了他們的騙，孫其敏、張萬生這幾個人，當年來台灣搞統戰的。現在不是死了就還在勞改營裡。唉！大陸的當權者翻臉不認人，從不講什麼道義，我們政府就不一樣了，雖然我犯了大錯，」他頓了一下，繼續說，「一時糊塗……。」

賴索見過他說的孫其敏、張萬生，這是很久以前的事了。他們都講得一口漂亮的閩南語。在雜誌社會議室裡，韓先生要大家起立鼓掌歡迎他們。孫一上台，就像日本人那樣鞠了一個九十度的躬，說：「各位父老兄弟們……」他講得精采極了，他受過這一類的專門訓練。韓先生原本興致勃勃的，後來越聽越不是味道。年輕的賴索注意到他三番兩次想站起來，結果總是搖搖頭坐了下來。孫這時說到——像我們對待藏人、蒙人、苗人，我們讓他們自己管理自己。說老實話，我們哪有這麼大的力去管理這麼大的地方，何況遠在一角的台灣。今天我們只想幫助本省同胞建立一個民主、進步、平等，沒有人吃人的社會——那麼大陸上幾千萬被鬥爭掉的人，究竟是怎麼一回事。這個千篇一律的謊言，賴索在三號影棚的角落裡，拆穿共產黨的把戲，他可得意極了。

我們共產黨最愛好和平了——停了一下，孫拿起茶杯喝了一口，韓先生利用這個機會跳上台去，說，請大家鼓掌，謝謝孫先生的指導。

「您能不能告訴我們，您怎麼發現共產黨的陰謀？」

「我老早就感覺到了，他們想利用我達到『解放』台灣的目的……。」

年輕的韓先生告訴他們，台灣解放了以後，每一個人都會受到重用。那麼賴索呢？也許一個縣長吧，那一個縣呢？隨便那一個縣都可以。北部當然最好，他回家鄉時，每一個人都會喊著：啊！賴索縣長，縣長大老爺，啊！啊！啊！

「很多來日本的本省同胞，被安排來見我，我就跟他們說，台灣獨立的重要性。」

「他們的反應呢？」

「剛開始還有些反應，最近這幾年，就沒幾個感興趣了。這個時候，我就問自己……。」

這時候，賴索想起杜胖子來。杜不屑地說：「我們有馬克思主義，國民黨有三民主義，你們呢？你們什麼都沒有！」

「我們有韓先生。」

「哪一個韓先生，誰知道，誰認得他？」

賴索忙得不亦樂乎，他忙著跟一大堆人談話，有的是老朋友，有的是不相干的人。即使如此，他還得抽出空來，聽韓先生的演講。情形跟卅年前完全不一樣了。現在賴索用七〇年代的頭腦來評論四〇年代發生的事，他占了絕大的優勢，他占盡了便宜。記者應該把鏡頭對準他，這些年輕的記者，他出鋒頭的時候，他們都還沒出世呢。他們見過日本人？見過共產黨？沒有。挨過美機轟炸？坐過牢？沒有。哦，老天！你究竟想怎麼樣？也許鏡頭對準你，你一個屁都放不出來。賴索一面聽著，一面動腦筋。

「我再代表全國同胞說一句話，」楊先生說：「我們眞誠歡迎您歸來。」

「最後，我們希望韓先生您能向全世界受共產黨欺騙的人說一句話。」

「好……。」

這個節目眼看就要結束了，導播做了個手勢，一個工作人員蹲下來摸著地上的電線。站在控制室的賴索開始移動腳步，打算節目一完畢，立刻擠到韓先生面前。

「原來你在這裡。」一個穿白襯衫的年輕人擋住他。

「你幹什麼？」賴索不高興地說。

「我是警衛人員。」這個人說，「你既沒有來賓證，又是一個人，你怎麼進來的？」

節目已經結束了一段時間，賴索還站在門口的台階，不管怎麼說，他要等一個人。

自動門一下子打開，一群人無視於賴索的眼光，匆匆走下台階。

「韓志遠先生！」賴索攔了上去。

「有什麼事嗎？」

「我是賴索。」

「賴索？」

「泛亞雜誌社的——」

「什麼？」

「那個賣水果的……」

「我不認識你！」

一個西裝筆挺的傢伙，拍拍賴索的肩膀，解了韓先生的圍。然後所有人坐進了兩部黑色轎車，一溜煙地駛上泛著銀光的街道。

電視台巨大的陰影，彷彿一個無窮無盡的噩夢，一直延伸到街道的另一邊，整個世界忽然祇剩下他一個人。

「我是賴索，我是賴索，」他結結巴巴地說，「我只想說，說，好，好久不見了。」

11

他回家時，已近午夜。他輕輕開了門，扭開電燈，把從台北帶回來的一些東西放在沙發上，他太太的睡衣、孩子們的圖畫書、一盒巧克力糖。

這當兒，牆上的荷蘭鐘噹噹的敲了幾下，長針和短針重疊在一起，這是一個結束、一個開始，一個起點和一個終點。

賴索停止了一切動作，慢慢地抬起頭來。

人人需要秦德夫

1

年輕時候，對於這個社會，我就有一種截然不同的看法，我認爲它不一定是我們所習以爲常的樣子。卅年後，在觀光年會上遇見兒時玩伴秦德夫時，我甚至沒來由地傷感起來。我想起那個我們記憶猶新的時代（他的臉上滿佈時間的刻痕，我呢，也好不到哪裡），街頭翻起的柏油、三輪車、穿木屐的少女、乞丐和華西街一帶懶散、昏沉、薄暮的氣息。

當天晚上，我們坐在一家叫「楓」的餐廳，透過濾色的亞克力玻璃窗，瞧著街上的人潮，一面回憶著四〇年代、風景、老友和逝去的童年。

「我想起來了，」秦德夫說，「就是這個牌子——龍泉汽水，你敲開瓶頭，就『剝！』一聲噴出來一大堆泡沫，我總是將撿來的破瓶子打碎，拿出裡面的彈珠，然後蹲下來玩，記不記得龍山寺前的廣場？」

「現在可成了個大商場，」我說，「跟從前不一樣了。」

「就在那裡，我跟一大堆野孩子玩彈珠，而我總是贏、贏、贏，滿口袋的玻璃彈珠，一毛錢賣五個，那個時候，我就靠自己的雙手賺零用錢。沒有想到……。」

「沒有想到，我們都老了。」

我打斷他的話，內心對這樣的談話開始厭煩起來。這些日子裡，任何事我都提不起勁，麗梅在丟下我時，曾狠狠地嘲諷了一句：「你這個步入更年期的怪物。」

幾天前，我接到頂佳娛樂公司的通知，要我代表參加今年度的觀光年會。這是我目前唯一坐領乾薪的職位，於是我打扮整齊，也染了頭髮。事實上我已到達了這一生最可怕的低潮，儘管我有過一段輝煌的日子，我的名字曾經和成功連在一起；我擁有一家律師事務所和一位美女。但是對於後者，我所犯的致命錯誤就是沒有把在法庭中的男子氣概帶回家裡，套一句流行話：「我只是把家當做家罷了。」等到我發覺情況嚴重得非要重新調整秩序時，已經太遲了。麗梅把汽車鑰匙重重摔到桌上。「去你的！」她吼道：「我還年輕，你懂嗎？你這個步入更年期的怪物。」

現在可不能老讓這件事攪亂思路。兩個月後，我若有所思地坐在觀光年會的會議席上，一面卻驚訝地發現到，鄰座竟是兒時的玩伴。

隔著會議桌，我不在意的瞧著秦德夫，他的寬額、鷹勾鼻、粗獷凶狠的臉型和兩年前報上的照片沒什麼兩樣。當時，我已經有五、六年沒有他的消息了，我聽說他和胡永漢、蔡火獅這班人搞在一起。他們這一類名人總是想盡辦法避開攝影機。後來，他驕傲地告訴我，以前他要傷腦筋的是司法機關，現在則是國稅局。因此，他不得不在日益龐大的財產裡，增加了一位法學博士和兩位經濟博士，而這些高級知識分子幫他建立了「文化」的觀念。他乃在夜校裡選修了「企管學」和「英文」，那部停在校門口的黑色賓士車，筆直坐在駕駛座上的司機，秦德夫強忍著菸癮和其他毛頭小伙子一樣猛瞧著黑板，這種情景一定動人得很。之後他捐了一百萬給我們母校，整整的一百萬。其實這筆錢在他來講根本算不了什麼。他是台北上流社會裡幾個眞正具有實力的人物之一，雖然他們私底下鄙視他，嘲笑他的出身，他那打扮有如歌舞女郎的妻子，他的氣派而不知所云的宴會，然而他卻依舊在任何場合中廣受歡迎。他正是這個難解的、急遽變化社會的代表人物，他們這一班人，懷著敬畏之心，一手插進褲袋玩弄叮噹作響的硬幣，一面睜大眼睛東張西望。

會議冗長又沉悶，像所有不求什麼結果的會議一樣，韓國代表提出一篇「亞洲觀光潛力」的論文，日本人則發表「無煙工業的幾個基本認識」。韓國人、日本人這些傢伙可都沒安什麼好心。這是個你爭我奪的世界。我點上一根菸，這時候秦德夫朝著我點頭微笑，他終於從出席資料中發現了我的名字，我回笑了一下。

會議結束後，我坐進他的賓士車，車子從中山北路轉入仁愛路。一路上，大廈的霓虹燈和公路兩旁的水銀燈光，不停地在他方形的臉上交互輝映。那晚他興致極好，乃一手解開襯衫的第二個鈕扣。這是個四月的涼爽夜晚，有一點寒意，秦德夫把車窗打開，然後朝著窗外的馬路狠狠地吐了一口痰。這個動作倒使我鬆了一口氣，說老實話，在下意識裡，我總把他當成另外一個人。這時候，他正談到暴漲的地價、飯店、高速公路、超級市場和現代化的公墓，好似這些東西都和他或多或少的扯上一點關係。我則不時地瞧向窗外，我自己的煩惱已經夠多了。

2

往後幾天，我好像把觀光年會和秦德夫這件事忘記了。白天我忙於做各種徒然的「等待」和「回憶」的遊戲，晚間，則從一個電視台到另一個電視台，從一個連續劇進入另一個連續劇。我開始喜歡那種漫長而乏味的節目，你不會知道，他們什麼時候把這個節目結束。也許我自己也在期待某種必然的結果。我住的這個社區位於聯營公車的終點（自從麗梅離開後，我經常在人多的地方找尋她的踪迹），巴士司機喜歡猛踩一下煞車，回過頭來，對著東倒西歪的乘客大吼：「終點到了！終點到了！」他在喊「終點」這兩個字時，聲音洩露出一種莫名的憤怒。不錯！每個人都有他的終點，都有他的站牌。好笑的是，常常有人忘了買票，或者下錯了站。那個拐走麗梅的小子，留了一頭骯髒的長髮，綜合雜誌就曾登載過他的一首詩——一個沒有結尾的日子，慘兮兮的！眞眞豈有此理！這些詩人、文學家、藝術家，秦德夫對他們可沒什麼好感，我則抱著審愼的態度。就某些實際用途而言，秦德夫也可以自稱哲學家和藝術家。我的一個顧客就曾沾沾自喜的稱自己：「詐欺的藝術家。」這個五十多歲的傢伙，卻也留了一頭長髮。如果欺騙感情也算是「詐欺」的話，那個寫詩的小子就應該把他關起來，他犯了「誘拐」罪。不過麗梅倒沒有帶走我任何東西（我希望她能帶點什麼，至少一幅我的照片），也沒有留下任何東西，一條絲巾、一件睡衣什麼的。她只遺下一張字條，看完後我一時衝動，將它撕了。字條上用眉筆寫了幾個字：我走了，不用找我，不恨你的麗梅。要是她仁慈點，就該寫依然愛你的麗梅。此後幾天，我拒絕相信這件事，雖然我們沒有婚約（這有什麼關係，很多人都這樣），可是我們彼此深愛著、彼此依賴著（她還說過，沒有我她就活不下去，我甚至把這句話錄下來，後來被她洗掉了，空白磁帶上發出一連串沙沙的聲音，聽起來恍如她的笑聲），我夜以繼日的等著她的電話——一個悲傷的奇蹟。直到這一天早晨，我發覺下巴上長了一層厚厚的鬍鬚，於是便對著浴室的鏡子刮起鬍子來，一邊拉開窗帘，外面晴空萬里，一望無際，時值仲春，園裡盛開杜鵑，蔓藤則沿著漆成白色的木架，一路纏繞上去。這當兒，我不禁對自己說：「聽著，刮完鬍子後，把衣服換一換，皮鞋擦亮，頭髮梳整齊，大家都在等著你呢，你這個大情人。」一切弄完後，我便瞧著鏡中的自己，瞧著、瞧著，突然間，我忍不住放聲哭了出來，鏡子裡壓根兒就不是什麼大情人，只有一張滿佈皺紋、兩頰深陷、眼露血絲、一副倒了八輩子楣的臉。

3

電話鈴響了起來，一響、二響、三響……我讓它繼續響了一會兒。

「喂！」一個男人的聲音，「何先生在嗎？」

「喂？」他又重複了一遍，「我是秦德夫，請問？」

「秦德夫？」

「怎麼了？老何，幾天前我們才見的面，還好嗎？」

「德夫，是你，我還好。」有幾秒鐘，我的耳朵裡充滿了嗡嗡的靜電聲，一定有什麼東西飛進腦袋裡。

「好像我撥錯了電話，」他說，「你的聲音有點怪。」

「近來很少人打電話給我，」我說，「我正在家裡休養。」

「休養？這怎麼可能，那天你氣色還不錯，記不記得？你還說了個笑話。」

「我是有點毛病，」我說，「腦子裡有點毛病。」

手指上的菸快燒完了，我把它一彈彈到牆角，但沒有擊中垃圾桶，菸頭一下就熄了。前一個鐘頭我擊中了三次，最後一次，垃圾桶竟燒了起來，我跑進浴室提了一桶水，現在地板濕了一片，空氣中瀰漫著一股焦味。

「哈！」他笑了一聲，「我這裡也有毛病，醫生說還不壞，說什麼良性的，這傢伙是榮總的腦科權威，他說不壞，你就死不了，要不要介紹給你？」

「謝謝你，我只有一點輕微的頭痛，服幾顆阿斯匹靈就行了。」

「別太信任藥丸，」他說，「星期六有空嗎？」

「星期六？今天星期幾？」

「星期幾？你真會說笑，」我將話筒移遠一點，他的笑聲令人受不了，「今天星期幾？你真的在休養，星期幾？」他又笑了一陣，「對了，我有點事情請教你，到我家談談如何？」

「好罷！」

已經有一段時間，我不再接觸職業上的任何問題，麗梅走後，我把事務所交給另一位律師。你總不能對顧客面露冷笑，並且老是要他們將剛才的問題重複一遍。何況我銀行裡還存了些錢，轎車賣了廿萬，我沒有必要將自己孤零零地關在那個鐵籠子裡。那一天，一個交通警察用力敲著車窗，「他媽的！」他吼了出來，「你居然，居然聽不到後面十幾輛車子的喇叭聲，知道你幹了些什麼嗎？你讓別人多等了一個紅燈。」

司機扳下計程表，車窗外氣候晴朗，人行道上滿是衣著光鮮的行人。這是個不錯的日子，適宜穿各式衣服的天氣，而且是週末。呵，週末！我想起話筒中秦德夫驚訝的聲音，「今天星期幾？」他的口氣頗有質問的意思，就爲了這個精密、規矩、標準至上的社會，人們必須隨身攜帶時間表。司機在計程表旁裝置的電子鐘，不斷跳動的阿拉伯數目字：三點廿分，三點廿一分，三點廿二分……此外，還有幾種量度你生命的標準；發薪日、老婆生日、孩子的註冊通知、交通罰單、水電繳費單、甚至法院的傳票。「星期幾？你眞會說笑。」誰在說笑？天知道，我也有過一本燙金的小冊子，我記下一個月內所有的約會要點、待辦公務、注意事項、備考（包括麗梅每月的零用金支票）、看病的時間等等，一天早晨，我忽然找不到這本小冊子，立刻我臉色蒼白，時間彷彿一下停止了，跟著我匆匆忙忙地趕回家裡，麗梅猛然打開門，起先是驚訝，繼而憤怒，她認爲我有意扮演私家偵探，我趕緊解釋，可是一時哪裡說得清楚，最後她餘怒未息的罵了一句：「老昏了頭！」

老昏了頭！想到這裡心口便又開始隱隱作痛，我的心臟本來就不好，長庚醫院那個年輕氣盛的醫師，指著我的心電圖說；「我們要注意一點。」他說「我們」這兩個字的曖昧口氣，就好像麗梅的小學老師向全教室宣佈：「麗梅！妳到前面來，讓我們看看妳究竟該打幾下手心？」她有一段不如意的童年，心情不好時，她就這樣抱怨，每個人都欺負她（說完她的童年故事後，她乃以「從小我就不是好惹的」作了結論。那晚，她身著一套藍白相間的洋裝，領口很低，露出一段粉紅細潤的胸肌，在柔和的燈光下，她激動不已，臉上表情豐富，眼白向上翻，鼻尖反抗地顫抖著。就在這一刻，那個可愛的、飽受欺凌、滿懷怨恨的小女孩又復活了。那時，我就該有所警惕才對，但是我卻被她迷住了，徹頭徹尾的）。

4

守衛打開鐵門，一個穿著硬領襯衫的傭人已經等在那裡。

「先生，這邊走。」

我們穿過一座修剪整齊的花園，花園的面積很大，一叢叢盛開的丁香、雛菊中，伸出了自動噴水裝置奇怪的頭。

「老爺在網球場。」

「網球？」我有些不信，「他也玩這個。」

傭人默不作聲。

繞過幾個彎後，圍著鐵絲網的球場赫然在望。傭人鞠個躬走了。秦德夫轉過頭來，朝我揮了揮手。我兩手攀住鐵絲網，從網間望進去；一身白色運動裝的秦德夫，額上滿佈汗珠，漲紅著臉，突出的小腹底下，一雙細細的腿，在橙色的地上敏捷地移動著。這當兒，他刻意露了一手漂亮的反手球，然後作了個手勢，他的對手立即停止了擊球，把球拍挾在腋下，一面拿出一條汗巾，替他擦了一下額頭上的汗水，一起走過來。

「好啊！老何，現在才到，」德夫說，「要不要來一下？」

「我不會。」我說，一邊打量他的女伴，那是個可愛的少女，長頭髮，太陽曬紅的臉頰和一雙迷人的腿。

「美霞，這是何大哥。」

「何大哥。」她清脆的叫了一聲。

「他不會玩球，」德夫指指自己的腦袋，「他玩這個。」

女孩尖聲笑了起來，德夫摟著她的肩膀，嘴角露出一絲滿足的微笑。

一會兒後，我站在鋪著綠色地毯的客廳，從落地窗望出去，山下明亮、快樂的台北市區正被一層暮氣所籠罩，這是個奇怪的城市，我想，一大堆人、一大堆垃圾和一個笨蛋。

「怎麼樣？景色不錯吧。」

德夫的聲音從背後傳來，我收回視線。

「威士忌還是白蘭地？」

「白蘭地。」

「來，」他遞過來一杯酒，「祝我們大家。」

「祝我們大家。」我說。

我把身子沉入那張巨大的白皮沙發裡。德夫則調整了一下姿勢，一邊點起菸來。在烟霧中他的表情變化多端，一下子嚴肅、一下子激動、一下子多愁善感。這時候，他正談到他的童年。

（那個傷感、充滿腐敗氣息，華西街一帶低矮、塵封的屋簷下，德夫媽抱著一臉盆衣服，一群赤著腳的小孩在她四周追逐嬉鬧，她一手推開他們，用一種受苦的聲音沿街喊著：「阿夫，回來吃飯啦！」）

「沒有人關心我的過去，」他忿忿不平地說，「我養了三個老婆，十一個兒子，一大堆笨蛋，全靠我過舒服日子，媽的！卻沒有一個人感興趣，知道我秦德夫是個什麼東西。」什麼東西？關我屁事。現在我可明白了，卅年後，他志得意滿，不可一世，乃在俯視整個市區的豪華別墅裡，對著全人類。——以我代表，訴說他的出身、他的成就、他的一堆莫名其妙的感慨。

「當時我一文不名，只有這兩個拳頭，」他越來越興奮，竟自椅子上站了起來，「我老爸也一文不名，公雞一叫，他就把我趕出門。」

「我記得你父親，」我說，「他是個好人。」

「天下最好的父親，」德夫舉起酒杯，「最最好的父親，最最好。」

（德夫爹是個出名的酒鬼，清醒時是個不錯的泥水匠，他的最大樂趣，就是喝酒和揍他兒子。一天晚上，德夫爹喝醉了酒，摔死在學校旁的大水溝裡，頭破了一個洞，水溝裡水都染成了紅色。第二天早上，屍體附近圍滿了上學的小學生，老師們一手拿著教鞭，一手掩著鼻子，把學生趕入教室。他媽哭了好幾天，夜裡變成間歇性的低號，德夫爹的棺材將他家客廳塞得滿滿的，德夫則呆呆地蹲在門口，用小木條在沙地上不停地畫著死，死、死……。）

「為那些死去的人乾杯。」我說。

「所有死去的人。」他說。

（德夫媽死的時候，他人不知道在哪裡。直到出殯那一天，德夫和幾個年輕小伙子出現在靈柩前，他一下跪在地上，大聲哭起來。那幾個小伙子，遠遠站在一邊，嘴裡嚼著檳榔，吐得滿地都是。）

我們繼續喝酒，德夫的酒量很嚇人，他的眼睛越睜越大、越來越清醒、越來越狡猾。我卻喝得醉醺醺的，在迷迷糊糊中，我告訴他麗梅的事。這時候，美霞拉過來一張小椅墊，靠著他大腿，像兔子一樣依偎著，德夫輕撫著她的頭髮，同情地看著我。

最後他說：「我幫你找她。」

我以為他在開玩笑。

5

五月的一個下午（四月忽然就過了），我被電話聲從藤椅上驚起，起身的動作，嚇走了陽台上幾隻跳來跳去的麻雀，我說了聲對不起，走回客廳。電話鈴聲叫得越來越凶、越來越激動。我拿起話筒，一面讓自己舒服地躺在沙發上，腳尖翹得老高，擺好姿勢後，忽然想到那包放在藤椅邊的香菸。

「我就是，」我說，「德夫你好。」

「好個屁！」嚇了我一跳，睡意一下就消失了。跟著他又咒罵了一陣，好像是阿拉伯、伊朗、美國、中油公司這些傢伙聯合起來，故意同他搗蛋。我則絕望地想著那包菸。從他半山腰的別墅回來後，一晃眼，過了半個月，其間我們通過幾次電話，接聽他的電話，是種精神和肉體的雙重折磨，他有那種本事，十分鐘讓你插不進嘴。

「算了，這些跟你講都沒有用，」他說，語氣忽然一變，「聽著！老何，現在把筆和紙拿出來。」

然後他就一字一頓的告訴我麗梅的地址。他的聲音顯然有種壓抑住的興奮，好像他僅憑想像就能欣賞我臉上的表情。二個鐘頭後，我發現自己竟傻乎乎地站在好來服飾的巨大穿衣鏡前。鏡子裡出現一個身穿藍色泰絲襯衫，白領帶，米黃色斜紋長褲的時髦傢伙，和店員一張強忍笑意的臉。他一直繞著我轉來轉去，用哄小孩般的聲音說：「年輕多了，年輕多了。」

後來，我沿著衡陽路走向車站，一路上每個擦肩而過行人的臉上，我似乎都看到了那個店員同樣的奇特表情。當我要他將我換下來的衣服，包成一包，寄回我住的公寓，他面露驚惶，結結巴巴地問了一句：「先生，您就穿這樣出去？」

「爲什麼不可以？」我瞪了他一眼。

南下莒光號列車的車窗上，黑夜提供了最佳的背景。我拿出梳子，整理一下亂七八糟的頭髮（糟糕！竟忘了染髮），麗梅對我的頭髮一向很注意，因此每一種牌子的洗髮精我都試過了一遍。五六六、三三三、綠野香波、美吾髮，卻沒有一種洗髮精能讓一堆衰老的頭髮恢復生氣。麗梅應該了解這一點，一個爲情所苦上了年紀的人（我避免使用老人這兩個字），他的每一道皺紋、每一根白髮，都值得愛憐、值得珍惜，她應該了解。

莒光號有如深海的梭魚，靜靜地掠過漆黑的原野。白天鐵道兩邊不時重現的曬衣架，油漆剝落的電線桿，小菜圃，廢棄的垃圾堆，一層油綠浮萍的池塘，這時候都成了一幕幕不斷消逝變換的朦朧幻影。

——要是我們能重新開始（也許他們吵了一架就分了手），這時，麗梅大約睡著了，一個人獨自睡在一張大床上，蜷曲著腿，小臉上滿是淚痕，即使在夢中，她也要爲她的負情負義懊悔難過。看看吧！她的愛人，她的恩人正在風馳電掣的莒光號上，迫不及待地爲寬恕她、原諒她、拯救她的靈魂而傷神、而激動不已。

「我一定睡著了。」

查票員在前一刻來過。他輕輕將我搖醒，以一種來自另一世界的聲音說：「對不起先生，對不起……。」此後我就再也睡不著了，我眯起眼睛打量整個車廂，查票員所引起的輕微騷動，慢慢地平息下來。鄰座的小伙子打了個呵欠，嘴巴無意識的動了幾下，再度垂下頭。一個老婦人，迷迷糊糊地站起來，走向洗手間，過了半晌，又迷迷糊糊地走回來。一對年輕夫婦，握著手，頭挨著頭，進入夢鄉時，嘴邊還噙著笑意。這是個多麼安靜、和平的世界，我想，人人都停留在「出發」和「回歸」的某一點上。只有我，我好像一時弄糊塗了，也許我只是厭倦罷了，既厭倦於出發，又厭倦於回歸。

列車在清晨駛進將醒未醒的台南市區，當黎明的第一道曙光自窗外斜射進來時，我用冷冷的雙眼迎接它，來時的興奮、期待心情，就在這一刻，忽然消失得無影無蹤了。

6

我在車站附近找到一間旅館，旅館面對停滿各式汽車的廣場。計程車、遊覽車、巴士在陸橋下穿進穿出，沿街叫賣報紙的小販，睡眼惺忪的家庭主婦，地下道冒出來的學生和戴白色安全帽，陽光下閃閃發光的交通警察。這到底是個什麼樣的城市?我站在窗口瞧了一會兒，便走到浴室，打開水龍頭，一下子浴室裡滿是濕熱的水蒸氣。這時候，我才想到居然什麼行李都沒有帶，於是撥了個電話給櫃台，要他們送來一套內衣褲和早餐。女侍推門進來時，臉上並沒有不可思議的表情，這使我安心不少。早餐很豐富，有火腿、蛋和烤成金黃色的土司，但我只喝了點牛奶，有時候，食物只是看看就夠了。麗梅走後，我就停止了每日半個鐘頭的慢跑，體重也沒有因此增加，這該歸功於自然節制的飲食習慣(用不著參加碧芝減肥計畫)。偶爾我從市場帶回來一些現成食物、餅乾、罐頭、脫水食品。四月間，我花了一個上午，將冰箱推到客廳電視機邊(工藝文明的一大進步)，我咬一口餅乾，喝一口牛奶，在五光十色的輻射線下，我隱隱約約知道自己正吃下許多單位的蛋白質、維他命和男性荷爾蒙。

洗完澡後，我放鬆四肢，躺在床上，希望就此一覺入夢。好讓醒來時，容光煥發，精神奕奕，完成「千里贏得美人歸」的喜劇。可是我該怎樣開口呢?麗梅看到我如此生氣盎然的樣子會怎麼想呢？也許我該裝出一副可憐兮兮的模樣，抱住她的雙腿痛哭出聲，一個頭髮半白、滿臉憔悴、穿著入時的傢伙，抱住女人的大腿，痛哭流涕，這樣可不太好。那麼該怎麼辦呢？我躺在床上，翻來覆去，說什麼也睡不著。於是我離開床，點起一根菸，在房間裡走來走去，大約過了半個鐘頭，我看看手錶，調整一下領帶，走下樓。到了街上，揮手招了一部計程車，告訴司機一個住址，司機點了點頭，車子便在狹窄的街道轉來轉去。一路上我思潮起伏，往事、未來、幻象、憧憬，在腦子裡衝擊激盪，車內反光鏡裡我的臉孔，有如窗外不斷移動的景物，變幻莫測，陰晴不定。時值五月，氣候逐漸炎熱，我掏出車費時，手卻有點發抖，司機注意到了，卻沒有說什麼。

我費了很大的勁，按了門鈴。鈴聲從門縫裡洩漏出來時，才發覺自己實在有些可憐，而且有些蠢。

門打開，一個中年婦人探出頭。

「對不起，」我小聲說，「請問，李麗梅是不是住在這裡？」

「李麗梅？」她從頭到腳打量我一眼，「你是說徐太太。」

「什麼？」

「請問先生是……」

「我是……」我的臉一定紅了，「我是她叔叔。」

「進來坐吧，」她的臉上有種釋然的表情，「你來得眞不巧，夫婦倆都在上班……多麼恩愛的一對。」

我跟著她走進一間陳設簡單的客廳，她邊走邊說，我卻覺得她的聲音彷彿越離越遠、越來越模糊。此後，我就不知道自己究竟如何坐在沙發上，喝完那杯茶，走回車站，登上北上的列車。

夜幕低垂時，我抵達台北，由於時間還早，我就在擠滿人潮的西門町閒逛，甚至進去看了場電影，卻不知道演些什麼。這樣晃到午夜一、二點，回到家裡，腦子裡空空洞洞的，精神卻依然很好，於是拿了一瓶酒，坐在陽台上，一口一口喝下去，一口一口喝下去。

7

有很長的一段時間，我將自己陷入沉思、懊悔、自嘲、憤世嫉俗的漩渦中（偶爾想起我早年過世的妻子和在美國的兒子），生活不再是件新鮮有趣的事，而且我已跨過了重新奮起的年齡（時代考驗老年，老年嘲笑時代）。換句話說，我安於現狀。（還能怎樣？）

直到那一天，大約十一月或是十二月，天正在下雨，我在市場裡用完晚餐，撐著傘，穿過閃閃發光的路面，在公寓門口，把傘上的雨水抖落，兩腳在踏墊上跺了幾下。這時候，一個細細的聲音，從牆角那邊傳來，我回過頭，有些難以置信。

「何大哥，」這回我聽清楚了，「我是美霞。」

「啊！」美霞全身裹在一件棕色大衣裡，臉色微微發白，髮際上還停留著水珠，看到我的驚愕樣子，嘴角牽動了一下。

一會兒後，我們坐進開著暖氣的計程車裡，她的臉上才漸漸泛起一層血色。

「妳只要打個電話來就行了，」我說，「用不著這麼老遠跑來。」

「德夫也這麼說，可是我想，」她說，「我想還是親自來一趟好。」

「醫生怎麼說？」

她搖搖頭，然後就一直盯著搖擺的雨刷和玻璃窗上不斷消失重現的水漬。雨下得越來越大，打在車頂上發出劈劈啪啪的響聲。我點起一根菸，瞧著她線條優美的側面，想到德夫、想到麗梅、想到這個錯綜複雜的世界，不禁在心裡長長嘆了一口氣。

車子在榮總大門口停下來，我看了一下手錶，已經八點了。我們迅速穿過燈火輝煌的醫院大廳，進入走道鋪著紅色地毯的特等病房，美霞打開門。

病房裡一身絲質睡衣的秦德夫，墊高枕頭，手上拿著電視遙控器。

「坐坐坐！」他一下關掉電視，遙控器摔在一旁，嚷了起來，「美霞，妳去泡杯咖啡。」

「你還好吧，德夫。」我找了張沙發坐下來。

「好得很，好得很。」

他盤起雙腿，坐在枕頭上，兩手環抱胸前，樣子像個神氣活現的蘇丹。

「醫生說割這個就跟割盲腸一樣，沒要緊，你割過盲腸沒有？沒有，你該去割割看。」

美霞端來咖啡，我說了聲謝謝，一面瞧著正在比手畫腳的秦德夫。他的臉瘦多了，由於興奮，兩頰泛著血色，但是掩不住眼眶四周的一圈黑暈。這時候，他正說到他的受苦受難、他的勇氣、他的霉運。醫生怎麼樣？還可以，但是毛手毛腳。護士呢？護士不應該穿慘白的制服，穿便服多好，這是誰規定的？家裡有沒有來看他？都來了，但全被他轟了出去。為什麼？他受不了他們腦子裡的念頭，他還沒死，而且也不會死。

「媽的！」他罵了一聲，「惹得我火起，把錢都給孤兒院，美霞，坐過來一點，妳說是不是。」

美霞像鳥一樣挨過去。

「你在開玩笑。」我說。

「誰在開玩笑，不過這一次，哈……」他拉長了聲音，「人人都要失望。老何，你知不知道割完盲腸，需要在床上躺幾天？」

「大概五、六天。」

「好極了，」他咧開嘴笑了起來，「老何，訂個約會如何？我們賽一場網球。」

「網球？」

「算了，這個你不會，隨便哪一種好了，你會哪一種？」

我沒有作答。我想他是在尋別人和自己開心，他心裡也明白，就是不知道怎樣停止。他仍越說越激動、越說越離譜。美霞呆呆地望著他。我則偶爾插上一兩句，好啊！不錯，這樣的廢話。老實說，看到他如此的興致勃勃，又何必大殺風景。但是最後他居然說要美霞替他生個白白胖胖的小娃娃時，所有人都楞住了，過了幾秒鐘，他才乾咳了兩聲，頗不好意思的終止了這個話題。

我趁這個機會站起來，活動一下筋骨。美霞在大雨中找我來，就為了聽他胡扯。我在房間裡繞了一圈，摸摸這個，又摸摸那個，這當兒，秦德夫的視線好像緊跟著我，我轉過身來，坐回原來的沙發上，抬起頭，準備說些告辭的客套話，他的臉色卻嚇了我一跳。

「老何，」他說，「我不是找你來聽這些廢話，我有一件事拜託你。美霞，妳把衣櫃裡那個手提箱拿來。」

午夜時候，我帶著他的手提箱回到家裡。這裡面有幾份契約、股權書、財務表和整本的漏稅資料（備不時之需），這些都屬於他們的「地下公路局」，秦德夫在提到「他們」時，臉上不自禁地露出一絲陰險的微笑。「地下公路局」是個組織龐大的合法公司（這些名堂，我可清楚得很），上百部的大型客車，司機、車掌、拉客黃牛、保鏢，和一大堆吃閒飯的傢伙。他們當初找到秦德夫幫忙，卻不要他出一文錢，這是件費解的事，我並未追問。這個社會由於分工精細，所以有各種類型的投資，出錢則屬最下策，我想秦德夫的觸鬚遍及每一階層，他的投資顯然屬於技術方面。這個公司近來發展之迅速頗令人驚訝，直達北部各大城市的客車，每廿分鐘開出一班，停車場上標示的行程牌，川流不息的旅客，震日響著的麥克風。於是公路上奔馳的老舊公路局班車後面，緊跟著冷氣、海綿座墊、茶色玻璃窗的秦德夫客車。秦德夫在交給我這些東西時，眼睛直直瞪著我，臉上表情複雜。我忍不住告訴他，我已經不幹這些事了，我老了，不管心理上或生理上，我都老了。他笑了起來，眼角皺紋全部擠在一堆，兩眼卻炯炯發光，笑了半晌，他說我會需要這筆錢的，百分之卅的佣金，足夠讓我歡度餘年。說完，他便側過頭，溫柔地瞧著身邊的少女，加上了一句：「還有美霞。」這時候，我突然發覺他的眼睛掠過一絲悲哀的神色，也許我看錯了。然後，他又開始抱怨起醫院、手術、哇哇叫的老婆孩子和那些昏頭昏腦的經理部屬。就在這時，醫生和護士悄悄地開了門進來，秦德夫看到他們，嘆了口氣，作了個無可奈何的手勢。護士手上拿著溫度計，一臉小心的樣子，醫生點了點頭，臉上佈滿僵硬的笑容。我站起來，這是告辭的時候了，我們緊緊握了手，臨走前，他忽然說了聲多謝，我楞了一下。

第二天，我一直睡到中午才起床。天氣很冷，便戴上一頂呢帽，衣領上披了條圍巾，登上開往市中心的巴士。車子裡霧氣濛濛，乘客互相迴避著眼光，車窗外的景色也看不太清楚。到了市區，我下了車，在梅心餐廳用完午餐，漫步走向新公園。公園裡遊人稀少，滿地的落葉，我找到一張長椅坐下來，兩手插進褲袋，茫然地瞧著乾涸的噴水池和紅紅白白的涼亭。

黃昏時候，我回到屋裡，扭開電燈，一眼看到桌上的黑色手提箱，我用力搖了搖頭，好罷！這是最後一次了。此後幾天，我不知不覺地忙碌起來，跑了不少地方，見了不少人，說了不少話。模模糊糊中，那個驕傲的、有男子氣概的何大律師彷彿又復活了。

8

十一月中旬，國父誕辰剛過沒幾天，我忽然接到美霞電話，她嗚嗚咽咽地說了一句：「德夫死了！」再來，我就聽不清楚什麼，她只是哭著。我立刻趕到醫院，病房裡冷冷清清的，僅有一個正在清掃整理的護士，她說病人已經送到殯儀館去了。我呆住了，竟連他最後一面都沒見到。過了半晌，才定過神來。

「怎麼會這樣？」

「手術沒有成功，」護士說，「他自己都不知道。」

也許德夫死得很快，一點感覺都沒有，這樣最好，就跟睡眠一樣。有時候，我也想過自己臨終時的樣子；我知道自己就要死了嗎？悲傷嗎？害怕嗎？或是忿忿不平。父親去世時，我還在唸大學。那天早晨，他彎下腰繫鞋帶，手指尖觸到腳踝時，頸後的血管忽然爆裂開來，他大叫一聲，躺在地上，血液一下湧向頭部，胖胖的臉因此掙得通紅，我們將他抬到床上，這個時候，他放聲哭了起來。他知道自己就要死了嗎？害怕嗎？悲傷嗎？我不知道。幾個鐘頭後，他便斷了氣，身上還穿著上班的西裝。

出殯那一天，我換上一套黑色西裝，這樣顯得愼重些。計程車在大門口繞了一圈，找不到停車的地方，於是我就在馬路中央下了車，維持秩序的交通警察皺了皺眉頭，並沒有說什麼。殯儀館裡又是一番景象，我想台北有頭有臉的人都來了。新聞記者高舉的照相機和不斷閃亮的鎂光燈，圍牆邊堆得滿滿的花圈布幛。大廳中央，秦德夫三尺見方巨大的彩色畫像，不解地俯視著嘈雜忙亂的人群，和他那些臉無表情、鞠躬如儀的妻兒。

我在廳外台階上站著瞧了一會兒，莊嚴、熱鬧、盛大的葬禮按照程序表進行下去，其間一位部長的蒞臨造成了一次騷動。記者們一擁而上，頻頻的閃光，劈劈啪啪地敲在他光滑的額頭上，部長先生湊向麥克風講話，眼睛幾乎睜不開來。他好像說了一些：人人需要秦德夫這樣的慈善家、實業家，他的逝去是大家的不幸、社會的不幸。

然後他的聲音被其他聲音掩蓋住了，後來他就不說了。部長先生便跟一些人進去靈堂前鞠了躬，出來時，記者們讓出一條路來。這當兒，一個小子踩了我一腳，我在心裡罵了幾句，一邊退到較不擁擠的側門。側門邊，美霞和一個珠光寶氣的老女人站在那裡，看到我，露出欣喜的表情。

「何大哥，這是我媽。」我點點頭。

「何先生。」老女人說。

「妳們怎麼不去靈堂那邊。」

「大太太不准我去，」美霞低下頭，好像要哭的樣子，老女人趕緊抓過她的手。

「哦，」我換了話題，「好像所有人都來了。」

沉默了幾分鐘，老女人忽然問了一句。

「有多少？」

「有多少人嗎？我看一看……」

「何大哥，我媽不是說這個。」

我回過頭，立刻碰到她們母女倆奇怪的眼光。

「她是說……」美霞好似用了很大的力氣，她的臉因此紅了一下，「她是說，德夫留給我的那些，有、有多少？」

年輕時候，對於這個社會，我就有一種截然不同的看法，我認爲它不一定是我們所習以爲常的樣子。卅年後，在秦德夫的葬禮上，我想起那個我們記憶猶新的時代，街頭翻起的柏油……。

「大概有一千萬，」我冷冷地說：「一千萬。」

「啊！」

9

葬禮後，我回到家裡，意外地在信箱內發現一封信，那是我兒子從美國寄來。我一面拆信，一面走向陽台。時當薄暮，天邊起了一點風，遠處近處的景物交錯飛舞。我打開信，信上說他要告訴我一個天大的好消息（爸，相信你現在一定和我一樣的興奮），他終於取得了美國的居留權，並且就要和當地一位華僑少女結婚，希望我屆時務必參加他們的婚禮。信末還簽了個漂亮的英文名字，我看了半晌，方才認出是「喬治何」三個字。

看完信，我把信紙套進信封裡，一起撕成碎片，看著它們緩緩地飄落在街道上，有的落在車頂上，有的落進水溝裡，還有一片飄進鄰居陽台的花盆裡，天就要黑了，花盆裡種著巴掌大的黃菊，有氣無力的在風中搖曳著。

大時代

《時報》登載了蔣穎超那篇轟動一時的論文，他以極其客觀、嚴正、審愼的態度，批評了整個文化界，「將近卅年了，我們這些自命不凡的高級知識分子，究竟做了些什麼？」他說，「憑良心講，實在乏善可陳。」他認爲這一代的中國知識分子，身負使命之繁重絕不亞於任何時代，但是不學無術、混日子之輩亦爲歷來之冠。他說得精采極了，機智、尖銳、嘲諷、引經據典，而且一點也不踰分。身爲七〇年代執文化界牛耳的霍氏基金會副主席，和年度霍氏學術獎章的召集人，實在找不出幾個人比他更有資格去澆別人冷水的。

那時候，我正在中部（氣候比北部好多了）一所學院任助教，年薪十萬，工作既單調又無趣。夜裡我常瞪著天花板想：如果我運氣還算不錯，十年後，也許可以弄個副教授，在黑板抄抄講義，對台下的學生比手畫腳一番（講述工作研究、效率、動作簡化，這些東西需要借重手勢），下課後，換上運動褲、球鞋，繞著操場慢跑幾圈，爲自己日漸突出的中年肚子盡點心力。

那天下午，我讀到他的文章，驚訝之餘，便寫了封問候信。我們已經有很久沒見面了，最後一次見到他，是在三年前一個時事雜誌的創刊酒會上，霍氏剛剛收買了這家雜誌。蔣身著發光的黑紋西裝，打鮮紅領帶，前額冒著汗光，像個旋轉陀螺般地穿梭在盛裝的賓客中。

我身邊的一個小伙子喃喃地說：「花蝴蝶。」但是蔣根本不曾注意到端著雞尾酒，躲在角落中的我。是時，我才從學校畢業不久，在一家晚報找了個差事，半年後，我遞上辭呈，理由是：因精神狀態不佳，無法勝任該項工作。至於什麼是精神狀態不佳，只有天曉得了。之後，我就收拾好行李，找了一部野雞車，去了中部。

那封信託報社轉交，一個星期後，我意外地接到他的回信，希望我能北上一晤。第二天，我向學校請了假，搭乘十六時四十分的莒光號北上，列車經過中部明亮、寬闊的原野，沿途綠意盎然、景色宜人，使我興奮不已。

夜幕低垂時，我抵達台北，用過晚餐後，換上潔紓牌睡衣——這是種洗過一次，就綯得像紗紙的睡衣。倒了一杯冰水，走到飯店六層的陽台上，瞧著公園裡五彩繽紛的噴水池、涼亭、明暗懸殊的樹叢，和圍牆外燈光交錯、微泛藍光的市區。直到九點過一刻，我才撥了電話給他，接電話的大概是他們的傭人，他說了聲對不起後半分鐘，我才聽到蔣低沉有力、微帶鼻音的聲音。僅僅不久前，我在電視上看到他對著「我們關心的問題」的幾十萬觀衆，作出一些漂亮手勢，當然最主要的還是他那有條不紊、具有說服性的聲音。那晚，他們談的好像是「環境與汙染」這一類社會問題，在座的有市政府的官員、觀光局的規畫師和幾位環境學教授，「如果我們只把它當成街頭等著清潔車來取走的垃圾，」蔣說，「那麼將給我們後代子孫留下無窮的禍害……。」聽起來好像是種預言，七〇年代中期，工廠廢氣、垃圾焚化、河川汙染、人工甘味、住宅安全、噪音、情緒緊張和人口膨脹的壓力，剛開始爲群衆注意，蔣是少數被稱爲「明日專家」的人士之一。但是曾幾何時，人們以多管閒事或是危言聳聽，對他表示不滿。他變得急躁、易怒、口不擇言，老是擔心背後有人要陷害他，他太太和他所有朋友一樣，隨後離開他（我在他們的離婚證書上簽了字），《時報》那篇文章發表後兩年，蔣在一次醉酒後被捕，罪名是——盜用基金會公款。

蔣在電話中問我，爲什麼不直接去他那裡？我回說，時候不早，怎好打擾。跟著他又問起我的近況，我告訴他中部的那所學院，他說他認得裡面的幾個人，我卻和這些人一點都不熟，我不屬於那個圈子，關於這些說話夾雜著英文單字的洋派教授，我可沒什麼好說的。說句洩氣話，我不夠資格跟他們混在一起，大談紐約、芝加哥、普林斯頓、牛津、劍橋的趣聞軼事，充其量我只不過是個年輕靦覥的半調子。蔣後來把我介紹給張德荃、韓森這些重要人士時，我那種鄉村塾師的自卑感不禁油然升起，六〇年代的台北上流社會比較呆板、缺乏彈性，包羅萬象的七〇年代則充斥著暴發戶、投機者、文化小丑、政客和狂熱分子。跟他們握完手後，我就如釋重負地回到角落裡，滿懷敬畏之心，豎起耳朵，傾聽他們的談話。

「好罷，明早我在辦公室等你。」蔣最後說，「我告訴你怎麼走……。」

次日，我按照他的指示，招了一部計程車。一路上，我對著車內反光鏡梳理著不時被風吹亂的頭髮。車窗外，早晨的台北市區沉浸在一層薄薄的霧氣中，馬路兩旁巍峨高大的建築物，橫豎參差的廣告牌，乾淨宜人的紅磚人行道，這些都和我來的地方不一樣。我住的那條街，街道狹窄，街頭翻起的柏油、木質泛黑的電線桿、油漆剝落的門廊。每天清晨，我騎上一輛老舊的幸福牌自行車，一路弄著鈴鐺，在街頭漫步的行人間穿進穿出。復華街兩邊一式樣子的平房中，我花了五百元租了一個房間。黃昏放學時，我將自行車靠門口的空菜攤子擺著，沒有上鎖，跨越門檻，進入一條長長黑黑的甬道，甬道兩邊連著四、五間掛著布帘的廂房，經過時，你會聽到帘後傳來的咳嗽聲。我的房間，氣味陳腐，四壁皆牆，剛搬進來幾天，我不大習慣屋子裡的光線，因此，便想了個辦法，將書桌移到那個一尺見方天窗的正下方，從屋頂直瀉下一道陽光，間雜著漂浮的微粒，我猜那是灰塵。

哦，中部，優閒緩慢的節拍，像極了五〇年代台北華西街、萬華一帶，孩子們赤著腳在午後鬆軟的柏油路面上蹦蹦跳跳，玩官兵捉強盜，踢銅罐子。廿年後，我舊地重遊，縱然景物已大為改觀，高樓大廈、紅綠燈、戲院、現代化，俗不可耐的龍山寺（據說知客僧能操流利的英語），但是我內心湧起的懷舊思古之情，使我像個小女孩般地傷感起來。

蔣看到我這個樣子會怎麼說呢？在他的筆下，眞理、勇氣、悲壯、優雅，即使貧窮亦得顯露高貴、理想，和對藝術、美的不顧一切的崇拜。但是多愁善感，絕不！有一次，他對著我的臉孔端詳了半天，說：「希波啊，你看來像個羞怯的應屆畢業生，舉止笨拙、不知所措……。」他只說了這麼一次，就不再多說，此後便竭力對我施以潛移默化，在我就任他的執行秘書後，我不負所望地學會了世故、圓滑、不動聲色、處處提防著別人，並且留長髮，後髮根蓋到衣領，戴金邊眼鏡，穿幾千塊一件的絲質襯衫，抽美國菸，在宴會上大談「傳統的承續」、「國民的道德方向」和「如何改良社會風氣、提高生活品質」。

那次會面後不久，我就辭去了學院的教職，離開中部，隨身攜帶一個〇〇七手提箱，四千五百元現款和幾本書：《哲學與現代世界》、《文明的躍升》、《廿世紀智慧人物》和一本學校發的《教育心理學》，這些書我已經看了好幾年，從中獲得了一些模模糊糊的概念。蔣則對它們嗤之以鼻，「中國知識分子一廂情願的浪漫想法，以爲精通一點形上學就能改造社會。」他因此開給我一張長長的書單，這些書眞是琳琅滿目，他的書架上都有。可是，我除了被五光十色、洋場十里的台北弄得目眩神搖外，哪裡還有其他的心思，作完他指定的功課。說老實話，我對自己的長相頗爲沾沾自喜，套用蔣的口氣，「埋沒於窮鄉僻壤。」我年輕的眼睛流露出一種天眞的熱情，加上中部樸素、拘謹的外表，這些往往使人誤解了我眞正的內涵，但究竟是些什麼呢，我也說不上來，要是我讀完了蔣的那些書，也許可以描述得清楚一點。

七○年代初，蔣穎超在文化界已嶄露頭角，他的運氣得自他的妻子，霍氏的女兒。財富、名望、權勢像一陣驟雨，把蔣淋得暈頭轉向，文化界甚至有一種「他將出任某一要職」的傳言，對適逢打算取用新人的政府而言，年僅卅七歲，出任要職並非不可能。蔣此時乃在「經濟評論」、「政治論壇」上發表了一系列精闢、獨到的論文。他的筆調活潑、明朗、生動，充滿對生命的熱愛，信仰的感畏。金基、王復榮這些教授視他爲知己，林華、郭宗令這些藝術家以能和他攀交爲榮。這個高潮並在蔣獲得「全國青年獎章」和「十年來文化界風雲人物」而達於頂點。

然而，時過數年，七○年代末期，情形大爲改觀。蔣開始攻擊文化界，他的語氣變得尖銳、刻薄，不留餘地，連他的仇敵都替他捏了把汗，作家、藝人、學者、教授慌忙遠離他。

林華召開記者會宣佈和他絕交。玉玲，他的妻子，帶著五歲的小孩飛往舊金山，霍氏則讓一群律師來對付他。蔣在三月間被免除了基金會的職務。而我卻在這個時候，在紐約、芝加哥、華盛頓、好萊塢東奔西跑，忙著把獎章頒給別人。

時間：民國七十年。

地點：台北。

在這樣一個美好的早晨，陽光好似義美蛋糕的鮮奶油塗在窗玻璃上，從隱藏的冷氣孔傳來輕微、迷人、愉快的嗡嗡聲，在厚厚的地毯和來自安哥拉細白、卷曲羊毛的輕觸下，在「台灣經濟奇蹟」的俯視下，我希波，廿九歲，年輕氣盛、風度翩翩，身居令人稱羡的基金會執行秘書，正站在那面巨大的、體貼的穿衣鏡前，對自己的身分、地位、權力、燦爛的前途以及引以爲傲的儀表，作一番愉悅的檢視。

作這種檢視是有必要的，上午有個和美國人的重要約會在等著我。幾年來，我已經養成了習慣，每天早晨，在穿衣鏡前先讓自己容光煥發起來，之後，我儘量騰出腦子裡空白的一角，預備好容納一天裡的衆多瑣事，使這個世界能熱熱鬧鬧運轉下去，完全靠這些雜七雜八的瑣事；上午財神酒店和美國人的約會，中午和霍氏共進午餐，下午到一個藝術品展覽會替霍氏救濟性地買幾個廢物，然後和朱莉匆匆忙忙地喝杯咖啡，晚間，則代表基金會出席一個不會有什麼結果的經濟性座談會。

我拉平了衣角上的皺紋，再轉過身，從肩膀後瞧著自己的背影。ＯＫ，我輕輕吹了聲口哨，鏡子裡這傢伙該有資格上王榕生的時裝雜誌。在酒店圓桶形的電梯裡，我又梳了一下頭髮，棒極了，一、二、三、四，電梯上升，我的腳底下是個佈置豪華的圓形大廳，咖啡座上坐了幾個香雲吐霧的傢伙，煙霧在他們的頭上聚成一圈，服務生拖著皮箱進進出出，和平、高級氣氛，貴婦、紳士、上流社會的精英，在我的腳底下，晃動他們精修的腦袋。電梯繼續上升，五、六、七、八，電梯門打開的一剎那，我讓自己的臉上佈滿了自信的微笑。

美國人辛甫遜開了門，我們握完手後，辛甫遜親熱地挽著我的手臂，走了進去。

「霍先生好嗎？」他用英語說，「威爾參議員要我問候他。」

「他很好，老而雋。」我回答，「霍先生也問候參議員。」

此種客套話乃是正式商業性會談的前奏，美國人顯然要比東方人來得乾脆、不囉唆，宋時揚有一次說，他任職於「國際問題委員會」，同時身兼三個部門的顧問。他認爲從客套話的長短，可以看出一個國家的工業化程度（很糟糕的，我現在肚子裡裝滿了這一類的名人語粹，不過它的實用性，在許多場合中頗具價值）。因此，工業化程度舉世稱尊的美國人，在客套一分鐘後，立刻進入正題。

「舊金山三家飯店合併這件事已經圓滿解決了。」

「那個小麻煩呢？」

「當事人無條件撤回告訴。」

「好極了。」我適時恭維一句，「你們美國人辦事眞有效率。」

「這裡是所有的文件，」辛甫遜伸出手說，「我的酬勞呢？」

這句話原在我預料中，不過還是使我楞了一下。我掏出支票的當兒，同時審視著辛甫遜的表情。我這樣做到底想得到什麼？難道我想從辛甫遜的臉上找出任何不安和罪惡感，來滿足自己那顆日漸曖昧的良心嗎？

別傻了，我對自己說，一萬美金可不是個小數目呢。

辛甫遜跑這麼一趟，就賺到了我半年的薪水。我開車回辦公室的途中，這些念頭縈繞我的腦際：佣金、掮客、跨國企業、資本家、商業社會的新道德觀。車窗外，林立的大廈、巧克力色的骨架，閃閃發光的鍍水銀玻璃、巍峨壯觀像是銀行金庫的現代化醫院，看起來恰似一張張嚴肅、冷靜、不動情感企業家的臉。在這些臉龐後面，永遠有許多秘密活動在進行著，而我也勉勉強強地沾了點邊，可是我算什麼？是個特務！是個商業間諜！還是個皮條客！

我猛踩了一下油門，標緻車漂亮地搶過了一個紅燈。這種車底盤低，流線型車身，適合在台北的馬路上橫衝直撞。我聽到身後煞車聲大作，並夾雜著粗俗不堪的咒罵——幹、幹你娘——這種辱罵對坐在豪華轎車裡的我，聽來頗覺新鮮有趣。

對一個高級知識分子而言（我現在這樣稱自己一點都不會臉紅），高尚、雅致固然需要，粗俗卻可以作爲他知性生活的裝飾品。說句老實話，今天任何人再也無法從我身上找到一丁點粗俗的成分，一丁點中部的鄉下氣味。即令帶我進入這個階層的蔣也不能，他這個時候，大概在桃園監獄裡某個囚室，和男娼、賭徒、流氓、通緝犯共處一室。想想看，這麼一個耶魯政治學博士，蹲在馬桶邊，抱著膝蓋，無可奈何地吮吸著粗俗、下流、發臭、腐爛的氣味，曾廣受女性讚美的兩隻漂亮耳朵，則被各種單調、無聊、齷齪，從齒縫迸出來的聲音拉扯著。

理智使我放棄繼續體會蔣的感覺。況且，一萬美金這件事根本與他無關。錢、錢、錢，霍氏的錢可以買下一座城市，但是他的女婿並不追求這個，他追求霍氏衣袖裡藏的某種東西，而不是金錢，這就犯了大錯。

我的思維在轉動方向盤進入南京東路時，也轉了個方向，當蔣被捕時，我也曾流了淚，倒不是擔心自己的前途，我頂多被踢回中部重拾教鞭。「盜用公款」這個罪名眞窩囊，換作是我，我寧願到街頭去貼標語、辱罵治安人員，或到外國大使館門前胡說一陣，聽說政治犯的待遇要比普通罪犯好上幾倍，而且能博得同情。但是蔣，幸好想到他的那種不安心情早已消失，我相信他自有辦法應付那些橫眉豎眼的社會殘渣。人爲了環境而彎曲自己背脊骨的能力實在驚人。

標緻車急轉彎的舒適感覺與一種飄飄然的離心力，把蔣和他的不快遭遇，一股腦兒抛到馬路上。我重新回到原先的思考題目上，「粗俗」，這是個無聊的思想遊戲，齊子毅博士，哈佛大學教授，有一次應基金會之邀，回國作一系列的巡迴演講，講題是「傳統與西化」。對精通英語、老莊和儒家思想的齊而言，講來根本毫不費力。當他在掌聲中鞠躬下台後，我陪著他作龍山寺的夜遊，對一位受整套西方教育的博士，蓬頭垢面的路邊攤販，可能遠比中山樓漂亮的接待小姐來得有吸引力，我們在每個有趣的地方停了一下，身邊不遠處，幾個大塊頭的外國人正在胡亂地拍照，這使我覺得有些不自在，因爲我們正在用英語交談，在外國人和自己同胞面前用英語交談。齊並沒有察覺到這件事，他的兩頰因興奮而充血，兩顆小眼珠在眼眶裡跑來跑去。他拉著我手指著一條小巷子，我說那是「風化區」，去那種粗俗的地方不合身分。齊就利用這個機會給我結結實實地上了一課；他提到了「人性」、「罪惡」、「道德」、「墮落」，並解釋了聖經中基督對娼妓的看法，由於身為長老會的虔誠教徒，他對聖經簡直入了迷，但是老莊、孔子和金髮碧眼的耶穌怎能並存於他不凡的腦殼裡呢，不過，我們還是進了那條巷子。我不敢去猜測那些女人對西裝筆挺、滿口英語的我們究竟作何感想?驚愕、憤怒，或是在心裡頭罵我們，不過有一點很明顯的，她們繼續和路過的年輕男子打情罵俏，卻當我們不存在。這眞是個尷尬的夜晚，先是外國人和攤販的奇異眼光，然後是這些女人的忽視與敵意。而齊的反應呢?我用一個導遊的眼光去觀察我的客人，尋思他的企圖，這樣使我稍覺好過一點。齊興致勃勃，半禿的額頭閃爍著油亮的汗珠，視線則從一個半裸的胸部移到另一個半裸的胸部，我好像在推著他往前走，同時聽到他的喃喃自語：好可憐、好可憐……。

好可憐，我的思維又突然間回到了蔣被關的監獄，我經過一間間圍著鐵欄杆的囚室，視線則從一張臉龐移到另一張，那時候，我們這些高級知識分子能比齊對不幸的感覺更直接、更眞實嗎?

和霍氏共進午餐是件麻煩事，因為他吃得極少，而且喜歡在餐桌上說話，麻煩就在這裡，你必須立刻放下筷子，把眼睛望向那個方向，一面讓胃酸去攪亂你的腸子。通常參加這項午餐會報的總保持七、八個人的數目，他的三個小孩(年紀都上了四十歲，但是在他眼中，他們永遠長不大）、兩位總經理、一位貼身秘書和偶爾從什麼地方召來的外放主管，有這種人在座時，我會覺得氣氛較爲輕鬆，因爲霍氏很容易就使他精神緊張。要是事後你問他，午餐究竟吃了些什麼東西，他一定會這麼回答：「啊，什麼？午餐，我不記得吃過什麼午餐。」我則在一個星期受召喚一兩次，因爲我們的主要工作還是對他的大兒子負責，他兼任基金會主席，身材矮胖，下巴上的贅肉遠遠看來就像打了個領結，但是他有三個老婆，因此經常顯得坐立不安的樣子。不過，在餐桌上，他就換了個人，他的屁股不再亂動，眼睛不再漫無目的地飛射。有時候，我不禁會猜想一下，我們在霍氏眼中究竟是個什麼樣子？幼稚園大班生嗎？

在蔣離開後一個星期，霍氏召見了我。當時，我已經把鋪蓋整理好，並在臉上裝出一副不怎麼在乎的表情，只要碰到辦公室同事們投過來同情或是幸災樂禍的眼光，我就急忙把這副表情送給他們，同時聳聳肩膀，畢竟我在基金會也待了兩年，習慣了周遭急促、迷人的商業文化氣息。於是，我在被召見進入霍氏辦公室時，一邊在心裡假想著我們的談話。「坦白說，你最近的表現不太好。」給他一個不在乎的表情，「基金會也許不再適合你。」聳聳肩膀，「不要爲這件事難過，你還年輕，前程遠大。」放屁！

最後這兩個字幾乎使我興奮起來，我站在門口一面整理著領帶，一面以一些古怪的主意來自娛。終於，我還是敲了門。

霍氏從那張巨大的辦公桌後抬起頭來，那是一張老人的臉卻有著年輕人的眼神，他示意我坐在他面前的沙發上。

「孩子，」他注視著幼稚園的大班生說，「你是不是身體不舒服？」

我必須承認，「孩子」這兩個字徹底擊垮了我，我的不在乎、自尊、骨氣，或是由於絕望所產生的虛偽勇氣，頓時消失得無影無蹤。孩子！這是我第一次讓人家這樣稱呼我，不！不是稱呼，這是個很冷酷的事實，對霍氏而言，我希波廿九歲，大學畢業，搞過幾個女人，也在報上發表過幾篇無傷大雅的文章，只不過是個孩子，和五〇年代，那些赤著腳在柏油馬路上東張西望，尋找破瓶子、銹鐵罐好賣幾個錢的小孩沒有兩樣。

「還好，」我回答，「有點感冒什麼的。」

「年輕人喜歡揮霍他們的健康，你到基金會多久了？」

「將近兩年。」

「兩年，也不算短，有很多事情你需要學習。我今年快七十歲了，還得隨時準備接受新的東西，譬如說，今天有人告訴我，我的工廠可以發展人造衛星，我能不懂這方面的知識嗎？」

我點頭同意他的看法，同時避開他的炯炯眼神，望向他身後的那座大書櫥。

「同樣的，你以爲你在這裡待了兩年，什麼事都看到了，」他俯身向前，好像要透露什麼秘密，「事實上，你對基金會根本就是一知半解。」

我點點頭，因爲我是個乖孩子。

「你知道基金會每年要送多少錢給那些傢伙，你知道基金會要養多少個無用的寄生蟲，你知道外面還有多少混蛋想從基金會弄點好處，這些你都知道，」他的聲音突然地提高，好像要叱退圍在他身邊的一群老鼠，「但是你不知道，你不知道基金會究竟是什麼東西，我現在告訴你，基金會就是我，我就是基金會——霍雲程基金會——在我有生之年，我絕不容許任何人把他的髒手伸進來，想利用基金會搞點花樣，任何人，包括我的兒子在內。」

他停頓了一下，讓我沉思這些話的含義。

「懂了沒有？孩子，」他又回復了原來的聲調，「你雖然是蔣帶來的，和他有點親戚關係。不過我看得出來，你跟他完全不一樣，你們是不同的兩個人。」

我懂，我剛進來的時候就懂了，蔣教給我許多東西，教給我如何搖身一變，教給我如何脫胎換骨。但是他從來就不告訴我關於「權力」的秘密，我的中部拘謹和土氣，使所有人都放心地鬆了一口氣，包括蔣，都能毫無防備地把脆弱的背部交給我，這就是我所以不被踢走的理由，我當然懂。

在「午餐會報」上，最大的忌諱，就是心不在焉。好在今天那位來自偏遠地區的工廠主管，吸引了霍氏的大部分注意。誰都看得出來，霍氏正在透過這位戰戰兢兢的主管身上，檢閱他的企業，價值數百億的霍氏王國，它的根部深入了各個階層、各個行業，而基金會就是他的腦袋、他的銅像、他的不朽象徵。當蔣把我從他眼中的泥堆中拉出來時，他並沒有告訴我這一點，他並沒有跟我說，我正從一處泥淖跳到一座墳墓——霍氏的金字塔——這位擁有美、日大學榮譽博士頭銜，名字出現在「世界名人錄」上的慈善家、事業家、政治家、成功的典範，正高高地站在塔頂上，指揮每一個人搬運石頭。雖然蔣很狡猾地隱藏了他的用心，但卻在說服我就任執行秘書的那一天，不小心地透露了一句話：

「老頭最近對我不太滿意。」

此刻，我坐在老頭的餐桌上，懷著敬畏和謙卑之心，觀賞著偉大的霍氏企業的運轉，一邊騰出腦子的一角，竭力確定自己的地位，或者說，我究竟扮演了什麼樣的角色。

那個下午，蔣告訴他的小朋友，老頭對他不滿的下午。我坐在他的豪華辦公室裡，被他美言所動，接受了一間比較小卻同樣豪華的辦公室，中央系統冷氣、厚毛地毯、精美書櫥（我從沒動過書架上的書，好像那是裝飾品）、自動窗帘、洗手間和兩位漂亮的助理小姐。蔣讓這兩位善解人意的女孩拜見她們的新上司後，拍拍那張高背座椅說：「希波，這椅子坐上去比什麼都舒服。」臉上露出古怪的笑意。

這副笑容在我們離開辦公室，駐足在他的賓士車前時，又出現了一下。

「你覺得這玩意兒怎樣？」他打開車門。

「我這輩子從沒坐過這種車子。」

「兩百八十萬，」他說，「不過你該看看老闆的。」

兩百八十萬，這麼多錢超出我的想像力之外，所以我乾脆不去想它。你坐在舒適、柔軟、用鈔票舖成的座椅上，根本不能想任何事。

賓士車穿進擁擠、嘈雜，被現代化踐踏過的黃昏街道。夕陽的餘暉這時候透過濾色的車窗在他英俊、紅潤、多肉，被自己話題所激動的臉上，來回地游動。這當兒，他正談到民主、傳統、知識分子、鄉土文學、國家藝廊、文化使命、經濟奇蹟，和奇形怪狀的億萬富豪（這個社會以每四十八小時一位的速度，製造出億萬富豪）。

「紀慶文是個超級政治大白癡，他最擅長的只是睜眼說瞎話，台灣的問題不是用幾個大原則、幾個口號就能解決的，你讀過他的〈台灣的回顧與展望〉沒有？」

「沒有，」在賓士車裡的我回答，「我一向對政治興趣缺缺，我認爲所有的政治家只有一個目的，想盡辦法要你去投他一票，我到現在還沒去投過一次票，我不知道投票箱什麼樣子。」

「這怎麼可能？你進過大學，弄了個學位，政治知識卻停留在小學生的階段。台灣未來的領導階層需要各方面的專業人才，只讀過《論語》、《孟子》的老傢伙們，對這個急遽發展的社會，反應遲鈍。這些老頭子爲什麼還不自動辭職？」

「我想他們需要賺錢養家。」蔣給了他的政治學小學生一個白眼。

嘆了一口氣，蔣接著開始攻擊某些政治人物，在嚴肅、沉重、令人不安的氣氛中（我實在不想聽這些事），他的話題包括：特權、綠卡、美國銀行存款、公子哥兒的笑話、坐輪椅的政治家和台灣富裕的危機。

「但是，這些和基金會到底有什麼關係？」我問。

「基金會有能力把海內外專家、學者聚集起來，有效地貢獻他們的學識與力量，你想想看這件事多麼有意義。」

「那，霍先生怎會對你不滿？」

「他只想把基金會辦成一個皆大歡喜的俱樂部，每個人都可以進來喝一杯免費酒，同時謝謝他們的主人。」

「那麼我吧？我能幫些什麼忙？」

「我樹敵太多，隨時有人準備暗算我，我需要一個能信任的人。」

我默不吭聲。

這就是了，孩子們信任霍氏，因爲他買餅乾給他們吃。蔣要我信任他，因爲他準備給我一大把糖果吃。

「不過我也不是好惹的，只要給我幾年的時間，我不會白白挨打……。」

車子的輪胎在郊區路面上，奏著輕快的音樂，穿著強森服裝店英國師傅裁剪西裝的基金會副主席，兩手緊緊地握住方向盤，額上的青筋暴起，目露兇光，猛踩著油門，在高速、奔馳、激動、盛怒，即將降臨的夜幕壓迫下，正以不道德、邪惡、陷害、誹謗、出賣、政治陰謀來嚇唬他的小朋友。

「聽來像是一場幫會火拼呢。」我勉強作了結論。

「比那個嚴重多了，我告訴你，我隨時會被暗殺，有人想拿我的頭蓋骨當鎭紙。」

「眞是的，」我長長吸了一口氣，移開話題，「車子能不能慢一點，你一向都開這麼快？」

「不錯，」蔣減低速度，「沒什麼關係，附近警察認得我的車子。」

「情況既然這麼惡劣，」我考慮了一下說，「你找我來，只會把事情弄得更糟。」

「這個你不用擔心，我不是跟你說過，我也不是好惹的，要沒幾分把握，我敢找那些老傢伙麻煩嗎？『ＣＩＡ』的一些人找過我。」

「ＣＩＡ」這個字使我悚然一驚，蔣注意到我臉上受驚的表情，便不再多說。

車子在半山腰停了下來，蔣跳下車，拉著我走到路邊，指著另一處山坡上，在暮靄籠罩下的墓園。

「那是陽明山公墓。」他扶著我的肩膀，聲音變得柔和、充滿感情，我把視線從他的臉龐移開，這種露骨的親暱使我不安。夜幕慢慢低垂，樹影、風聲、斷崖、墳墓、蔣的低沉聲音，彷彿自死人中召來了許許多多魅影。

「我知道，」我說，「我姊姊就埋在那裡。」

「我對不起你姊姊，」蔣用力抓著我的肩膀，「我這輩子最大的憾事就是不能跟你姊姊麗玉廝守終身，我不該把她一個人扔在台灣。有時候，我會想，如果我不去美國，情況可能不一樣了，我大概會在鄉下某個中學教書，過著與世無爭的生活……。」

蔣穎超和我姊姊麗玉相戀的時候，我只有十三歲。我父親當時在鐵路局任職，我姊姊也在那裡上班。蔣和我們住在同一條街，我現在還能清楚地記得那條街的樣子，當時還在大學唸書的蔣，常帶著我姊姊沿鐵路散步，偶爾他們也讓我跟著去附近的一家冰店。大部分的時候，我卻是獨自一個人在鐵軌上跳來跳去，或是拿石頭追打枕木上的麻雀。鐵道經過我家後院，火車經過時，會把曬衣繩上的被單、衣服、枕頭套颳得嗖嗖作響，夜裡火車進站前，會拉起長長的汽笛，於是我睡的木板床也隨聲附和著。我記得這些芝麻小事，我記得理了個小平頭，戴一副近視眼鏡的蔣，他教我英文字母的發音，帶我吃冰，追我姊姊，並在十五年後，要我就任他的秘書。

他拍拍我的肩膀，把我從沉思中喚醒，天色已經全黑了。

老闆把那位外地主管弄得筋疲力竭之後，將箭頭指向我。

「希波，」他使我停止了一切動作，「下午，你到國家藝廊走一趟，帶幾件東西回來。」

他沒有說那些東西是「廢物」，這點非常令我欽佩。我是說眞的，要是我到他那把年紀，能夠用錢買到的任何東西，我都會當它們廢物。藝術：廢物，音樂：廢物，女人：廢物。除了時間之外，一切都是廢物。

如此，我便打扮停當，口袋裡裝了支票簿，打算去帶它幾件東西回來。國家藝廊今天裝滿了待價而沽的東西，那些和藝術有關的人士都得聞風而來，因爲他們都看到了今天的早報，在奶油、土司、稀飯、豆漿之間，看到了基金會替他們的高品質生活請來了黃盛、張載、葉維仁，這三位美籍華人畫家——西方的藝術精神，屈服在他們的中國畫筆下——一家早報的藝術評論員這麼說。「西方」經常被我們本地的音樂家、畫家、舞蹈家踢來踢去，它只能有兩種命運，不是被打跑，就是很客氣地馴服在中國浩瀚偉大的傳統文化中。我和這三位畫家，一一在他們的作品下（《死禪》、《巴哈的三號女神》，和《來自荒城的足音》），讓攝影記者拍照留念。我們緊緊地握著手，把臉轉到同一個方向，讓笑容凍結在鏡頭前。於是，我突然地想起了蔣，這位曾經教我「如何面對鎂光燈」的導師，在他瀕於瘋狂前，對整個文藝界的看法：「台北在短短幾年中，從印象派發展到了超寫實主義。」他認爲繪畫界一片混亂，缺乏一種秩序，也許要經年累月才能形成制度，同樣的情形，也發生在其他的藝術形態，台北的綜合改良舞蹈，在鄉村設備簡陋的學校禮堂中，搭起了絢麗的佈景，謝幕時起立鼓掌的觀衆當中，有一半以上是裝扮時髦的城市人，第二天，他們收拾行李離開的時候，留下了地方人士對大都市的嚮往，和地方戲劇的明顯影響。文化界人士在「追尋民族的根」的時候，將會發現地方藝術、歌仔戲、木偶劇團都蒙上了濃厚的都市色彩。另外在傳統音樂和流行歌曲糾纏不清的當兒，台北的電視台出現了從校園歌曲發展成的現代民歌，這些只想一夜成名的小伙子，抱著吉他，不負衆望地從街頭唱到了夜總會。

在他神智清醒，不亂罵人的時候，他的話聽來頗有幾分道理。

「霍先生預祝你們這次畫展成功。」受過鏡頭前訓練的我說，「他希望這次盛會能帶動整個藝術界，朝一個更光明、更豐碩的未來邁進，並且藉著你們和所有藝術家的努力，來改善全民的生活品質、提倡善良的社會風氣，幫助我們國家達成『文化大國』的目標。」

「謝謝你，」畫家們收下支票後說：「請替我們向霍老先生致最大的敬意。」

我當然不會這麼做，老闆在下午一點以後，就再也不會記得要我帶幾件東西回去這件事，他太忙了。何況我等一下還有更重要的事，和朱莉在咖啡廳碰面。我把這三件東西讓跟我來的助理帶回基金會，並要她在某本簿子上列上「購畫支出」十萬元這麼一筆，然後事情就此結束。

她氣呼呼地坐在咖啡廳裡，因爲我足足讓她等了半個鐘頭。

「希波，我到底看上你哪一點？」漂亮、嬌小、發火的朱莉嘟著嘴，「你根本不尊重女性。」

什麼話？新聞研究所畢業的朱莉，對她的愛人希波根本不了解。他舉止斯文，說話像吹過一陣和風，從不忘記稱讚女性的髮型、服飾，在酒會中瀟灑地替女士們點菸。霍氏的女兒有一次當著蔣的面說：

「你該學學希波，他從不在女士面前大吼大叫……。」

「他還是個小孩，」蔣冷冷地回答，「他分不清什麼是眞正的女士。」

這話可是惹惱了我，於是我踱到一邊，給自己倒了一杯酒，遠遠地看著他們的爭吵，他們喜歡當著我的面爭吵，好像這樣就會讓我有「家裡人」的親切感。隨後，蔣就氣呼呼地走過來，也給自己倒了一杯酒，一仰而盡，再倒一杯，然後氣急敗壞地坐到我對面。這時候，從另外一間小客廳裡傳來「公主」（我們都這樣稱老闆女兒）暴風雨似的鋼琴聲。她大概把怒氣發洩在一排排琴鍵上，她不停地重複著幾個令人心神錯亂的高音，蔣在這當兒，便會狠狠地站起來，朝著那個方向，瞪大眼睛，仰起脖子，將那杯酒一飲而盡。

「他媽的……」過一會兒，酒精鑽進他的腦袋，他的嘴巴就會吐出這些話：「她以爲自己是誰？賈桂琳歐納西斯，還是伊莉莎白女皇。屁！她什麼都不是。她彈鋼琴就像個小兒痳痹症患者在敲盤子，她老頭可以給她買下整個國父紀念館，就是沒辦法教會她彈鋼琴，她連催眠曲都彈不好，她只會把睡熟的嬰兒嚇醒。她以爲自己是誰？藤田梓，還是郭美貞……。」

再多喝幾杯，他的難聽話更會傾巢而出，於是這個時候，「公主」便會結束她的演奏，回到戰場。她不動聲色地站在蔣的身邊，冷靜地、自信地、一字一字地把蔣的話吞進肚子裡。

「她以為她老頭有幾個臭錢，作大官，就能耀武揚威，就能把我當狗一樣使喚，屁！她老頭的錢都是黑心錢，他逃稅、非法貸款、騙退伍軍人的錢、賄選、送肥皀粉給老太婆、花錢買好人好事，他是什麼東西？用錢替他女兒買個丈夫嗎？」

這樣說眞是過分，當初霍氏還阻止女兒跟他。我知道有幾個現任要職的名門公子當年還是她的崇拜者。於是「公主」忍不住了，但是她儘量地不使自己失態，從齒縫中發出一聲冷笑，像是來自另外一個幽冥世界的聲音。

「蔣穎超，」她手指著他發紅的鼻頭，「你比狗都不如，狗還知道感激，還知道搖尾巴。你難道忘記了你在美國的慘狀。是誰給你錢唸書的？是我。是誰燒飯給你吃的？是我。是誰給你機票，讓你回國奔喪的？是我。是誰造就你今天這種地位的？是我、是我……。你這個忘恩負義的雜種，你母親在夜市裡擺麵攤，你只配替她洗碗、擦桌子，你連下麵條都不配，你這個雜種……」

到這個時候，我想我應該告辭了。於是我給了公主一個同情的眼色，拍拍蔣的肩膀，離開客廳。在經過游泳池的當兒，我聽到背後傳來一聲女人的尖叫。我猜極可能蔣正在揍他的太太，不過我沒回頭，我只朝碧綠的池水吐了一口痰，就這樣便解決了自己情感上的問題。

「希波，你在聽我說話嗎？」咖啡廳的朱莉說，「你怎麼失魂落魄的？」

「沒什麼。」我重新集中注意力在面前的摩卡咖啡上，這種咖啡的味道有點像是你突然打開一個老式壁櫥所聞到的那種氣味。我把小杯子的奶精一股腦兒倒了進去，再輕輕攪拌一下，於是一些小小的白花從杯底爭先恐後地浮了上來，好似國慶日水門外放的煙火，「我剛剛替基金會在國家藝廊買了三幅畫，我正在想這三個東西的名字，叫什麼來著？哦……有一個好像是——來自荒城的足音。」

「那是什麼意思？足音——。」

「我也不太懂，那是超級寫實的東西。朱莉，妳今天幹了些什麼？」

「什麼也沒幹，除了在咖啡廳裡像個呆瓜般的等你，還能幹什麼？」她的眉毛揚了起來，小小的鼻尖一聳一聳的，這是她生氣的前兆。

「說眞的，我昨天在晚間新聞上看到妳，那個樣子可把我迷死了。妳到兵營裡幹什麼？」

「採訪一件『軍愛民』的新聞，他們還要我簽名，當我是電影明星呢。」

「妳本來就是，記者那有妳這麼好看的。」

朱莉高興了，她知道自己漂亮、學識豐富、充滿魅力。她昂起頭的時候，髮下的金耳環閃了一下，大家便會聽到那對耳環發出的叮叮聲。有幾次，我們在街上走，一些女學生認出了她，圍繞過來要她的簽名。朱莉便輕輕揚了揚頭，用眼角瞟向我，我因此注意到她小小、可愛的下巴，和細白頸子上支撐著的小腦袋，我常常想這個小腦袋究竟在想些什麼呢？她能用流利、正確的英語嬌聲說：「台灣歡迎您的光臨。」然而，她罵起人來，粗話也會脫口而出，有一次，她被逼急了，辛仁偉看中了她，認爲她夠資格做他的媳婦。被惹火了的朱莉抓起電話，劈頭便吼：「狗屎！」然後把話筒狠狠一摔。她就是用這種盛氣凌人的態度，使那些高官子弟像蒼蠅般地繞著她團團轉。

「你每天就做這些事，買畫、搞座談會、四處送支票、安排宴會的菜單、開標緻車帶女人兜風，希波，你將來究竟作何打算？」

「我不知道，我可能回去教書。」

「教書？我的天，你壓根兒就不是教書的料子。」

我知道朱莉說的是實話，我是在自欺欺人。是嗎？可是爲什麼？我給人家的印象難道永遠是這個樣子？一個無害偶爾會逗逗樂子的小動物。朱莉說得可能不錯，我根本不是做任何事的料子。儘管這個社會處處塞滿混日子之輩，玩股票、搞房地產、中間人、跑腿、聽差，每天到什麼地方晃個幾分鐘，就能賺進大把鈔票。這些傢伙到處都是，但是他們知道自己在幹些什麼，知道自己在混。我呢？美麗的朱莉忙著把一些人做的事告訴其他人，我卻置身事外。蔣被捕的那個晚上，我掉了幾滴眼淚，就是這麼多，我姊姊過世的那一天，我也是這個樣子。我發現爲悲傷而悲傷，再愚蠢不過了。人活著，只爲解決不斷發生的煩惱，愚蠢。那麼眞理呢？沒有這個東西。只有愚蠢的像是眞理的東西，我叫它智慧，智慧使我們想去接近眞理，去接近那種不存在的東西。不管你跑著去、爬著去、滾著去、一路哭泣著去，這些動作就是智慧。有人問聖奧斯丁（天主教的聖人）：「上帝究竟在天堂裡忙些什麼？」奧斯丁回答：「上帝正在忙著爲問這些蠢問題的傢伙造地獄。」

假如上帝是智慧的話，那麼生活便是地獄。奧斯丁的話大概是這個意思。

我想這樣告訴朱莉，爲什麼我看來好像不是幹什麼事的料子，其實那是一種形上學的論爭。但是朱莉正張大著她那大而黑、滿蘊智慧之光的眼睛注視著我。

「那我該怎麼辦？」我覺得我在取悅她。

「你應該把你大學唸的那些東西找回來，」她一本正經地說，「你要是讀經濟，你就找個跟經濟有關的差事，當然不必回中部教書，基金會能幫你在財政部、經合會或是國營企業找到好差事，只要你肯上進，前途還是不錯。」

我非常了解，女人想託付你終身之前，一是要先把你面前的那塊地清除乾淨，告訴你應該走那條路，以免掉進水溝裡。雖然朱莉以開放、成熟的新女性自居，但是骨子裡，她和你的老祖母沒什麼兩樣。

「妳是說，我在基金會的工作不好，妳知道我月薪多少？」

「那不是錢的問題，我是說——價值、成就感這些……。」

「價值？我不懂，哪一種行業比文化事業更有價值，妳自己的記者工作呢？」

「我們的地位比較超然，我們不扯進去，但是你，你的朋友蔣就是個例子，有一天，你也會陷入泥淖不能自拔。」

就爲了我遲到半個鐘頭，我必須聽她長篇大論的訓話，價值、生活態度、進取心，女人談論嚴肅問題時，態度會顯得曖昧、缺乏女人味。當她們像小母親低著頭，縫你的襪子時，千萬不要引進「世界危機」這類話題，那會很可笑。朱莉關心我，或許她還愛我，但是她可能不了解，我和她的那些「狗屎」不一樣。

「我不會，我不想扯入任何麻煩，我只想作個技術人員，妳懂嗎？一個受薪的技術人員，只對他的工作負責。」

「可是，我聽說，內幕重重……。」

「妳哪裡聽來的消息？」

「傳言，」她沉吟了一下，「不過未經證實，好像跟美國人有關……。」這些事跟我無關，老闆想怎麼做他的超級華人，那是他的事。我攤開雙手，作了個無可奈何的姿勢，然後離開座位，在洗手間的鏡子裡扮了個鬼臉。回來時，朱莉正在抽菸。

「妳剛剛提到蔣，」我換了話題，「有他最近的消息嗎？」

「我聽說他被送入醫院，好像在監獄裡出了點事。」

「出了什麼事？」

「我不清楚，我記得有個同事提了一下，他現在已經沒有了『新聞價值』，連地方版都不提一個字。」

「能不能打聽一下？」

「好啊，我明天打電話給你，你會在辦公室裡嗎？」

「我明天一整天都會待在那裡，」我說，「想妳，等妳的電話。」

朱莉打了三次電話才找到我。不過她可沒發脾氣，她要面對我才會不講理。她的聲音出奇地溫柔，在話筒的另一端，我好像看到了朱莉煥發著女性光輝的臉，和準備隨時掉下來，眼眶裡的兩顆淚珠。她用哄小孩的聲音說：「希波，你不要難過。」「希波聽到這個消息，你不要太難過。」可是，天曉得，她的乖寶寶那時正在幹什麼？他剛從會議室回到自己辦公室，縮入那張大辦公桌後，脫掉鞋子，把腳放在一個矮凳上，手上則在翻閱一本《閣樓》雜誌。不遠處他的兩位助理不時用眼角瞟向這裡，你不能怪她們，現代女性對權威、魅力和吸引她們的那些東西，往往混攪在一起。朱莉在她內心深處的一個神秘盒子，一定保存著某種奇怪的意念，像是青春期時，某本小說中感動她的一句話：「愛妳的男人，並為他受苦。」

「嘿！」我把雜誌放到大腿上，一手持著話筒，「朱莉，妳的消息眞靈通。」

「希波，你不要太難過。」

「我不會，對蔣的事，我曾經難過了一陣，但是現在都已經消失了，時間治癒一切。」時間，這兩個字使我迷惑了一下。時間能夠治療蔣的創傷嗎？或是加深他的痛苦。

「希波，答應我不要太難過，我才告訴你。」

「好。」我說。可能我答應得太快，朱莉在話筒的另一端，沉默不語，好像受了一點傷害。

「朱莉，告訴我他究竟出了什麼事？」我壓低聲音，「是不是死了？」

「差一點，他被同室的囚犯，用長鐵釘刺進了腹部，他不敢報告上去，照常到監獄工廠工作，但是那根鐵釘可能生了銹，或是刺中要害，當天下午，他暈倒在一堆竹製手工藝品中，他們立刻送他去醫院，情況好像很嚴重。」

「哦。」

「你就哦這麼一聲？」

「妳要我怎樣？難道要我抱頭痛哭。」我有點生氣，「這幾天，我被他搞得好煩，我常常想到他，有時夜裡還作噩夢，聽到他的冷笑聲。」

「你沒做對不起人家的事吧？」

「我不知道，他被逼急的時候，連我都攻擊，好像一頭發瘋的狗。」

「你不能這樣說，他也許急躁些，野心太大，但是他絕不會是頭瘋狗，他是個博士。」

「話是不錯，」我說，「但博士並不是超人，他們偶爾也會幹些齷齪的事，妳什麼時候有空，我們一起去看他。」

她說了見面的時間和地點，跟著把電話掛斷。

好極了，我對自己說，麻煩事來了，你以爲時間是萬用靈丹。你先是悲傷一陣，然後剩下同情心，最後，你連這個都不需要了，時間會使你眞正成熟，使你變得冷酷而堅強，使你不再拖泥帶水。好個笨蛋。

我把雜誌丟進抽屜裡，套上鞋子。我打算到什麼地方去，找點事做。跟我的助理打了聲招呼，我離開辦公室，走進電梯，在電梯裡，我看看錶，下午三點鐘。在我身前站了個穿藍色制服的清潔工人。他從進入電梯到現在一直抬頭看著上方的指示燈，十樓、九樓、八樓；好像那些數目字對他有什麼重大的意義。我看不到他的臉，但是從他的髮型、頸子、腰圍，可以看得出來，他還年輕，也許年紀比我還小。突然之間，我想看看他的臉，但是我抑住了這個可笑的衝動，我大概希望看到這麼個年輕的背影，卻有著一張老邁、滿佈皺紋的臉。電梯停在三樓，他走了出去，我目送著他的背影。我想我應該叫住他，請他喝杯咖啡，問問他對所謂「生命」這碼子事的看法，也許他說的會比較具體些。

我鑽進自己的車子裡，開了引擎，離開霍氏大樓的停車場。在登上大馬路時，我煞住了車子，生平第一次，我不曉得究竟要往何處去。

我在朱莉想發揮她的同胞愛時，說蔣像條瘋狗。怎麼會這樣？我爲什麼會幹這種事？午後的中山北路氣悶、懶散、帶著昏沉的睡意，我猛踩著油門，在高速下輕微晃動的腦袋，卻了無睡意，醉酒、疲勞和心不在焉是車禍的主因，我想像在下一個路口，衝進紅燈裡，然後所有的事情便得從頭開始。文明愈進步，自殺的方式愈簡單有效，原始人除了跳進河裡和躺在獅穴口，想殺掉自己實在是件麻煩事。但是，這算什麼！怯懦、矯情、以殺掉自己來自娛，坐在高級轎車裡，戴金邊眼鏡，穿絲質襯衫的，怎麼是這個樣子？

朱莉甚至懷疑我對不起蔣，她憑什麼作這種判斷。我爲蔣的事自責、失魂落魄、故意不在乎，是因爲我不夠成熟，不夠資格成爲霍氏的「獨當一面」人才。我說蔣像一頭發瘋的狗，是因爲我也被逼急了，被我那顆他媽的曖昧良心逼急了。假如你想過眞正的好日子，就必須踢掉一些東西，第一：你那些婆婆媽媽的童年記憶（好久、好久以前，姊姊、我和蔣，我們幹了一些童話般的事）；因爲你總會有一種錯覺，你那個時候認爲，任何事情都美好得不得了，而且還將永遠地繼續下去。第二：你的那顆曖昧良心（良心，我們從小就被教育成，我們生來便擁有這個東西，我的老天！）在好人和壞人這兩者之間，你總是承認你只能是其中的一個，你不能既是好人又偶爾幹點壞人的勾當。或者你本來就是個壞蛋，卻以成爲自己都不相信的好人來自娛。

夠了、夠了，我對自己說：停止這種減輕罪惡感的遊戲罷！看看窗外，看看那些活生生、快樂、沉默不語的景物，看看你把車子開到什麼地點去了。

我熄了引擎，打開車門，往前走，發現自己正站在陽明山區半山腰的一處小土堆上。陽光穿透稀疏的枝葉，投射在我腳前，有風吹來時，樹影跟著變化，好似一片片搖曳、跳動的蛛網。我抬起右手掌，作一個遠眺的姿勢。哦！我看到了什麼？這是哪裡？我怎麼會到這裡來？隔著面前這條山溝，我看到了對岸山坡上的墳場，雪花般的蘆葦，以及陽光下發亮的墓碑，我幾乎可以看清楚墓碑上的字迹，顯考……。我坐在一塊石頭上，抽起菸來，從這個角度看不到我姊姊的墳墓，但是我看到了她死前的情景，這眞卑鄙！在這個平靜、安詳的下午，我開著標緻車老遠來打擾她的鬼魂。我想起她在彌留前的情景，她緊閉著兩眼，兩頰和眼眶深陷到可怕的地步，原本油亮漆黑的頭髮，現在一片枯黃，被子底下裹著似孩童的身軀，露在被外的手臂像兩根稻梗，指甲已經泛灰。我坐在床頭，讀著蔣從美國寄來的一封信（音訊斷了一年），我們想這封信也許可以使她振作點，她已經在這個鬼地方躺了三個月，徐氏外科的病房潮濕、陰暗、充滿腐敗氣味，從窗口只能看到一堵牆和一小塊泡泡糖似的灰色東西，那大概是天空。醫生偶爾進來張望一下，在他把她割得差不多後（胃切除三分之二），醫生進入病房，好像就只爲了做這件事：拍拍我的肩膀。我母親這時候蜷縮在一張破舊的沙發裡，抱著膝蓋，受盡折磨的腦袋，無力地吊在她的脖子上。我讀信的聲音，使她的肩膀動了一下，但是她依然維持著同樣的姿勢，我想她是睡著了。

蔣在信中解釋他所以未曾回信，是因爲他身處一個截然不同的環境，需要心無旁騖的去適應，而且美國是個不寫信的國家，是個充滿希望的國家。他在那裡好像變了一個人。他得把全副精神用在追求他的理想上，他希望我姊姊能把他們這一段感情淡忘，重新開始自己美好的生活，因爲她還年輕，有的是時間，他祝福她。

這封信眞殘忍，我希望我們不曾接到它。但這是我姊姊臥病以來，第一次聽到他的消息。在這以前，她千方百計地打聽他的事，她連美國大使館都去了好幾趟，她認爲美國政府把她的信搞丟了，她甚至在大使館裡放聲哭了起來。

我低下眼睛注視著病床上的姊姊，她只張大著兩隻空洞的眼睛，沒有淚水，但是我知道她正在無聲地哭著，她內心深處那個隱秘的、可笑的幻想破滅了。我不知道自己這樣做究竟對不對。但是我隱隱約約覺得，任何人，不管是誰，在他生命的最後一刻，都有權利知道事實和眞相，這是公道，老天爺無私的公道。

我把信輕輕放在她的手掌上，不忍心再看到她受苦的模樣，於是，我打開門走了出去。時間，蔣說，她有的是時間可以重新開始美好的生活。王八蛋！我現在知道他的所謂理想，就是在美國大而圓的月亮下，抱霍氏的女兒。王八蛋！我姊姊從大使館被美國人趕了出來，他卻在美國移民局舉手宣誓說：「我願成爲美利堅合衆國的一員。」王八蛋！

我回來的時候，他們說我姊姊過去了，但是她從頭到尾都沒掉一滴眼淚，灰白的小手掌上卻緊緊地抓住那一封信，好像她這輩子就只擁有這一件東西。

在我們前往醫院途中，朱莉不大說話，她的表情非常嚴肅，好像一個準備受罰的小學生。哦，現代人習慣把與自己無關的事丟在路邊，但是朱莉卻把它揀了起來。

「朱莉，」我溫柔地說，「我從沒碰過比妳更善良的人。」

「啊！」她好像給嚇了一跳，「你說什麼？」

「其實妳並不需要跑這一趟的，」我把車子停在路邊，「我一個人去看看他就行了，監獄是個齷齪不堪的地方。」

她轉過臉，以一種奇怪的眼光注視著我。

「希波，你心裡打什麼主意，我猜得出來。有時候我覺得比你自己還了解你。」

「我打什麼主意？」

「你根本不想去看蔣，是不是？」

「我不知道，」我笑了一下說，「我要妳下車後，才能知道。」

「所以我不下車。」

「好啊，」我說，「很高興有妳作陪，要面對一件不愉快的過去，有個人在身邊好多了。當我準備流淚時，請妳遞上手帕。」

「我還可以替你擦拭一下那顆赤子之心。」她生了氣。

「謝謝，」我說，「我忘了告訴妳，蔣是哪一種人？他不是烈士，也不是懦夫，他只是運氣不好罷了。」

「你呢？你到底是哪一種人？」

「我運氣不錯，」我回答，「我並沒有拿一個偉大的理想來欺騙自己，我不需要那個東西。」

「那你需要什麼？」

「我不知道，也許它根本不存在。」

朱莉不再說話，她可能認為我不知所云。我常常只把話說一半。我認為無論你想把話說得多誠懇、多詳細，別人只會揀他們喜歡的那一部分聽，因此話只需說一半就夠了。朱莉事實上對我需要的東西完全不感興趣。誰都明白，每個人都會對他內心眞正渴望的那些東西秘而不宣。假如有種機器能讓你聽到人們內心的秘密，一定會把你嚇一跳。我眞正想要的是——你一向所尊敬的父親可能會這麼說——一艘潛水艇，載我離開令我心煩的老婆和孩子。我有時候也會問自己，我最想要的究竟是什麼。一次，我日夜渴望的一位天仙美女終於被我弄上床，在一番激情後，我抱著她卻覺得像是抱著一塊石頭。於是這幅景象便慢慢從我內心深處浮了上來；那是一扇地窖，四壁皆牆，沒有一扇窗子，我把門關上後，世界便隔絕了。在這裡，我可以隨心所欲，做自己想做的事，我可以大聲跟自己說話，像猴子一樣跳來跳去，抱頭撞牆，享受一下死刑犯的恐懼和絕望，或者乾脆全身脫個精光，塗上柏油，再黏上一根根漂亮、英挺的雞毛。我當然不能告訴朱莉，我這輩子最想做的事，可能是把自己打扮成一隻喔喔叫的雄雞。所以，我從來就不去白費力氣猜測別人的眞正用心，或者對某件衆所公認的事妄加斷語。

不過無論如何，我必須承認，這幾天，我一直在解釋自己的行為，或者說，我一直試著解釋自己的行爲。在我和美國人辛甫遜約會前不久，老闆曾當面告訴我，他打算委我以重任，至於什麼重任，彼此心照不宣。基金會副主席那把椅子自從蔣離開後，已經虛懸了兩年。我並沒有把這件事跟什麼人提起。朱莉注意到我失魂落魄的樣子，但是她並沒深究。我告訴她，我只想幹一個聽話的技術人員，也許我存心說謊，也許不。在我稚氣、無害的眼睛後面隱藏著某些東西，我一直想把它挖出來瞧一瞧，卻沒成功。但是，有著獵狗般嗅覺的老闆可能發現了什麼，他在打算委我以重任的那天，緊盯著我的眼神說：「希波，他們都把你低估了。」

我現在眞想抓住什麼人，告訴他，從前有一個時候，我，希波，只想幹個與世無爭的副教授，在黑板前比手畫腳一番。即令，在我接受蔣的秘書一職，我也不斷地以「行爲語言」來暗示別人，我絕沒有任何企圖，我最多只想沾點邊罷了。蔣相信了，但是老闆——偉大的霍雲程先生，他不相信，他從頭到尾就不相信有所謂「不妥協」這種人存在。他冷靜地、欣慰地觀賞著我的學習過程。

此時，我開著車子，前去探視我的老朋友（他差一點成爲我姊夫），並在香車裡和美人邊，竭力澄淸自己和蔣的關係。

我記得那一天，他在暴怒之下，衝進我的辦公室，他漲紅著臉，兩顆眼珠像要跳出來。「我姓蔣的今天總算弄淸楚你是個什麼東西。」他揪住我的衣領，使勁地搖了幾下。

「你抓痛我了。」

「你這個衣冠禽獸，我要勒死你。」

但他太虛弱了，因此很輕易就被我推開，他跌坐在一張沙發上，氣喘如牛，我的兩位助理早已跑得不見人影。

「你又喝醉了，」我冷冷地說，「再這個樣子，我就揍你。」

揍你，這兩個字正刺中他的要害，他像一頭栽入陷阱的兔子，手指著我，結結巴巴地說了幾個字：

「你……你……。」

「請你出去，你應該弄清楚自己的身分，你今天可不是副主席。」我說，「再胡鬧，我就叫警察。」

「你……你……」他臉色蒼白，呻吟著，「我知道的……你一直在找機會報復……對不對……你外貌純潔無辜……心裡卻想吃我的肉、喝我的血……你要爲你姊姊復仇……對不對？對不對？……你在背後暗算我……打小報告、扯我後腿……還、還睡我老婆……你……你。」

我沒有回答，我不想解釋任何事情，我從來沒有背叛誰，因爲我從來就不屬於任何人。蔣要我當他的秘書，主要是爲了向我姊姊贖罪，這點我清楚得很。一個人功成名就之後，就會想盡辦法改造他們的過去。然而，我卻一點都不怪他，復仇更屬不可思議。

從小，我就有一種奇怪的想法；我可以嘲笑別人，但是我沒有資格妄論是非。如果人類歷史只是上帝午睡時的一場夢，那麼我們就是夢中一些虛幻、漂浮、不知所措的泡沫，而一個泡沫憑什麼告訴另一個泡沫，它是個什麼東西。此外，我也沒睡蔣的老婆，她在我面前喝得爛醉，其實我那個時候就應該離開的，但是我沒有，我抱著她進入臥房，哄著她入睡，她是個動人、乳房碩大的女人，天知道如果不是醉成這個樣子，我會不會占她便宜。這天，正好是她女兒的生日，但是蔣一直沒出現，他出現時，已經是淸晨六點鐘，他所見到的情景是，兩個衣冠不整的男女，躺在一起。我當然不能怪他說我睡了他老婆。不過我當時並沒有爲這件事解釋過一個字。（我一直預備在什麼適當的時候，告訴他，幹那種事，腳上還會套著鞋子嗎？）我走出臥房時，看到他坐在客廳裡，睜著一雙滿佈血絲的眼睛，由於宿醉的緣故，我當時迷迷糊糊地說，「早，穎超。」同時聳了聳肩膀，朝臥室那個方面丟了個曖昧的眼色，好似兩個逛妓院的朋友，互作無言交談的樣子。

但是，究竟是什麼原因，使我對著他大吼：「揍你，」還威脅他叫警察。

不管我的腦子裡想些什麼（一度我希望車子拋錨，或是撞上安全島），我們終究到了醫院。朱莉的記者身分省去了許多手續的麻煩。一位警衛和護士領著我們進入病房。朱莉把她帶來的一束玫瑰和一籃水果放在床邊的小几上。警衛朝我點點頭，於是我走上前，懷著一顆忐忑的心（我不知道他會作何反應）。

「穎超。」我輕輕叫他名字。

「很不巧，」那護士說，「他剛剛服了止痛劑，睡著了，兩個鐘頭後才能醒來。」

「他的傷勢怎樣？」

「很嚴重，他還感染了破傷風菌。」

我和朱莉對望一眼，她走到我身邊，緊緊地抓著我的手。

「好慘。」我讓自己的感情宣洩在聲音中，「瞧他們把他折磨成這個樣子。」

病床上的蔣，瘦得不成人形，很像我姊姊臨終前的模樣。我用力搖搖頭，把我姊姊的印象從腦際驅走，現在躺在我眼前的是他，我童年時的好友，這麼一位曾經飛黃騰達，顯赫一時的人物，竟然連自己的頭髮都保不住（大概不會有人再對這個頭蓋骨感興趣，打算拿回家當鎮紙）。許多理想、才華、氣質、力量在這個蛋殼般的頭顱裡腐爛，他內心的那個隱秘慾望害得他好慘，它緊跟在他一連串的夢幻裡，掀起一陣狂亂的風沙，當這陣狂風不得不偃息時，那個夢幻破滅了，它激起的回響也迅速地消失了，最後只剩下在我內心深處那個與世隔絕地窖裡的一點微弱模糊的回聲，我竭力聽著，但聽不清楚那是什麼。

於是，我在心裡對這具軀體說：

「別了，穎超。」

突然之間，我覺得好像在跟一具石像告別。

這個晚上，美麗、溫柔的朱莉躺在我身邊。

我對她說：

「我愛妳，朱莉，我們都是在漫漫長夜中，不斷兜著圈子的可憐蟲，沒有過去，沒有未來，沒有聒噪不休的救贖，也沒有霓虹燈管造的十字架。但是，只要妳在我身邊，朱莉只要妳一直在我身邊，我就不再——孤獨——。」

然後，我便極盡猛烈地和她作愛。

一個乾淨的地方

午夜兩點鐘，曾祥林被急促的電話鈴聲從睡夢中喚醒，他迷迷糊糊地聽著話筒中傳來的聲音。

「票開出來了，」那聲音彷彿來自一個遙遠的夢境，「我們完了──聽清楚沒有──我們完了！」

完了、完了、完了……他從背後闔上門，茫然地注意著面前這條潮濕、陰黯的街道。

孟先生一定會將失敗歸咎於這個見鬼的天氣。好個見鬼的天氣！他縮進脖子，把半個臉頰埋入圍巾裡。這條圍巾內正泛出一股溫熱的臭味，就像這個城市一樣，到處濕濕黏黏的，同時發出各種腐敗的氣味，當然還有這陣該死的寒風。他小心地閃入騎樓下背風的地方，一面在心裡盤算著：

孟先生有一次告訴他們，低投票率是他的致命傷。低投票率，孟先生說這句話的時候，用手掌作了個砍脖子的動作。這副怪模怪樣，惹得身邊的人笑了起來，孟先生笑得尤其前仰後合。後來他們一再為這句話乾杯，當大家都有幾分酒意時，孟先生搖搖晃晃地站起來，宣佈他要去打個電話問問老天爺。他回座時，自然帶來了好消息。於是他們便再為老天爺連乾三杯。投票日那天，保險是個好天氣，孟先生說，可不是氣象局說的，那是老天爺說的。但是老天爺卻一連給他們下了三天雨，到投票日這天，雨勢更大，一直下到晚上，而且氣溫降到十一度，這種見鬼的天氣，誰有辦法把選民從家裡拉出來，就像用幾顆花生米，把猴子騙出洞。猴子？將孟先生的群衆比作猴子，有點不恰當。不過，這個時候，總部那些人大概也正在破口大罵，大罵那些忘恩負義的猴子。再有三千隻他媽的猴子，孟先生就能順利當選。剛剛那個電話好像是這麼說的，三千隻，但他不是說猴子，他說的是三千個王八蛋，對，就是這三個字，孟先生的三千個王八蛋都躲進洞裡，這些王八蛋都躲進洞裡，於是曾祥林一邊走著，一邊在心裡重複著這幾個字。

在接近劉進德總部的那條街口，曾祥林駐足觀望了一下。此際，幾乎隱沒在花圈裡的劉總部正一片燈火通明，劉的十五部宣傳車，排成一列停靠在街道的右側，每輛車的車頭燈都打開著，加上屋簷下刻意掛上的成串電燈泡，使得整條街彷彿就要燃燒起來。

「放鞭炮囉！」傳自劉總部那裡的一聲大吼，把他嚇了一跳。過了幾秒鐘，鞭炮聲便劈劈啪啪地響了起來。曾靠牆站著，爲了對抗這陣噪音，一隻手在口袋裡使勁撥弄著幾個銅板。當所有喧嘩聲靜止下來後，他再度探頭瞧進劉總部裡。在煙霧中，他看到一些人影跑來跑去。從另一個街口，一輛黑色轎車急駛而入，幾個人跳下車，大概是來賀喜的，跟著在掌聲中，一個打著鮮紅領帶的小老頭出現在大門口的台階上。那是劉進德、劉老鼠，孟先生一高興就會伸出手在桌子上作出動物爬行的姿勢，然後說，「那隻小老鼠！」現在，台階上這兩個人正在猛烈地握著手，曾祥林等著這批人閃入門後，方才縮回脖子，快步穿過街道。

「喂！老曾。」這個聲音使他抬起頭，小心地往那個方向望去。

「不認得我了？」

「哦、哦、我……。」

「這麼晚了，你上哪兒去？」說話的是個長頭髮的年輕人，滿臉粉刺，刻意裝出一種帶著鼻音的怪腔調，使得站在門口的幾個小伙子一起把視線投向曾站立的地方，背著燈光，他看來像個臃腫的老婦人。

「我去——」他低聲說，「收錢。」

「收什麼錢？買票的錢。」又是一陣大笑。

這時，有人插進嘴來。

「吵什麼！」這個人戴著一頂毛線帽，帽沿遮到了眉毛，屋外突然襲來的寒氣，使他用力搓著雙掌，「阿雄，是不是基柄？也該回來了。」

「張先生，」阿雄說，「這位是老曾，他現在去找孟老頭，孟老頭欠他錢。」

「請他進來喝杯熱茶好了，」張先生的視線掠過垂手立於台階下的曾祥林，固定在街口的某一方向，「怎麼搞的，去了那麼久？」

「謝謝你，張先生，我有事。」曾祥林說。

「有什麼好急的？」阿雄不願放過他，「老曾還沒告訴我們，孟老頭欠他什麼錢？」

門口又聚集了一些人，有幾個端著茶杯，一個和曾有數面之緣的中年人，走下來拍拍他的肩膀。

「老李，」張先生收回視線，對台階下那個人呼了一口氣，「讓他走算了。」隨後，走進屋裡。

「沒這麼便宜，」阿雄說，「這小子替孟老頭跑腿，他媽的——居然動我那一區的腦筋。」

「我沒有，」曾有點生氣，「你講不講理？」

「張先生知道的，我那些可都是鐵票，你一張都沒弄到，」他故意提高聲音，同時環目四顧，「乖！告訴我們，你去收什麼錢？」

「我去跟孟先生收——」一陣寒意從腳底上升，曾挪動一下位置，「收——印宣傳單的錢。」

「我的天！那些傳單原來是你印的，怪不得……。」他在尋找一個字眼，但是寒風和無趣使那些瞧熱鬧的，一個個進入屋裡，「這個時候，你還敢去跟孟老頭收錢。你眞蠢——啊，老曾。」

去你媽的！曾祥林低聲咒罵著，走出這條街。

黑暗再度降臨，曾祥林把圍巾拉高了些，這樣舒服多了。他的呼吸變得潮濕而沉重，過了一會兒，連額頭都溫暖了起來。便加快步伐，一邊用眼角瞟著身邊急速後退的建築物，除了偶爾從厚厚窗帘裡洩漏出來的光芒外，什麼也沒有。一輛小轎車自他身後無聲無息地衝上來，然後消失在黑沉沉的街口，丟下了一陣該死的強風，他舉起手抓著被飄起的圍巾。那輛車子好像坐滿了人，但這個時候，除了跟選舉有關的，大概沒有什麼人願意到大街上閒盪。選舉，這兩個字使他突然地感到一陣萎縮，凡是和這兩個字有關的一切事物，都會發生變化，在這陣熱潮過後，許多東西都不一樣了。他不知道自己爲什麼要跑這麼一趟，但他有把握，他絕不是去向孟先生要錢的。錢、錢、錢，這眞是個卑鄙的字眼，孟先生大概花了不少錢，劉老鼠花得更凶。當那個決定性的夜晚，他看到孟先生腋下夾了個帆布袋，蹣跚地走進總部，那袋子裡就裝滿了那個東西，孟先生把成捆的鈔票，像倒出一把玻璃彈珠，倒在辦公桌上，卻仍沒引起多大注意，那不再是錢，那是種奇怪、曖昧的混合物。孟先生隨手抓了把這種東西，丟給坐在牆角的一個小伙子，那個小伙子看都不看，就把鈔票塞進風衣裡，然後朝孟先生點點頭，快步走出門。這時候，他看到了孟先生臉上出現了一副僵硬的笑容，在頭上強烈的燈光下，這個笑容把孟先生整個臉撕裂了。

總部附近整整兩條街就貼滿了孟先生僵硬的笑容，安全島和人行道上則插滿了孟先生的黃色旗子和標語牌。曾祥林小心地穿過這些風吹雨淋後的旗子和濺滿泥巴的標語牌，再跨過幾處小水坑，屋簷下那盞小水銀燈，使得這些水坑彷彿泛著螢光。那幾天，雨下個不停的時候，路面積滿了水，總部裡好像什麼都濕了。西裝筆挺的孟先生在爬上宣傳車之前先得捲起褲管，替他撐傘的那個人背部都濕透了，那是他弟弟。到了晚間，屋簷下的幾盞大燈一起打開，孟先生的巨幅畫像和門前的小水坑都看得一淸二楚，水坑上還漂浮著一層褐色的泥沙，這些泥沙來自總部旁的一處工地——華林大廈，孟先生在那裡也有股份，競選活動開始後，那些工人就不再敲敲打打了。他們隨工頭過來這邊幹些粗活，搭看台是他們的專長，偶爾也隨著宣傳車散發傳單，喜歡亂翻東西，滿嘴粗話，把檳榔汁吐得到處都是，總部裡的人，沒有一個喜歡他們。現在曾祥林站在總部門口，他把圍巾拉下來，張開嘴用力吸了幾口新鮮空氣，然後抬起手，敲了門。

「誰？誰呀？」裡面的人說。

「是我，曾祥林。」

過了半晌，那個人才來開門。

「你來幹嘛？」這個人說，他迅速地轉過身，弓起背好像抵擋突然竄入的寒風。屋裡另外坐了三個人，幾張辦公桌併在一起，桌上擺著兩瓶酒，一包空香菸盒子，和菸蒂滿了出來的菸灰缸。

「小裴打電話給我，小裴呢？」

「他走了，」開門的那個人把兩隻腳擱在辦公桌上，瞪著曾，「把菸也帶走了，老曾，你有菸嗎？」

他把一包菸丟在桌子上。

「趙先生，你們都在幹嘛？」

「喝酒。」趙先生說，他是個中年人，半瞇起眼睛，靠牆坐著，在他身後隱隱露出半張台北市區圖。

「坐著等天亮，」另外一個說，「還不到十一點票就開出來。」

「可是小裴直到兩點才給我電話。」曾祥林坐下來，學他們把腳擱在桌上。

「你把桌子弄濕了。」第三個人說，他是個年輕人，留著一撮小鬍子，歪打著領帶，「我等一下還要躺在上面睡覺呢。」

「這邊有紙，」趙先生扔過來一把宣傳單，「擦擦鞋子。」

「小裴一直找你，你到哪兒去了？」年輕人問。

「我睡著了，我那區的票箱十點就開出來，我回家在沙發上躺了一下，不想卻睡著了。」

他睡著了，睡得很熟，而且還作了個夢。他夢見自己正在高速公路上發狂地奔跑，後面追著一輛警車。當他醒來時，那陣警笛竟然變成了電話鈴聲。

「這邊沒什麼事，你犯不著跑這麼一趟，」趙先生說，「來，喝杯酒。」

他端起杯子，喝了一口酒，再喝第二口。

「其他人呢，」他偏過頭問年輕人，「阿森，你怎麼還在這裡？」

「幾個回家睡覺，幾個去老張家裡打牌，其他人我不知道，」阿森叼著一根菸，同時玩著打火機，「我留下來看看。」

「看什麼？看個鳥，」開門的那個人說，但沒有惡意，「你覺得很有趣？」

「我得寫一篇報告，」阿森說，「說好說歹，我都得寫點東西，報社不是花錢雇我來玩的。」

「你找錯人了，」趙先生站起來，伸了個懶腰，「你說待在劉老鼠那裡。」

「我怎麼知道誰會當選，何況我跟孟先生是忘年之交，」阿森答道，「劉老鼠那個傢伙沒有理想，十足的政客。」

「你怎麼不在報紙上寫，放馬後炮有什麼用？」一直不講話的那個人說。

「馬後炮，老秦你懂什麼？」

「事母至孝，八十老娘扶杖助選，什麼東西！」

「那不是我寫的，」阿森嘆了口氣，「說什麼孟先生都不該脫黨競選。」

「現在說這些又有什麼用，」趙先生說，「孟先生有理想，劉老鼠沒有。」

三個人都沉默了，曾祥林又倒了杯酒，發出一些聲音。

「太亮了，」他問，「好刺眼，我關掉這盞燈好不好？」

沒人理他。

「理想，我同意孟先生有許多理想。但這是選舉，選舉有選舉的遊戲規則，孟先生犯了個錯誤，他不該存心教育選民。」

「你爲什麼不在報紙上這麼寫，」趙先生譏諷地說：「孟先生看錯你了。」

「說什麼我都不會這樣寫，我只負責將孟先生各區的得票率作個統計，很簡單的分析，」阿森說，「假如孟先生當選的話，我可就麻煩了，我現在大概還在報社裡埋頭苦幹。」

「假如孟先生當選的話，你怎麼說？」老秦問。

「我不知道，那要看情形。」

「看情形、看情形，」趙先生說，「這年頭最流行的話就是看情形。」

「那有什麼不對，」阿森又點起一根菸，回頭對曾祥林說：「你這包菸來得正是時候。」

曾祥林友善地點點頭，他覺得阿森這個人看來不錯，這個糟糕的時候還能待在這裡。然後，他站起來，走向洗手間，當他回座時，阿森正瞧著牆上掛著的圖片，那些東西都有一個特點，就是圖片裡的每一個人都咧開嘴笑著。

「老曾，」阿森突然轉過身，伸出手攔住他，「你今年幾歲了？」

這麼奇怪的問題，使曾祥林發了一下楞，他下意識地望望屋裡的其他人：開門那個人閉著眼睛好像睡著了，趙先生正在瞧著自己握著酒杯的手，老秦則在無聊地摺著一隻紙飛機。

「我卅五，怎麼了？」

「孟先生呢，他大概有五十四了罷？」

「差不多。」

「那他只能再來這麼一次。候選人越來越年輕，你等著瞧好了，老曾，下次孟先生的對手，極可能是些乳臭未乾的毛頭小伙子。」

「我不知道，孟先生很可能……。」

「我很清楚，」阿森說，「選舉這種東西，碰都碰不得，任何人只要沾上一點邊，立刻就陷身其中。我敢打賭孟先生下次還會再來，但他的對手將會是林敦義那群小鬼。劉老鼠幹完這一任就差不多了，他會巴結個政務官作，劉老鼠這個人精明得很。」

「這些都是廢話，」趙先生舉起酒杯朝這邊揚了揚，「不管怎麼說，我們敗了，敗得很慘。」

這句話使阿森住口不言，他把視線移向秦，秦朝他笑了笑，舉起手射出手上的紙飛機，那飛機以一種奇異的弧度在室內繞了兩圈，最後落在趙先生面前。趙先生伸出手。

「理想不值半毛錢，」掌上的飛機被他搓成一團，扔到辦公桌下，「給劉老鼠跑腿的那些傢伙都是些癟三、混混。」

「混混也比我們神氣，」曾祥林說，「你們知道那個阿雄，那個王八蛋。」

「卑鄙的小人，」阿森說，「一到選舉，這種人就從地底下冒出來。」

「要當選只有靠這些人，」秦說，「孟先生不該把希望寄託在知識分子上。」

「知識分子，」趙先生說，「呸！知識分子。」

「知識分子喜歡刺激的政見，」阿森說：「看看林那個小鬼使他們樂不可支的樣子。」

「他當選了沒有？」曾祥林問。

「那還用講，」阿森說，「他一直攻擊黨。」

「那麼孟先生呢？他攻不攻擊黨？」

「他不攻擊，他批評，他是個溫和改革派，」趙先生放下酒杯，「黨沒有給他提名，他也毫無怨言了。」

「他應該激烈一點，」阿森坐下，再點起一根菸，「我是就事論事，他應該就黨沒有給他提名這件事，表現得激烈一點，他老是逢人便說，他這把年紀再不出來，就沒機會。他不該裝出一副可憐相。」

「孟先生哪有裝出一副可憐相！」曾祥林抗議。

「我是就事論事，如果孟先生態度堅決一點，如果他說：『黨錯了！』黨沒有提他名，根本就是對不起他。那麼單憑這句話，他至少可以多得五千票，比當選所需票數還多兩千票，想想看……。」

「如果這樣，我們就不會像呆鳥一樣坐在這裡等天亮，」老秦舔舔嘴唇，「孟先生要是當選，我一定醉他個人事不省。」

「醉臥美人膝，醒掌天下權，」趙先生說，「老秦啊，你滿腦子就想這個。」

「孟先生不會這樣想，」曾祥林說，「他常常說，他錢也賺夠了，享受也享受夠了，他有責任出來替老百姓作點事，他只是運氣不好罷了。」

「運氣不好？老曾，笨蛋才把什麼都歸之運氣。」

這句話彷彿是今天所有問題的結論，他們不再說話。曾祥林的視線在屋子裡繞了一圈，最後停在阿森夾著菸頭的手指。那根手指沾滿了藍色的墨跡，每抽一口，那些墨跡就似乎擴大一點。曾祥林一直等到阿森把香菸彈掉，才說：

「我想去孟先生家裡。」

他等著他們開口，但屋裡靜寂無聲。

「我想去孟先生家裡。」他又重複了一遍。

仍然沒有人回答。他走出門的時候，阿森卻跟了出來。

「我跟你一道去。」他低聲說。

他們走進黑暗裡。

孟先生家離總部有一段距離。他們穿過幾處有地下道的十字路口。地下道進出口都張貼著候選人印刷精美的海報，還在閃亮著的紅綠燈，使海報上的這些臉孔變幻不定，像鳳凰歌廳看板上掛的那些人像。「好冷，」阿森說，「這些風颳得跟刀子一樣。」

他穿著一件黑色厚呢夾克，戴一副深度眼鏡，鏡片上浮著白白的霧氣。

「你應該繫條圍巾，」曾祥林說，「結婚了沒有？」

「結婚了，有兩個孩子。」

「實在看不出來，當記者太太一定很辛苦。」

「還用說嘛，你呢？」

「還沒呢，我太忙了，印刷廠每天有忙不完的事。」

他結過一次婚，但沒有必要提起那件事，那個女人帶走了他一些錢，並且在什麼地方替別人養了個孩子。

「你跟孟先生怎麼認識的，是不是替他印東西？」

「兩年前，我開始印他的書，第一本是《生存與競爭》。」

「那是他最好的一本書，後來他就隨便寫了。」

孟先生的家就要到了，阿森停下腳步，面對一堵牆，背著曾祥林點上一支菸。

他們繼續上路時，曾祥林問：

「他爲什麼隨便寫？」

「他出了名之後，就不甘心安安穩穩地坐辦公桌，當教授！」阿森說，「那一陣子，他寫了很多文章，參加座談會，還上電視節目，他有野心。」

「你怎麼說他隨便寫？」

「一個人有了野心之後，寫的東西就會不大一樣，而且他跟章之江那批人混在一起。」

「章之江是誰？」

「都是些世家子弟，關係好，滿肚子草包，我討厭這幫人，生活優裕，作官簡單，只會成群結黨到處湊熱鬧。」

「孟先生不該跟他們鬼混，」他不了解，但是他同意阿森的看法，「孟先生有理想，他們沒有。」

孟先生家到了，那是一棟夾在五層公寓間的花園洋房，門口的路燈下，停著幾部汽車，電線桿上貼著幾張孟先生的海報，但圍牆上卻乾乾淨淨的。客廳裡的燈還亮著，他們按了電鈴。

應門的是孟家的女傭人，臉無表情。

「孟先生在嗎？」

「都在客廳裡。」客廳裡散散亂亂地坐了五六個人，都在抽著菸。

「你們坐。」孟先生抬起頭看了他們一眼，立刻又陷入沉思之中。

「王律師、總幹事、蔡先生、何先生，你們都在。」曾祥林說。

「這麼晚了，你們來幹嘛？」

說話的是王律師，他是個中年人，戴一副金邊眼鏡，兩頰瘦削，頭上塗著厚厚的髮油，但很凌亂。他打了個呵欠，嘴巴張得大大的。在他右手邊的茶几上擺著幾個卷宗夾。不說話的時候，就抽出來隨意翻翻，偶爾從眼鏡後，懷疑地打量著別人。

「我們剛從總部來。」阿森回答。他交叉著腿，兩手搓著熱茶杯。這些人的情緒好像完全跟他無關。他的視線在每個人的臉上移動，最後停在孟先生的臉上。

這位擁有外國學位和幾種頭銜的名人，此刻正緊皺著雙眉，臉色灰敗地蜷縮在那張大沙發裡。那襲名師裁剪的西裝全走了樣，白色絲質襯衫領子上有一塊顯明的汙跡，西裝大口袋則露出半截的鮮紅領帶。

「總部怎麼樣了？」總幹事問，他是孟先生的弟弟，身材高大，臉型粗糙，說話的聲音和有氣無力的動作像隻洩了氣的玩具熊，深埋在孟先生對面的一張沙發裡。

「那邊還有三個人，老趙、秦先生……。」

「他們在幹嘛？」

「喝酒。」曾祥林答道。這個時候，最應該把自己灌醉的是孟先生，他不該清醒地面對這一生最大的挫敗，曾祥林想，就像我，美梅離開後，我簡直崩潰了，不喝酒就沒辦法面對自己。

「媽的，」總幹事低低地咒罵了一聲，「這個時候還有心情喝酒，怪不得會壞事。」

「可不是嘛！」蔡先生點頭同意，「他們只會想辦法從孟老身上搞錢，躲起來喝酒，誰認眞去拉票了。」

「老秦這傢伙對他那一區一點把握都沒有，卻跟孟先生要了廿萬，拍胸脯保證負責一千票，」何先生接著說，「結果呢？一百廿票，眞他媽的，一百廿票！」

這些煽動的話使那隻玩具熊再度充了氣，他試著站起來，但這個動作太費力了，掙扎了一陣後，他把臉轉向曾祥林。

「告訴我，」他的兩隻小眼睛閃動著懷疑的光芒，「老曾，你來幹嘛？」

「我來看看孟先生，」曾求助地望著那個方向，但孟先生好像也有同樣的疑問。他的沉默使他弟弟的敵意更爲明顯。

「不是來要錢？你以爲我哥哥會賴掉你那筆小錢？」

「我沒那個意思。」

「阿森，你呢？你來看好戲是吧，也許你還可以寫篇報導給你那個沒幾人讀的小報紙，叫什麼『落選者的一夜』，逗逗你那些白癡讀者。」

這種攻擊毫無必要，曾祥林想，平常時候，阿森一定會找出一大堆話來回敬，譬如這麼一句「我從不打落水狗」，但這樣的話未免惡毒了一點。大家都不喜歡孟先生的弟弟，那個跋扈、勢利的傢伙，任何芝麻小事都要斤斤計較，不過他的報應也很迅速，他比別人更快嘗到失敗的滋味，而且失望不下於他哥哥。

「阿森不是這種人。」曾祥林插嘴。

「誰問你了？」總幹事的怒意繼續增高，他幾乎用吼地說：「我哥哥瞎了眼，用的盡是些笨蛋！」

這句話顯然得罪了在場所有的人，客廳裡隨即靜默下來，總幹事環顧四周，最後不安地把視線投向他哥哥。

終於孟先生說話了。

「大家不要吵，」聲音沙啞，像壞了嗓子，「這次選舉失利，我個人要負所有責任。」曾祥林和阿森對望一眼，他們都有點替孟先生感到難過。

「不，孟老，」王律師說：「我們都有責任。」

「孟老的聲望和爲人沒有話說，」蔡先生說：「問題是除了王先生，大家都缺乏實際的選舉經驗。」

「經驗固然重要，」總幹事接著說，「但最大的問題在於選民，選民的程度不夠，一個下三濫的劉老鼠，就將他們哄得團團轉。」

「劉老鼠這個馬屁精，逢人便鞠個日本式的躬，我沒見他腰幹挺直過，」何先生說，「這種人當選是民主政治的不幸。」

「劉老鼠跟黨的關係比我好，」孟先生嘆了一口氣，「他又擅長見風轉舵，而我不會，黨裡有些人對我不滿，還打算落井下石，我已經心灰意冷。」

這話使大家面面相覷，女傭人這當兒走進來，她把手上的熱水瓶放在茶几上，發出一陣撞擊聲。

等女傭人離開後，總幹事終於掙扎著站了起來，走向孟先生，準備替他點菸。總幹事長得實在高大，曾祥林覺得眼前掠過一片陰影。

火光閃了一下後，他鄭重地說，「事情尚有可爲。」

這幾個字引起了阿森的興趣，他換了坐姿，手支著頭。

「孟先生這次雖以最高票落選，但孟老的風度、談吐、學術、理想都給老百姓留下深刻的印象，」王律師坐正了姿勢，目不轉睛地注視著孟先生，「四年後，孟老如不當選，我王某人把頭顱奉上，」歇了一口氣，他轉向大家，激動地問，「你們說呢？」

每個人都點頭。

孟先生一一觀察所有人表情後，嘆了一口氣搖搖頭說：「我已經灰心透頂，我把心都掏出來了，但是黨和老百姓都不能了解，他們認爲我提出的『團結和諧』根本不是政見，那什麼才是政見呢？王老弟，我什麼地方錯了？」

「孟老一點都沒錯，錯的是整個提名制度，」王律師回答：「剛剛我、總幹事和蔡何兩位先生，我們檢討了一下，大家認爲問題出在準備工作沒有作好，里、鄰長的基層關係不夠。現在只等孟老您一句話，大家立刻開始準備四年後的選舉。」

孟先生站起來，背著手，慢慢踱到窗口，每個人的視線都跟著他，過了一會兒，他突然回過頭對靠牆坐著正在挖鼻孔的曾祥林說：

「老曾，你認爲呢？」

曾祥林給嚇了一跳。

「我，我……我想……。」他結結巴巴地說。

「慢點講，沒關係。」

「我想──孟先生這次落選，」他大聲說，「是下大雨的緣故。」

這是個誰都料想不到的答案，連曾祥林自己都覺得不好意思，他紅著臉，歉然地望著孟先生。

「嗯──」阿森小聲說，像是自言自語，「下雨影響投票率。」

曾祥林投過來感激的一瞥，但孟先生這時候又開了口。

「老曾說的話最有道理，」他頻頻點著頭，「我當初就預料到，低投票率是我的致命傷，更何況一連下了三天三夜的雨。」

蒼白的臉逐漸恢復血色後，孟先生猶疑了一下，坐回沙發上。

「敗給劉老鼠這種選棍，是我生平最大的恥辱，」他喝了一口茶，他的喉嚨很難過，「我孟某人有美國大學碩士學位，劉老鼠呢，他的文憑是花錢從日本買來。我有理想，他沒有，我有從政知識，他只懂人際關係，我怎能敗給這種人？」

這些話眞是擲地有聲，客廳裡頓時沉寂下來。曾祥林彷彿又看到了政見發表會上那個意氣風發、侃侃而談、風度折人的孟教授。

「那孟老的意思是──」過了半晌，王律師小心地問，「決定東山再起？」

「不錯，」孟先生一字一頓地說，「我決定東──山──再──起──。」

爆起一陣掌聲，曾祥林把雙掌都拍紅了。客廳裡所有人都起立，信心恢復。總幹事提議大家爲此痛飲一杯。

「立群，」孟先生叫總幹事的名字，「去把我那瓶六二年的白蘭地拿出來。」

他們舉杯祝福孟先生後，王律師看看手錶，對孟先生說：「孟老，我聯絡的電視記者大概快到了。」

「什麼電視記者？你說什麼？」

「是這樣的，我料到敗給劉老鼠這種人，孟老是絕對不會服氣的，所以我找到在電視台工作的朋友，正好他們有個『落選人的話』的專輯，明天新聞節目播出，我想這對重建孟老的形象幫助很大，因此就擅自作主！」

「老弟，你想得眞周到，」孟先生拍著王律師的肩膀，「可是，我要講些什麼呢？」

「蔡先生已經把稿子擬好，他的文筆我們信得過。」

「啊！你們什麼時候預備的？」

「在到孟老公館的途中。」王律師得意地說。

蔡先生雙手奉上演講稿，亂了一陣的客廳又恢復了秩序。在孟先生讀稿的當兒，阿森和曾祥林舉杯互祝。

「這酒不錯，」阿森低聲說，「我們乘機大喝一陣。」

當電鈴響起時，他倆已經喝得滿臉通紅，他們把沙發空下來，移坐到牆角兩張小凳子上。

「那個傢伙來了。」

「誰？」曾祥林問。

「你忘了，王律師的朋友。」

「他的朋友來幹嘛？」

「他們是電視台記者，來作個節目。」

王律師帶著兩位記者進入客廳。

「眞是抱歉，打擾兩位的睡眠。」握完手後，孟先生說。

「哪裡的話，」高個子記者說，「我們剛從劉委員那邊過來，那裡熱鬧得很，擠滿了人。」

另一位扛著攝影機的記者，開始繞著客廳選角度，訪問就要開始了，每個人都不自禁地整理著儀容。

「進德兄嘛，」孟先生把臉孔對準鏡頭，沉吟著說，「首先，我恭賀他當選，他是個學識淵博、急公好義的候選人……。」

「對不起，教授，」記者打斷他的話，「我們還沒開始呢。」

趁著這多出的幾分鐘，總幹事趕緊趨前作最後佈置，對這一套，他倒是駕輕就熟的。他請孟先生端坐長沙發的正中央，再把一盆菊花擺放在右後方，然後拉直孟先生的領帶，同時輕聲說，「微笑、大哥、微笑，就是這樣……你現在面對的是上百萬的觀衆，你並沒有落選，你只是當選時間延後四年而已，對，就是這樣，微笑一下……。」

把這一番情景全看在眼裡的曾祥林，用手肘輕推了身旁的阿森一下，說：

「你瞧，孟先生眞有政治家的風度，他居然還祝賀劉老鼠當選。」

「這不叫風度，這叫……。」阿森想找個適當的形容詞，但訪問已經開始。

打扮得有如勝利者的孟先生，昂著頭，兩眼緊盯著鏡頭，以不卑不亢的聲調說：

「諸位親愛的父老兄弟姊妹們，我是孟子毅，雖然這次競選失利，但我仍然稱自己爲『光榮的落選』，爲什麼這樣說呢？因爲能參加這次競選，對我個人而言，是畢生最難忘、最光榮的經驗。更重要的是，這次選舉中，我們的大有爲政府，可以說是完全做到了公平、公開、公正的大原則，人人踴躍投票，候選人盡力而爲，選舉期間更是一團和氣、謙恭禮讓，在在都顯示出台灣民主政治的大進步，國民民主認識的大提高。」

說到這裡，孟先生停頓了一下，他感到胃裡有些不舒服，大概是那杯酒的緣故。等這陣噁心過後，他繼續說：

「不過，在這次競選中，我犯了極爲嚴重的錯誤，我應該自責的是：我不該不聽黨的勸告，脫黨競選。黨的提名縱有缺失，但作爲一名忠貞黨員，作爲一名三民主義的信徒，除了服從之外，絕不能再有其他的想法，我錯了！我錯了！這次競選失敗，對我是個無比寶貴的教訓，而爲了瞻望未來，爲了對國家民族有更大的貢獻，我一定要記取這次教訓，勇於認錯，繼續不停地要求自己、鞭策自己、充實自己，以報答各位父老兄弟姊妹們的厚愛。謝謝，非常謝謝！」

再度爆起一陣更熱烈的掌聲。訪問錄影結束了，大家都很滿意。滿頭大汗的孟先生替兩位記者倒了酒，但被拒絕了。他們告訴他還要到另外一個地方去。孟先生了解地點點頭，約好過幾天請吃飯後，便親自送他們出門。

「再見！」

「再見！」目送電視台採訪車離去。孟先生轉過身，往屋子裡走。遠遠從城裡某處傳來斷斷續續的鞭炮聲，使他迷惘了幾秒鐘，當他恢復意識時，他感到喉頭傳來一陣可怕的乾渴。

「大家進屋子裡，」孟先生快步走進門，「把那瓶酒喝完。」

曙光初現時，兩個人搖搖晃晃地離開孟公館。

曾祥林搭著阿森的肩膀，一邊打著酒嗝。

「天亮得好快，」他說，「我們現在去哪裡？」

「我不知道，你說呢？」

「吃早點去，那邊有一家豆漿店。」

他們經過那家店時，阿森站在門口瞧了一會兒，然後搖搖頭，拉著他的同伴走開。

「怎麼回事？」

「我們找一個門口沒有貼競選海報看板、宣傳車的地方。」

「有這種地方嗎？」

「我想……」阿森沉思著，「找找看，應該有這種乾淨的地方罷。」

將軍之淚

我想我到得太早了，也許該先打幾個電話，看看以前的同袍們是否健在。我們這把年紀，誰也料不到下一刻究竟會發生什麼事。我掏著口袋時，侍者正好走過來，由於背著光，他整個人彷彿突然地陷入一片陰影裡。「一杯檸檬水。」我告訴他，一邊摘下鼻梁上的眼鏡。當那片陰影離開後，我閉上了眼睛。不知道爲什麼，我打消了聯絡老友的念頭。隨後我放鬆四肢，讓自己舒服地陷入沙發裡。雖然我有點疲倦，卻了無睡意，坐了三個小時的火車（沿途生氣盎然的田野，勾起了許多回憶）。最後在下午兩點鐘進入這個亂糟糟的城市。從緊閉的車窗內看著首都的形形色色，不覺使我興奮起來。記得臨出門時，倩玉——我的孫女，在我發黃的公事包裡塞了幾瓶藥，「爺爺，這一瓶是胃藥、這一瓶是感冒藥……。」藥罐子在她手上拋上拋下的情景，現在想起來都覺得好笑。

餐室裡冷冷清清的，用餐時間已過，除了我，只有兩個坐在角落抽菸的小伙子，我斷斷續續地聽到他們的談話聲——會議……一羣老傢伙……報導……。

我想我可能坐了一個鐘頭，我看看手錶，離報到時間還有廿分鐘。要是五年前，我還在部隊的時候，這樣無所事事的呆坐一兩個鐘頭，我一定受不了。我會站起來，把帽子挾在腋下，找櫃枱小姐和服務生閒聊幾句，或是從公事包拿出一本筆記簿，記下「新進補給人員須知」的大綱，這本書是我在補給學校廿年的一個註腳。「馬冀啊，你總是閒不住。」由此，我想起了佩芬常說的一句話，「馬冀啊，你總是閒不住。」佩芬是我已過世的妻子，我可不能在這個時候想起她。

餐室裡又進來三個人，都身著西裝，手提公事包。爲首的那位，滿頭銀髮，但臉色紅潤一如孩童，我一眼就認出來，他是葛將軍，卅六年，曾是我的老長官戴漢民將軍麾下的一位副師長，後來這個師被調到徐子厚兵團。到今天，葛已升任中將，主管國防部的一個單位，我常在我們的內部刊物上見到他的照片。於是我迅速起立，用力行了個軍禮。

「葛將軍好，」我挺起胸膛，佩芬那句話又在我耳邊響了起來，「我是馬冀，戴漢民將軍的副官。」

「馬冀，」葛將軍說，「我記起來了，戴司令官身邊那個帥帥的小伙子，你那雙馬靴擦得可眞亮。」

「我一有空就擦它，老長官常常笑我。」

「馬冀，這位是許將軍，這位是易將軍。」

我一一向他們敬了禮，這兩位將軍和我年紀差不多，如果老長官還健在……。

「你也來開這個會？」葛將軍問。

「有人找我來宣讀老長官的一篇文章，我退役了。」

「你退得早了，戴司令官如若健在，一定不容你輕易溜掉，馬冀，你退役時升了少將沒有？」

「沒有，我一直是個上校，在補給學校當人事官。」

「哦，」他移開視線，「卅六年，我在戴兵團當副師長，老司令官待我不薄，他是位好將領。」

「戴兵團的地位，軍事史上尚未確定，」許將軍說，「不過戴漢民將軍倒是位實力派的將領。」

「實力派這句話說得好，現在的年輕軍官，書讀得不少，就是沒上過戰場，」易將軍說，「戴兵團的地位究竟是怎麼回事？」

「那是軍事史家的事，」葛將軍說，「馬冀，你那篇文章寫些什麼？」

「是老長官四十三年口述的一篇文章——『慶城之圍』。」

「戴將軍生平最得意的一場戰役，應該提出來討論一下，」葛將軍說，「煥華，你覺得我那篇『抗戰末期國防經費的籌措與運用』有沒有問題？」

「怎麼會有問題？」許將軍回答，「葛老不用擔心，這篇文章保險震驚那些外國學者。」

「話雖如此，我不免有點擔心，某些人可能認爲我批評到現在的國防政策。」

「國防政策本來就該批評，我們要做的事情那麼多，想想看六十萬部隊，那些文人懂什麼？滿腦子只想刪減這個，刪減那個。」

當他們大談國防政策時，我覺得該是告辭的時候了。於是我站起來，向將軍們一一敬禮，葛將軍伸出手讓我握了一下，說：「馬冀，有什麼事到國防部來找我。」

我穿過亂烘烘的馬路，到對街新近完工的「抗日英雄館」，當門口憲兵檢視我的證件時（遊客則需購票進場），我瀏覽了一下這棟建築物的外觀。偉大的建築物在第一眼時，常使我不自禁地用力靠攏兩膝，像司令官校閱時，經過我面前。但是鬧區中的這棟英雄館並沒有使我有肅然的感覺，它大概出自那些缺乏任何抗日體驗，甫自歐美學成歸國的年輕藝術家的手筆，他們對這個世界的看法，使我記起了老長官戴漢民將軍常對我說的一句話──

「馬冀啊，一切爲了軍事。」

會場裡已經坐了不少人，氣氛融洽而愉悅（冷氣孔送出陣陣茉莉花的香味），講壇上佈置了領袖的肖像、國旗、黨旗和一盆盆巴掌大的黃菊，多年的習慣使我面向講壇行了幾秒鐘的注目禮。隨後我環目四顧，看看能否找到幾張熟面孔，結果卻令人失望。在閃亮的肩章、榮耀的勳章和莊嚴的領帶間，夾雜著幾張外國臉，這些龐大、線條突出的臉，增加了這次會議的學術味。我閉上眼睛，在心裡溫習著我打算宣讀的那份文件。當一陣悠揚的軍樂聲響起時，我不由得睜開眼睛，這麼多年了，雄壯的進行曲仍使我精神振奮，不過，美中不足的是，這首軍樂帶了點娘娘腔，難道沒人告訴那些新進作曲家們，鐃鈸的效果要比小提琴好得多？《十萬青年十萬軍》、《抗日一條心》、《奮起罷，祖國！》這些老唱片我仍然保存得很好。有時候，在房間裡，半躺在沙發上，忽然間，我彷彿置身於黃沙滾滾的戰場上，我的耳邊響起了曠野的回聲、馬群的嘶喊以及時代的怒吼。

「馬糞，」指揮車上的司令官對我說：「你聽多嘹亮的歌聲，這樣的部隊怎能不打勝仗？」

部隊綿延數里，沿隴海鐵路開向黃口，從山坡下望，像一條彎彎曲曲的灰線。指揮車經過行進中的連隊，在一個步兵連旁，司令官跳下車子，走進隊伍裡。我緊跟著也下了車，指揮車減低速度，緩緩地走在隊伍後。但在這個時候，遠遠的地平線飄來一片烏雲，它越跑越快，不一會兒，就在我們頭上下起雨來，雨使得士兵們閉上嘴巴，輕機槍手把機槍從肩上放下，讓槍管朝下背著，再披上雨衣，龐大的槍身使雨衣鼓起了一塊，槍管則從雨衣下襬露了出來。我替司令官披上雨衣，他的棉布軍服已經濕了一片，雨水從他的帽沿一直流進胸口，我擔心他會受涼，但病菌和日本人一樣嚇不倒他。部隊繼續前進，司令官拍著身邊士兵的肩膀和他們說著話，在雨裡我聽不出那是什麼。過一會兒，雨幕中傳出一陣宏亮的歌聲，那是司令官的聲音，立刻整個隊伍跟著唱了起來，

我們是英勇的陸軍，長官部屬一條心，為了國家，為了民族，我們離鄉背井……

「爺爺，你把電唱機關小一點好不好？」從另一個房間傳來倩玉的聲音，「我明天要考試。」

倩玉喜歡聽時下流行的「熱門音樂」，我也常常要求她把收音機的音量減低，我不大了解這一代的年輕人。不過，這一點並不重要，重要的是我們彼此關心，倩玉幼年失母，我和

佩芬費了不少心血，將她撫養成人。有時候我們覺得她更像女兒，我們沒有女兒，小學放學時，我會騎著腳踏車去接她，但自她進國中後，就不再麻煩我了。「第一，爺爺的年紀大了，」倩玉說，「第二，我年紀也大了。」她父親現在在沙烏地阿拉伯，大概幫那些包頭巾的回教徒修築公路什麼的。那個地方，我很難想像，倩玉有一次畫了一幅阿拉伯的風景畫，畫面上滿是椰子樹，「這是大王椰、這是酒瓶椰、這是棍棒椰。」倩玉告訴我。此外，她還說她長大了要當個建築師，這個我也不大了解。

軍樂已經停止，有一個人上了講台，對著麥克風試了一下聲音，然後宣佈大會立刻開始。過一會兒，葛中將也進來了，他坐在最前排，遠遠地朝我點了一下頭，他眞是位和氣的長官，司令官也稱讚過他，說他「頭腦精明，是個了不得的後勤人才」。我在補給學校時，也常常引用他的話。哦，那所漂亮的學校，修剪整齊的草地，校舍是淡綠色的，又清爽又好看，圍牆上爬著蔓藤。即使退役後，我偶爾還會駐足於校門口，看進學校裡，有時候，碰到一些老同事，我們便邊走邊聊著從前的一些趣事，和交換著諸如此類的問題：某某人調到經理學校、某某人參加了採購團、餐廳又擴建了、理髮廳裝了冷氣、行政大樓置放了兩台飲水機，等等……。唯一不變的，好像只有學生，他們來來去去的，從一個衣食不缺的毛頭小伙子，到成長爲深懂「無中生有」箇中三昧的補給人才。

等候第一位高級長官上台致詞的當兒，我翻開手上的程序表，一本薄薄的、燙金封面、像西餐廳菜單的小冊子——「抗日史料研討會第五次會議」（我是第一次參加，不是會員，我想大概是所謂的「資料提供者」）。手冊上列了我的名字，底下則是一行英文字。看到自己名字的英文翻譯，使我有種奇怪的感覺。我再翻到另一頁，那些個外國人的名字出現在眼前；詹姆斯庫利、湯姆亞當、大衛格勞弗和一位漢斯阿利克，這些名字唸來繞口卻頗有趣。那位漢斯先生是柏林大學教授，我不清楚德國人怎麼對我們的八年抗戰發生興趣。當老長官陸任兵團司令時，總部派來一位美籍顧問史密斯先生，是位坦克專家，留著一撮小鬍子，人很風趣，隨身攜帶一把手風琴，夜裡他的歌聲會傳遍整個司令部，後來不知爲什麼，他開始傳起教來（不是衛理會就是浸信會，我忘了），而且組織了一個唱詩班。「馬上尉，」有一次史密斯叫住我，「要不要來參加我們的聚會？」我驚愕地看了他一眼，然後不加思索地回絕了他。我想一定有點傷了他的心，不過說老實話，他是我所見過心地最善良的外國人，對這麼乾脆地回絕了他，我一直耿耿於懷，我祝福他和他在美國的教會諸事順利。

部長致詞完畢，預祝大會成功後，美國人詹姆斯上台宣讀一篇「陳納德將軍和中國空軍」的論文。詹姆斯的中國話講得很好，該捲舌的地方都捲舌了，我奇怪他從哪裡學到這些？我那個在阿拉伯的兒子也是個語言天才，他在出國前曾受了三個月的訓練，三個月後，我和倩玉送他到機場，倩玉哭得很傷心，他們父女難得見面，這次竟跟生離死別一般，我望著他英姿煥發的背影，禁不住也老淚縱橫起來。

很抱歉，我實在無法專心在美國人的演說上。我知道開會很重要，在司令部和補給學校也是會議不斷。不過我有溜出會場的癖好。總部的會議更令人印象深刻，司機、侍衛、副官們聚在一起，嘰嘰喳喳的像一群小麻雀，有一回司機們爭吵了起來，幾至動武。在補給學校開的會就沒這麼熱鬧了，那是些又冗長又沉悶的會議，半個鐘頭後，我就坐立不安起來。爲什麼我年輕時的毛躁脾氣一直改不過來？「馬糞，」司令官夫人喜歡這樣說我，「你腳上是不是套了彈簧？」夫人慈祥可親，一點架子也沒有，不像其他的將軍夫人，她常說她也是貧苦人家出身。可惜他們沒有兒女，只有一個姪兒，這個傢伙藉司令官的名義在外頭騙吃騙喝，後來變節投共，文化大革命的時候，聽說他也被鬥得體無完膚。司令官休假回重慶時，我也隨侍在旁，那時部隊進駐泌陽，防範日軍西進和北犯，當時日軍的目標在南方，因此沒有太大的會戰，只有小規模的零星戰役，部隊在這個時候是一方面作戰，一方面輪流整訓。司令官和我從洛陽上火車，到了寶雞換上飛機（這是我第一次搭飛機，緊張得很，司令官則安坐一旁，閉目養神，現在想起來都還覺得有點慚愧），不到兩小時，就到了重慶，這個城市給我的第一眼印象是充滿了戰鬥氣息，司令官寓所在陸軍大學附近，老太太和夫人住在一起，房子在一座小山上，花木扶疏，清雅幽靜。每逢司令官和夫人散步，我便在十公尺外跟著（他們從不把我當外人看），有一回，門房跑來告訴我，蕭作義將軍來訪，我要門房把他阻擋在會客室裡（這是個反覆無常的傢伙，我很討厭他），過了半個鐘頭，我才向司令官報告蕭的來訪，我看見司令官皺了皺眉頭，再過一會兒，司令官叫我送客，那位將軍一臉諂媚、失望的表情令人稱快。後來我聽說他到處說司令官壞話，「驕狂自大」、「不可一世」這樣莫名其妙的話都出來了。司令官聽到了也只露齒一笑，「等勝利後再說，」司令官說：「現在對付日本人要緊。」後來共產黨在背後挑撥他和中央的感情，他也這麼說，我實在不了解。

詹姆斯大概說完了罷，因爲聽衆都開始鼓起掌來，掌聲頗爲熱烈，不曉得我上台是不是也能博得一些掌聲，不過，管他的！（看看程序表，今天還輪不到我。）我來是爲了讓老長官的地下英靈高興一下，雖然他已經遠離了讒言、誹謗、妒忌、誣蔑，這些亂世中的暢銷品。「慶城之圍」並不是他最得意的一場戰役。「我十八歲從軍，經歷過的大小戰役也不少，」老長官曾經說，「勝利永遠是指揮官追逐的目標，因此，勝利並不值得驕傲。值得驕傲的應該是在挫敗中仍能保持堅定的信心。如果有我能夠自豪的戰役，大概是，當師長時，在居庸關，我受到東北軍五個師的包圍，那時候瀋陽兵工廠已能造坦克，當時叫鐵甲車，還有小飛機轟炸，戰況之慘烈可以想見。上面並未要求我死守，能牽制多久就多久。這一戰足足打了三個月，到我奉命突圍時，全師官兵只剩下一百廿人。在這三個月裡我是靠堅強的意志力和必死的信念支撐的，這次戰事使我領悟到勝利無非是一種成功的姿態，眞正的勝利應屬於那些能堅持到最後一秒鐘的人。」

那一年冬天，我們兵團接到中央的指令，說突出於前線的慶城即將陷落，那裡駐有兩個步兵師和一個騎兵旅，正遭受到日軍四個師團的圍攻，已經到了彈盡援絕的地步，而由於該城地位突出，援軍必須繞過佈置成一線的日軍防線，事實上這等於不可能，因爲戰況正烈，要抽出一個師都很困難，何況天正下著大雪，機動部隊也派不上用場，根據情報單位的估計，行動正確的話，繞過日軍防線到慶城至少要十天，到那個時候，可能於事無補了。因此中央並不勉強，命令只說「相機行事」，但司令官怎能眼睜睜地坐視兩個精銳師被敵軍吞掉。於是漏夜召開會議，「即使不可能，我也要辦到！」他給參謀們下了命令，要他們即刻擬出完整的「解圍計畫」。第二天，司令官親率兩個師，馳往慶城。這眞是我此生經歷過最痛苦的一次急行軍，沿途大雪紛飛，極目處一片白色，拖著重炮的騾馬呼著白氣，在泥濘不堪的路面上，軍官和士兵們大聲吆喝著。一次炮車陷入泥坑裡，司令官親自下馬，幫著推那炮車，泥雪濺滿了他的衣襟，帽沿和眉尖也全是雪。雪繼續下著。部隊翻山越嶺，經過凍得僵硬的溪澗和河流，沿途十室九空，老百姓自斷垣殘壁後偷窺著我們，戰爭摧毀了一切。六天後，我們終於抵達慶城外圍，驚惶的日軍對我們的出現瞠目結舌、不知所措。這眞是一場漂亮的勝仗，司令官和我自山頭俯視倉皇潰退的日本人，和傾城而出的守軍，他們瘋狂地衝進敵陣裡，發洩了多日的積忿。好一場漂亮的勝仗！我們痛快地「蹂躪」了敵軍。日本人引以爲豪的「近衛師團」，在這一役中潰不成軍，我們俘虜了一千三百人和無數的槍炮。當地軍民感戴之情溢於言表，在慶功宴上，合送了一塊匾額，上面寫著「再造慶城」四個字，因爲援軍要是遲到兩天的話，守軍就準備上刺刀出城和敵人決一死戰了。

這就是軍事史家重視的「慶城之圍」，當然戰事沒這麼簡單，司令官的戰術和毅力在這一戰中發揮得淋漓盡致。也爲了這一戰，司令官獲頒了「國家最高勳章」。當我隨侍司令官至重慶受勳時，我簡直比他還高興，我成了人人恭維和羨慕的對象，好像個「明星副官」，但司令官婉拒了可以排列一個月後的大小宴會，準備第二天一早飛回戰區，當天晚上，離開委員長官邸後，在座車裡，司令官含笑看著我一臉不高興的表情，便拍拍我的肩膀說：「馬冀啊，一切爲了軍事。」

我開始覺得有點疲倦，台上的演講者上上下下，掌聲也越來越稀落。當葛中將上台時，我終於忍不住打起盹來（對不起，長官）。我模模糊糊地聽到他說，「預算……武器採購……美國軍事擾華政策……。」然後我就睡著了。

我做了一個奇怪的夢，夢見太太和孫女倩玉跟我一塊上了戰場，我們坐在指揮車上，穿過敵我兩軍的陣地，很奇怪的，沒有人向我們開火，而且也聽不到任何槍炮聲。但是雙方的交戰動作依舊進行著，我看到炮手迅速裝卸炮彈，機槍手扣著板機，另一手持著彈帶，彈殼像雨點般掉落地上。在一處掩體下，一名軍官蹲在地上搖著無線電話機，額上滿佈汗珠，一臉焦急的表情。隨後我們經過一處陣地，肉搏戰業已展開，刀刃和槍尖在陽光下閃閃發光，士兵奔跑著、廝殺著，相互用刀尖戳進對方軀體，血花飛舞、肚腸外流，一具具開膛剖肚的屍體掛在樹叢和岩石上，兩個猶在撕咬的頭顱滾進壕溝裡。緊跟著一個無頭的日本兵向我們走來，胸前插著一柄刺刀，他搖搖晃晃地走著，卻沒發出一點聲音，整個戰場也是一片寂靜，號叫、嘶喊、瀕死的呻吟，彷彿被凍結進一塊冰塊裡。我偏過頭，看著佩芬和倩玉，但她們臉上也沒有悚然的表情，不！沒有任何表情，好像觀賞著玩具兵的表演。情況太可怕了，我非離開戰場不可，於是指揮車繼續前行，最後停在一處樹蔭下。樹下架著一張行軍床，一名軍官坐於床沿，正低下頭擦拭著他的馬靴，那馬靴又乾淨又漂亮，大概整個前線找不到第二雙了。我跳下車走向他，打算問一下路。當他抬起頭，用狐疑的眼光打量著我時，我嚇得尖聲叫了起來，令人難以置信的，這名軍官就是我自己——馬冀。

醒來時，葛中將已經不在台上，此時講話的是位很老很老的退役將領。可能有九十歲了罷，他的聲音和他的皺紋糾結在一起，不過可以感覺得到他說話的態度非常的誠懇。我掏出手帕揩著額上的汗珠，這個夢境深深地困擾著我，不曉得爲什麼要作這樣的夢？

我已經打完了自己的那一份戰爭，在安詳與和平中靜度餘生，然而卅年來，我不時地憶起老長官戴漢民將軍和他眼裡那個受苦受難的中國，我隨侍著他老人家，在南征北伐中，幾乎踏遍了半壁江山（我對中國的認識不是現今一般淺薄頭腦、標準化的年輕學者所能了解）。在烽火中，我看到了我貧苦的同胞們在逆境中所堅持的尊嚴與勇氣，我聽到了來自他們內心深處爲求自由與平等的吶喊，我感受到他們的愛、痛苦、挫折與希望，即使在最絕望的時刻，希望之花仍在淚水的滋潤下，靜待春天的來臨。

我永遠忘不了那一天，我們收復桑市的情景，那座城市已經成了人間地獄。部隊進城時，沿途傳來士兵們抑制不住的啜泣聲，我想歷史上再沒有比這更悲慘的景象了。那時候，已是初夏，炙熱的陽光使屍體膨脹得很厲害，內臟都崩裂開來，空氣中瀰漫著濃厚的腐臭味，連醫官都忍不住嘔吐起來。樹上和電線上吊著無數的屍體，有的已經成了灰黑色，四周飛舞著蒼蠅，蛆蟲則從屍體的嘴中爬出，有幾具乳房被割除的女人屍體，肉色可辨，大概是才掛上不久。在警察局前廣場的鐵絲網上也掛著一些穿制服的屍體，他們顯然是在鐵絲網裡被日本人像狗一樣的射殺，有一具屍體倒吊在網上，一隻腳則伸出網外，鐵刺穿透他的手掌，我們費了不少力氣才把他解下來。在一座半塌的寺廟裡，一百多個婦孺跪著被槍殺，有的懷中緊抱著一尊鍍金的小佛像，那些佛像都很慈悲地微笑著。在一堵貼滿了日軍佈告的圍牆上，我們看到一團血迹和牆下一具稀爛的嬰兒屍體，很明顯的，他是被人用力擲到牆上的。那個人的力氣很大，牆上緊緊黏著一些碎肉，遠遠看來，就像寫了幾個紅色大字。

司令官帶著醫護隊穿梭在大街小巷，但沒能發現一個活人，這眞是一次徹底的屠殺。後來我們找到了幾處掩埋場，這是守軍臨時挖掘的戰壕，在城腳下，日軍命他們成排跪於壕溝邊，被處決的屍體一滾滾進溝裡，這些屍體大都無頭，是日本武士刀的傑作。我們無法將他們一一歸位，只得挖了一個大塚，再在上面立了塊石碑，寫著——桑市守軍千人塚。

當天黃昏時，司令官背著手，站在城牆上，眺望城外的山脊和田野。我站在他身後，聽到他喃喃說了「百姓何辜」這幾個字，不由得感到一陣慘然，「報告司令官，」我恨恨地說：「我們要血債血還。」然後司令官轉過身來，他的臉上交織著痛苦、仇恨和悲憫的表情。

這是一次後代難以詳述的戰爭，無數血淚的控訴最後成了幾頁史學家的統計數字，在這些裝訂精美的書頁間既聽不到民族的哀號，也見不到百姓的悲泣。歷史啊、歷史！我們這些人坐在有香味的冷氣裡；藉著麥克風、打字機和為數龐大的經費，企圖從歷史中挖掘出一點什麼，但那是些什麼？是智慧嗎？是使戰爭更有效率、理由更堂皇的智慧嗎？在佈置高雅、氣氛優美的講壇上，我彷彿看到了萬千死者的魅影，他們在沈克仁博士的「南京大屠殺眞相」的陳述中，默然地列隊通過，沈的演說清晰、明朗，而為了使報告更具學術性，他列舉了日方和我方對受害人數不同的統計，並引用了美國人和德國人的論點，最後駁斥了日方過低掩飾性的估計。「眞相比什麼都重要，」他說：「在這次舉世震驚的瘋狂行為中，毫無疑問的，日軍高級將領需要負絕對的責任。然而去年東京舉行的一場『二次大戰研討會』上，佐藤教授在論文中指出，這是一種突發性的戰爭歇斯底里症，在德國戰場和越南戰場都能見到，並非蓄意的集體謀殺行為。我現在要駁斥佐藤的說法，因為種種迹象顯示，其時日軍的軍紀並未廢弛，例如，此期間，從一份日軍憲兵隊的資料報告中，有三個士兵因醉酒和長官爭吵，被以犯上罪逮捕……。」

沈博士的報告博得不少掌聲，隨後主席宣佈今天議程告一段落。會場裡開始喧嘩起來，我繞了一圈後，離開會場（途中和籌備會的王先生聊了幾句，他禮貌地稱我將軍，我立即予以糾正），我是想加入那群專家們的談話，但自知插不上嘴，等明天我上台宣讀老長官的文章後，也許有人會私下向我討教一番。

我下了樓，在門口張望一下，此際玻璃門外，熱氣仍滯留於黃昏的街道上，匆促急行的車輛和行人們盡情地宣洩著他們的生命力；在喧嘩聲中，許多事情正往前進行著。但在我背後，則是一個截然不同的世界，光可鑑人的地板、老式的吊燈和壁上的鑲畫，使人很容易就滑進逝去的歲月裡。離酒會還有兩個鐘頭，我可以利用這段時間到附近百貨公司去給倩玉買點東西，但買些什麼呢？「爺爺，你的會議比較重要，」倩玉扶著我出門時說：「台北的售貨員很厲害，你會上當，」要是佩芬在世，她就會一家接一家地買個不停，女裝部門的穿衣鏡裡顯出了我提著大包小包的模樣，這會使我想起我的「副官生涯」，而佩芬購物時的果決神態，也使我想起了戰場上的那些年輕指揮官。

一定有什麼力量驅使我回到那個時代，我轉過身走進陳列館。在柔和燈光下，珍貴的史料和圖片訴說著一個個感人的故事，這些故事攸關著民族的尊嚴與存亡，不過館裡只有寥寥幾個人，一個拄著枴杖的老先生，站在一幅巨大的圖片前，那是幅日軍進入山海關的放大照片，得意忘形的日本臉孔清晰可見。老人專注的神情顯示他已深深陷入往事的回憶裡，過一會兒，我看到他長長吸一口氣，枴杖在地上用力敲了一下，轉身走向大門，他佝僂的背影飽孕了憤怒之氣。哦，這可憐的老人，大概是廿九軍的人罷，廿九軍的大刀隊曾經使日本人聞風喪膽，老長官和西北軍人有很深的交情，不過這些事我不清楚，戰前全國軍隊又多又複雜，常常互相攻打，但抗戰使大家捐棄成見、一致對外，我隨司令官轉戰南北時，也曾碰到一些從前和他敵對過的將領，他們彼此談笑風生的樣子，好像從來就沒有什麼事情發生。有一次，我聽到魏雄將軍對司令官說，「老戴，我那一師廿二年被你打敗，我氣不過便徵召了九名特務，要他們去把戴漢民的人頭拎回來，結果一去音訊全無，你抓到他們了吧？」「沒有呀，」司令官想了一下說：「我記不起有這回事，大概他們拿了你的錢跑掉了。」

魏將軍呵呵笑了起來，我現在仍記得他的模樣，他的身材魁梧高大，笑聲如洪鐘。那一晚他們喝醉了，我聽到內室裡傳出來宏亮的歌聲，魏將軍哼著河南小調，司令官用筷子敲碗和著。半夜裡，我進去收拾，看到兩位赫赫有名的將領醉成一團，我替他們蓋上被子。

我在幾個著名的戰役中流連了一會兒（看到一些我叫得出名字的將領們的英姿），心裡想著日本這麼個瘋狂的小國家，現在竟儼然是個經濟大國了。頭戴小圓帽、西裝上衣、短褲、襪子拉到小腿肚的日本觀光客，背著照相機出沒在世界各地，豐田車、新力錄影機取代了武士刀和三八步槍，但瘋狂心態一如往昔。我從來就不曾喜歡過日本人。有一回，在南京，我的姪兒問我，爲什麼日本要侵略我國？我當時楞了一下，仇恨使人們不再去深究他們的動機，仇恨使人無暇去問爲什麼。我當時的回答是，日本人天生是個侵略的民族，換作今天，我想我會這麼說，日本和德國一樣，都認爲自己是世界上最優秀的民族，夠資格當其他民族的主人了。太平洋戰爭爆發以後，日軍敗象已呈，戰場上再也看不到服裝考究、神態倨傲的日軍俘虜了。我隨著司令官重臨被敵人蹂躪的國土（豈是悽慘兩個字可以形容的）。但不死的記憶，使我受盡折磨的同胞們堅強地從斷垣殘壁之中，從荒蕪的田園裡站了起來，朝我們部隊揮手，臉上滿佈欣喜之情，歡呼之聲，響徹雲霄。我們勝利了，終於勝利了。

對我們來說，勝利來臨得並不突然，但對全國同胞來說，日本無條件投降不啻解除了一場噩夢，從陳列館的圖片上可以看到當時全國同胞的歡欣之情。我繼續瀏覽著這些照片，在一幅遣送日俘回國的圖片下，我沉思了一會兒，我試著去捕捉那些敗將殘兵的形象；但一個更強烈的影像襲上了心頭，那是司令官，我敬愛的司令官，在勝利日的晚上，在街上喧天的鑼鼓和鞭炮聲中，司令官憂心忡忡地在辦公室裡踱著方步，我則垂手立於窗口，一邊偷偷地瞧向鬧區的方向，心裡後悔著，爲什麼剛才沒跟維持治安的憲兵隊出去逛逛。

「馬冀！」司令官低沉有力的聲音嚇了我一跳。

「有！」

「戰爭並沒有結束。」

戰爭並沒結束，戰爭永遠不會結束。

勝利的鞭炮聲猶在耳畔回響時，烽火卻已四起，這一次跟日本人扯不上關係了。這是場中國歷史上最悲痛的內戰，因爲使用的都是自動武器。國民政府在種種原因下，被迫遷至台灣。這些原因很複雜，不是我可以說明白的，但在我們的教科書上卻只用了短短幾個字就解決了，「共匪竊據大陸」，爲什麼共匪這麼容易就竊據大陸了呢？身爲職業軍人，我想我沒有必要去深究這個問題。當司令官告訴我戰爭並未結束時，我感到驚異，十分驚異。我是廿八年才開始就任的，我的主要職責是盡力讓司令官維持最良好的指揮狀況（時下一些電影和電視劇喜歡將副官描繪成一副小丑模樣，根本就是外行人的膚淺看法），對戰前各方將領們的恩恩怨怨，雖有所聞，但不清楚。進出司令部的多是方面大員或戰區指揮官，他們也都是司令官的舊識。然而到了勝利後，訪客中出現了一批所謂的「政治說客」，我不喜歡這些傢伙，他們把權謀、矛盾、利害關係這些政治伎倆帶進單純的部隊裡（我多麼懷念抗戰期間那些個意氣風發、滿腔熱血的軍人）。哦，部隊不再單純了，指揮官們也不再單純了。

陳列館的資料和圖片沒有辦法顯示其時的混亂狀況。我們兵團也處於各種奇怪的壓力下，司令官夜裡常常不能成眠，有一次他嘆了一口氣，對我說：「我情願跟日本人作戰。」使他傷腦筋的是這些來自共軍特務、左傾人士、記者和投機者的謠言，那些人千方百計地想影響司令官。劉兵團的一位軍長叛變時，總部很緊張，那天晚上，參謀長率了一批人突然蒞臨司令部視察，但我們司令部毫無異狀，一切如常。次日，司令官召集了營長級以上講話，我記得他說的是，現在局勢混亂，謠言四起，部隊軍心動搖，處此激變之中，軍官一定要有信心，要對中央有信仰，要對國家民族負責任。但厄運才正開始。

此刻，莊嚴、肅穆的陳列室裡似乎籠罩了一層蒼涼的氣息，窗外夜幕已經低垂，對街的十二層辦公大樓，則一片漆黑，大概裡面沒什麼人了吧，這些冷酷、僵硬的建築物，好像不是用來住人的。我不喜歡高樓大廈，它們肆無忌憚地壓迫著你，當戰爭或災難降臨時，這些大樓便立即成了一個個致命的陷阱。我環目四顧，發現大廳裡空盪盪的，遊客都走光了，只有牆角一張椅子上坐著一位穿中山裝的中年男子，正用一雙狐疑的眼光打量著我（開完會後，我將識別證放進口袋裡）。對不起，管理員先生，我不會帶走此地任何東西的，我的腦子裡已經裝滿了許許多多的回憶。我離開陳列館，進入另一間「抗日名將塑像館」。

塑像館內將星熠熠（肩章上的星星是眞品），我垂手在門口站立了一會兒，即令這些偉大將領業已作古，但赫赫軍威仍不免令人肅然起敬。這位是邱將軍、這位是蔡將軍、這位是壯烈成仁的秦士豪將軍（他出殯那天，全軍官兵無不慟哭出聲）。還有和司令官相交莫逆的凌克強將軍，他長得溫文爾雅，而且彈得一手好古箏，他在總部一場同樂會上表演了一首《十面埋伏》，我把手掌都拍紅了。這位是六十八軍的指揮官石將軍，這位是七十二軍、這是冀北游擊部隊、這是七七事變、這是張家口之役、這是台兒莊會戰、這是……，從塑像間和戰蹟表中彷彿傳出了隆隆的槍炮聲。

在這些著名將領間，在可歌可泣的史蹟中，再一次的，我又陷入回憶裡。卅年、卅一年、卅二年……我隨著司令官，經歷過不下百場戰役，我也負過傷，但那只是一點皮肉之傷，不像司令官，他背負了無數軍民同胞的傷痛，他懷著哀矜之心，駐留在野戰醫院裡，在草草搭成的急救站裡，在沾滿血跡的擔架台，那些病黃的臉孔，那些受苦受難的神情，那些被灼傷的軀體、破碎的四肢、那些號叫的心靈、那些咬牙切齒的恨意。一個人怎能承受這麼多？在無數個滿佈死亡氣息的病床邊，我聽到不止一次司令官用哄小孩的聲音說：「不要緊、不要緊……會復元的……你會見到你母親的……我知道……你已經盡了力……你對得起國家……我們最後一定勝利……你要安心靜養……不要怕……不要怕……你不會死的……我們有最好的藥……醫官馬上給你注射止痛劑……。」有幾次，司令官還沒說完，傷患就斷了氣，他輕輕地拉上床單，蓋住死者的臉，然後緩緩站起來，當他轉過身時，臉上悲憫之情已一掃而空，代之以堅毅之色，他知道他必須去面對另一場更凶惡、死傷更多的戰鬥，我目送著他走出醫院的偉岸背影，看著他以堅定不移的步伐，勇敢地邁入歷史的洪流裡。

現在司令官的塑像正孤零零地佇立在角落，這是個會令大部分遊客忽略的位置，遊客在進入塑像館之前，總會在心裡背誦著幾位教科書中大篇幅描述的將領的名字，而一個普通人的腦袋能記上十個將領的名字就已經不錯了。何況我的司令官在字字珠璣的歷史書中只出現了一次，他的名字夾在十四位將領之中，而且是在文章後的附註裡，如同塑像館內隱藏在牆裡的燈光，在牆角所形成的這一片陰影。這陰影也使得司令官的面容更加憂鬱，彷彿他生來就注定是位憂鬱的將領。此外他的銅扣、肩章和勳章可能半因光線或管理員的疏忽，看起來好像蒙上了一層灰塵。我站在塑像下，抬眼望著他，他的浴在陰影的臉，默默地顯露出一種痛苦的、深思的表情。啊！他的眼神。他的眼神專注地朝遠方凝視著，好像他仍置身於戰場的指揮車上，瞧著撤退中的兵團。

卅七年底，杜邱兵團損失後，南京也傳出總統考慮引退的消息。這時候人心士氣消沉到了極點，我們部隊奉令向江北轉進，經過的城市，大都荒涼破敗，即令安徽省政府所在地的合肥也十室九空，成了一座空城。老百姓跟著部隊，道路上壅塞著倉皇的人群，炮車、坦克間夾雜著平民的騾子和馬匹，面露恐懼的婦孺，在凍得僵硬的路面上，拖曳而行，緊跟著軍隊似乎是他們唯一的希望，但我們不得不超越他們，指揮車在難民中穿進穿出，司令官臉色凝重地注視著前方，他必須把全副精神集中在眼前的艱鉅任務——「長江守備」上，於是，浩浩蕩蕩的江流便在我們面前展開，兵團沿線佈置著，防線長達百里。我們不停地擊潰共軍試探性的小規模騷擾，與此同時，南京的政客們正在試行和談的可能性，但大戰一觸即發。春天來臨時，大戰爆發了，煙硝和炮火籠罩了江面，破壞了岸邊的動人春景。當長江的海軍叛變後，防線跟著崩潰，我們奉令向南方轉進，我們邊退邊打，每逢山路或渡河的時候就遭到共軍襲擊。公路上更是一片混亂，路上滿是形形色色、大大小小的部隊，友軍、師團管區、訓練機關、兵站單位、地方團隊、游擊單位等不下廿單位，全都往南走，紛歧錯雜、爭先恐後，像熱鍋上的螞蟻。司令官臉色越來越沉重，他急著和總部聯絡，但不知爲什麼無線電總是呼叫不出（後來連無線電台也被破壞了）。加上共軍四處散佈的謠言（一份過期的日報居然刊出了戴兵團已經投共的新聞）。部隊的士氣已經低落到了極點，司令官馬不停蹄地穿梭在各個連隊間，不斷地替官兵打氣，我想這一段日子，他是靠意志力才支撐下來的（有兩個副師長變節了，帶走了幾千人），一天下午，司令官忍痛地批示了三名士兵的槍決案，只因他們在一家雨傘店拿了三把傘不給錢。那時雨下得很大，到處一片泥濘，樹幹上、村屋壁上也是一片泥痕，部隊經過時，住屋和店家的門窗都緊閉著，指揮車靜靜地在雨幕中行駛，司令官面容嚴肅，逐漸逼近的槍炮聲使他緊皺著眉頭，共軍和叛軍好像從各個地方鑽出來，老鼠一樣撕咬著部隊的側翼和尾部，在一處小城我們受到僞裝成警察身分的特務和共軍的夾擊，部隊損失了足足有一師人。

「報告司令官，怎麼到處是敵人？」我問：「我們要去哪裡？」

「繼續往南走，」司令官目注前方，「也許事情尚有可爲。」

但南方也是一片混亂，第二線兵團和撤退的第一線部隊糾纏在一起，防線迅速向南移動。有時候共軍居然跑到我們前面了，我們在謠言和身分不明的敵人間兩面作戰。到了秋天，我們終於看到了海，但兵團已經消耗得差不多了。

面對著司令官的塑像，我竭力召回當時的感覺，我的司令官臉上再無赫赫神采，他的兩頰消瘦，兩鬢微微斑白。我注視著塑像的臉孔（這些沒有任何抗日體驗的雕塑家），發現他臉上慢慢地浮現了哀戚之色。

唉，司令官，我好難過，眞的好難過。

在岸邊海軍艦艇上，司令官站在甲板，面對著他所鍾愛的祖國領土。美如圖畫的海岸線和光亮奪目的沙灘，正揮手向他道別，陣陣浪濤敲擊著船舷，同時也敲擊著他的內心。而此刻，蒼翠的群山後依舊傳來斷斷續續的槍聲，但最後決戰已經過去了。沙灘上遺留著來不及帶走的受損的重武器、卡車、坦克、一個半卸的軍用急救站、空的彈藥箱、無數捲成一團的綁腿、帶著血迹的紗布，碎紙片則漂浮在岸邊的水面上，一隻海鳥在漂浮物上停留了一會兒，然後受驚似的直沖雲霄。艦上起錨的汽笛聲開始響了起來。

「報告司令官，」我替他披上大衣，「海面風大，您請回房安歇。」

我永遠忘不了這一刻，我的司令官轉過身來，眼眶蘊滿了晶瑩的淚水。

「馬冀，」他沙啞地說，「我們還要回來。」

是的、是的、是的、司令官、我敬愛的司令官，我們一定回去，不管要花多少時間，我和我的子孫們一定會回去。

我感覺到有人走過來，跟著一個聲音從我肩後說：

「這位老先生，」是那個管理員，「請問你在幹什麼？」

我不好意思地把手帕放回口袋裡。

「將軍臉上好像有點灰塵，」我低聲說，「我把它揩掉。」

示威

1

災難發生時，柳四成正在午睡，轟然一聲巨響，把他從床上驚醒。他第一個念頭是：路口的大變壓器爆炸了。那具變壓器說有多糟糕就有多糟糕，不僅銹蝕斑斑，有幾個地方，絕緣塑膠管已經裂開。從遠處看，就像一只掛在枯樹上的老鳥巢，柳四成每回從電線桿下經過，總得把眼睛往上吊，怕它冷不防摔在頭上。第二個念頭是：逃命。這第一個念頭已經耗去了半分鐘，所以不管前述的猜測是否正確（假如正確的話，因爆炸起的火，可能已經燒到了隔壁），保有這條老命可是第一要務。好在他已睡了一小時又廿分，牆上的壓克力電子鐘，不偏不倚地指著四點整。也是該起床的時候了，星期天，他通常睡到四點左右。柳四成有點詫異，前廳怎麼沒有一點動靜，難不成他太太早已奪門而出，自顧自地逃命去了。儘管思潮起伏，柳四成還是很快地套上長褲；一時找不到皮帶，乾脆兩手抓住褲腰，半跑半跳地衝出房間。

一股焦煤味道迎面撲來，柳四成「唉呀！」大叫一聲，雖然還沒見到一點火星影子，卻已經不抱任何希望，他立刻作了一百八十度轉彎，從後門溜了出來。

他喘著氣回頭看那可憐的房子，但是，好像——他用力眨著眼睛，好像沒有什麼事發生嘛？沒有濃煙，沒有敲臉盆打鐵罐子隨伴著呼天搶地的叫嚷聲。可不是嘛！頭上晴空萬里，新換的「克硬化」屋瓦紅豔亮麗（花了整整兩萬塊，雖然心痛，現在看起來，確也值得），幾枝不聽話的榕樹枝自兩棟房子的屋脊間隙穿出，上面還掛著綠綠的葉子。或許那聲巨響，不過是一場噩夢的最後一擊，但是那陣刺鼻的焦煤味可是千眞萬確，一點不假。柳四成想起三月間莫名其妙落下來的一陣冰雹，打得屋頂嘎嘎作響，他太太堅持說是貓在上面追逐，柳四成不得不到屋外，捧了一把冰雹，但是等他張開手掌時，什麼也沒有，只是一灘水。他把濕冷的手掌貼向他太太的臉頰說：「妳瞧！千眞萬確，是冰雹，沒錯。」

不管怎麼說柳四成還是放棄一探究竟的念頭，他決定走小路繞到另一條巷子，到馬路上再說。他穿過幾支曬衣竿，衣架上一些女人的內衣褲，紅紅白白，但微微泛黃，使他皺了皺眉頭，一件男用運動上衣，胸前寫著「MTV」三個英文大字，這是隔壁第二家在高速公路收費站上班的騷包傢伙——林達樂——的騷包衣服，四百卅塊錢，台北火車站「流行頻道」買來的特價品。「達賴」是他的綽號，不過跟西藏那個活佛無關。想到有人能當活佛，而他竟被一聲巨響嚇得從後門逃命，就不免有些洩氣。幸好還有些傢伙混得比他差的，林達樂自然不算，這傢伙沒有老婆要養，都快四十了，還成天在他的老母親面前扮小孩子，這母子倆可眞是一對寶。不過，也眞奇怪，這麼大一場禍事，母子倆也沒往後面跑，難不成被嚇死了。

經過一處養鵝區——小小一個髒池塘，幾塊三合板和鐵絲網，就這樣圍起來。那幾隻呆頭鵝昂起脖子，朝他咆哮。柳四成由不得朝鵝群吐了口痰。這是第二樁奇怪的事——這幾隻笨鵝也沒被嚇死。

小巷子充滿了混合著餿水和尿的怪味，市政府半年才噴一次殺蟲劑，因此巷子裡的蟑螂長得又肥又大，同時不怕生人。柳四成嫌惡地穿出巷子，心裡想要是失火得先從這裡燒才公平。

從巷口就看到他家門前圍了一群人。那些人發出的聲音就像從前附近田地旁廢棄的堆肥坑飛舞的蒼蠅，現在這一帶的農民已經不用糞便了，什麼東西都澆上人工肥料。柳四成走了幾步便聽到一聲驚天動地的大叫，然後一個瘦小、臉色蒼白的女人奔了過來。

她連珠炮說著一些沒有人懂的字眼，一邊拉著柳四成穿過人群。

他看到了這輩子所見最可怕的景象之一：一輛載滿瀝青的卡車，翻倒在他家門前，還在冒著熱氣的黑色柏油，衝開了大門，客廳的前半部堆了二尺多高的柏油，陽光從某個角度射進來，使得屋子裡滿佈晶亮、晶亮的光芒。什麼都完了，新糊的壁紙（天曉得，他爲什麼突然想糊起壁紙來，沙發、電視，電視也許可以用，只是不堪入目，幾樣裝飾品，四、五雙鞋子，其他還有些什麼一時也想不起來）。

而且，沒有人膽敢踏進屋裡。柳四成目瞪口呆地站在四腳朝天的卡車車輪上，心裡仍然在想：「這他媽的究竟是怎麼一回事？」

2

沒有人能動搖柳四成到立法院示威的決心。

老闆說：「我看你只有四成的把握，就跟你的名字一樣，四成，你成功的希望只有四成。」老闆說話的時候，一個頭盡在搖晃，像說「廖添丁」故事的吳樂天，老闆喝了一口錫蘭紅茶後用舌頭舔了舔嘴唇說，「你還是去簽支『大家樂』算了，那天是幾號？」

「十四號。」柳四成沒好氣地哼了一聲，接著用手指關節在辦公桌上敲出一陣令人心浮氣躁的聲音。

「沒錯？」老闆一邊把這個幸運數目字寫在記事簿上。

「我請三天假。」

「什麼！」老闆驚訝的表情後緊接著悲傷的表情，「別人示威只請一天假，你要三天？」

「如果你讓我們組織工會，我就只請一天假。」組工會是老闆最頭痛的事，儘管他的工廠只有廿三名員工。

「三天就三天，」老闆嘆了一口氣，「你能不能幫我加上這麼一句話，你會帶一塊白布上面寫些字吧？美國人滾回去！」

「美國人滾回去？這算什麼？」

「你沒看報紙呀？美國人天天對新台幣匯率施壓力，我們雖然只作內銷，遲早還是會受影響。」

「就這麼一句話？」柳四成皺了一下眉頭，這當兒，一旁的會計小姐冷不防探過頭來，「能不能也幫我帶一句話——」

同事奔相走告的結果是，柳四成示威的主題平白多加了五道副題，而多出來的字竟使得他不得不恭請鄰居一位從水利局退休的張老頭幫忙，這些字塞滿了五尺長的橫幅：

青天立法委員大老爺諸公明鑒：

小民柳四成家住永利街四十七巷三十六號，於七十六年六月十四日，無緣無故受到市政府養工處的迫害，該處把一整卡車的柏油倒進小民住宅，害得小民一家五口日夜不得安寧。該單位不僅不予賠償還推說卡車肇事乃由於瓦斯公司胡亂挖掘路面所致，小民向瓦斯公司申訴，瓦斯公司的答覆是，路面挖掘部分已有標示，責任應由養工處司機負責，如此這般，兩單位互踢皮球，來回三個月，那些柏油已凝結成硬塊，小民全家似乎生活在暗無天日的煤礦裡，欲哭無淚、欲訴無門。

懇請諸公垂憐，俯聽小民的心聲，給予市長應得的懲罰，給我應得的賠償。

另外：（比較小的字）

「美國人滾回去！」

「消基會只打蒼蠅、不拍老虎！」

「廢止公娼！」

「支持民進黨改造國會運動！」

「耶穌基督是全人類的救主！」

星期六一大早，柳太太帶著三個小孩，在後門歡送他們的父親。

「要小心，不要跟人家打架。」柳太太叮嚀道。

「不會的。」柳四成回答，「我只要靜靜坐在立法院門口。」

過了幾分鐘，隔鄰的張清海加入他們。他穿了一雙網球鞋，牛仔褲，頭上則戴了一頂墨西哥草帽。

「早，張老，」柳太太皺了皺眉頭，「你來得正好，替我們全家拍張照片怎麼樣？」

兩個人走到大街上，柳四成對著呼嘯而過的大卡車搖搖頭。

「聽說捷運系統要經過咱們這裡？」張老頭一邊說一邊取出一副太陽眼鏡戴了上去。

「高架道路有個屁用！」柳四成說。

「怎麼有的地方地下鐵，有的高架。」

「雙重標準！」柳四成說，「我們政府就是這樣，雙重標準。」

「什麼意思？」

「誰知道什麼意思？這幾個字我是從報上看來的。」

「這次有了經驗，我們再聯絡鄰居去示威。」張老突然高興起來，他東張西望著，好像正要去郊遊的小學生。

「你找什麼？」柳四成有些不滿他的同伴那副幸災樂禍的表情。就差那麼幾公尺，他想，那車柏油應該倒在老傢伙家裡才對。

「計程車，怎麼半天都看不到一輛計程車？」

「誰說要坐計程車，我們坐巴士去。」

巴士出奇地擠，柳四成把那塊白布緊緊揣在懷裡，無視於別人投來的奇異眼光。張老頭則頻頻抱怨著沒人讓位給他。

「誰叫你戴那個東西。」柳四成忍不住告訴他。

巴士到「中山市場」那一站不再往前走。

「大家下車吧！」司機的聲音隱藏著壓抑的興奮，「前面交通管制。」他甚至換了個姿勢，開始欣賞乘客臉上的表情。

「怎麼回事？」柳四成問，「連高架橋都管制了。」

「示威吧，老兄，你不曉得現在是示威旺季？」

「我們也——，」張老頭打算插嘴，但被柳四成踢了一下，立刻把舌尖上的話收回。

兩個人下了車，站在十字路口左瞧瞧右瞧瞧。

「糟了！」張老頭突然嚷了起來，「我忘了一件事——我、我得找個地方——方、方便。」

「大白天哪——張老，」柳四成第一次後悔請張老頭幫忙，但說歸說，這種事非立刻解決不可。

幸好附近有一棟剛被拆除的房子，滿地瓦礫，一扇橫架在磚牆的門板下，蜷縮著一頭黃狗，柳四成蹲下來作出投擲石子的姿態，那狗一下跳起來，滿不情願地跑開。

「這裡？怎麼成？」張老頭說，「我的屁股會被人家看到。」

「我自有辦法，」柳四成哼了一聲，一面取出那條白布，攤開來，堵住那道缺口。「這麼一擋，怎麼樣？」

有幾個好奇的路人圍上來讀布上的字。

「哈，哈，」一個長頭髮的年輕男子笑出聲來，「眞有這種事？」

「少見多怪！」柳四成說。

「奇怪！這裡可不是立法院？」另一個路人說。

「我先預演一下不可以？」柳四成回頭對門板叫，「張老，快出來。」

張老頭訕訕然鑽了出來，柳四成收起白布。

「立法院在哪裡？」

「唉呀！張老，你活了這一把歲數，居然不知道立法院在哪裡？」

「我又沒兒子當立法委員。」張清海說，一邊從褲袋裡掏出一張皺皺的台北市地圖。

兩個人便蹲在人行道上研究地圖。

「是了，」柳四成拍了一下大腿，「我們在這裡，天橋在那裡，過了天橋就是立法院。」

向立法院進軍，向立法院進軍——

天橋上已經實施了交通管制，五、六個年輕警員瞪著茫然的雙眼站在拒馬後。天橋另一邊被看熱鬧的人擠得水泄不通，但是從嘈雜的人群中竟然伸出一支兩人高的喇叭型麥克風，而且用一種哀求的聲音，斷斷續續地說著：

「悔改吧！罪人、悔改吧！罪人。」

「基督教也來湊熱鬧。」柳四成對他的同伴說，一面伸手排開人潮。

「我猜是長老會，報上說只有長老會才喜歡示威。」張清海邊說邊往麥克風的方向擠，但一把被柳四成拖住。

「張老，你昏頭了！」柳四成罵道。

糾正老頭的方向後，柳四成領先往前擠。好不容易擠到橋頭，卻赫然被兩層拒馬和圈形鐵絲網擋住。不過仍然留有一個小出入口，仍然有一些背著照相機和面容嚴肅的人進出。鐵絲網後站著一排抬頭挺胸的鎮暴部隊。

「唉呀！好像要打仗了。」張清海躊躇不前。

「怕什麼？你沒當過兵？」

「嘿、嘿，」老頭乾笑了兩聲，「伙頭軍。」

背後有人推擠他們，那是個臂上掛著「糾察隊」臂章的年輕人。「幹什麼！你們到底進不進去？」

「進去！進去！」柳四成說，一面讓過身子，「你先請。」

柳四成用力拍一下老頭肩膀，把他從「軍旅生涯」的回憶中拉回來。

「向立法院進軍！」柳四成堅定地說。

「向立法院進軍！」張清海應和著，但聲音像蚊子叫。

再沒有任何力量能阻擋他們。

柳四成用驕傲的聲音對出入口的鎮暴部隊說：

「我們是來示威的。」

3

管制區裡雖沒有橋頭擁擠，但卻有點像市集。賣飲料小販、香菸攤、流動便當車早已占據了樹蔭下。安全島上站滿了比較大膽的旁觀者，和幾名忙著攝影的外國人。馬路上則有一輛插滿民進黨旗的鑼鼓車，在直徑一百公尺的小圓周繞著，車後隨著數百名高喊口號的群衆。

柳四成站在安全島上皺著眉頭。

「要不要把咱們的布條亮出來？」老頭建議。

「給誰看呀？」

「那邊有個外國記者。」老頭指著右手邊一位高大的外國人。

兩個人跳進馬路裡，快步走向那名外國記者。

「哈囉！」外國人朝他們露出笑容。

柳四成一下忘了要跟他講什麼。身旁的老頭則正在手忙腳亂地打算攤開那幅五米長的布條。

柳四成張開嘴結結巴巴地背起抗議詞：

「青天立法委員大老爺諸公……。」

那名外籍記者臉上仍然掛著笑，但卻眼露迷惑之色，他有些弄不清楚這兩個人究竟是怎麼一回事。於是，他習慣地舉起相機，拍了一張「背景照片」。然後，用食指和拇指作了一個「ＯＫ」的手勢，跳下馬路，往立法院大門方向走去。

「哈、哈，我們上了美國報紙！」柳四成得意地回頭，但是張清海仍在跟那張白布條纏鬥不休。

「四成，你怎麼不來幫我忙？」老頭抱怨。

「你沒看到我在跟美國記者講話。」

讓外國人拍了照片，實在出乎意料之外，柳四成突然有了放鬆的感覺。幾天後，美國報紙登出他的照片，保險震驚中外，柳四成想，只是如何弄到那張報紙可眞是個問題。不過，他們大概會郵寄給他，畢竟美國是個尊重新聞自由的國家。

有什麼聲音吸引了他的注意，不遠處的路口，那輛裝滿標語和一只大鼓的改裝吉甫車又繞了過來。車上一名光著上身的漢子，用力敲了幾下大鼓。

「老賊、老賊、老笨賊，」這個人大喊，後面的數百名追隨者跟著齊聲大喊。

「滾蛋、滾蛋、滾滾蛋！」

「罵得好！」張老頭說。

「我們也到門口去，」柳四成說，「大家都往那邊跑。」

「等一下，」張清海突然面有難色，「我想先上一下廁所。」

「天啊！」柳四成抬頭望天，但是天空上連一片烏雲都沒有。「那邊是中央黨部，我們去借用一下廁所。」

對街的中央黨部圍牆邊也擠了不少人。

「借光。」柳四成排開眾人。

沒想到人群後又是一排「鎮暴部隊」，一名尉官擋住他。

「你們是不是『愛國陣線』的人？」

「『愛國陣線』的人是幹什麼的？」張清海問。

「中華民國萬歲！」尉官後一名扛著國旗的中年人探頭說。

「消滅民進黨！」又一名同樣打扮的人喊了起來。

「消滅民進黨！」身後七、八十名「愛陣」的人齊聲喊了起來。

看來這個地方是借不到廁所了。

「我不相信——」張清海面露痛苦。

「不相信什麼?愛陣還是民進黨?」

「不相信我們找不到廁所。」

到處都擠滿了人，所以不能故技重施。那麼大家就努力找廁所吧。

鎮暴部隊也問過了，他們方便的地方是在禁區外的台大醫院裡。要出來可以，但是現在除了「民進黨」和「愛陣」以及特殊身分人員外，誰都不准重入禁區。

柳四成抗議，但是那個人說這件事必須請示上級。等他請示上級回來後，老頭可能得馬上送醫院。

於是兩個人就像沒頭蒼蠅一樣，在激動的人群中穿來穿去。

「問最後一個人？」柳四成對臉色蒼白的同伴下了決心，「再問不到，你『就地解決』好了。」

這最後一個人，是個賣膠卷的小販，他笑著指身旁一個像車廂的東西。

「這是市政府的流動廁所。」他說：「買點膠卷吧，先生？」

老頭提著褲腰奔了過去。柳四成目注著他的背影，一邊跟小販閒聊起來。

「您先生支持哪一邊？」小販問。

「我自己。」柳四成攤開白布條讓小販看。

「寫得不錯，不過你老兄選錯了日子，國定假日、週末、星期天，都被民進黨跟愛陣包了。」

「你怎麼這麼清楚？」

「凡是有人示威，我就在這裡，我消息比誰都靈通，我跟那個賣汽水的、打香腸的、賣喉片的，把這裡都包下來了。」

果然在一棵樹後，正有五、六個小伙子圍著打香腸攤子，完全無視於幾十公尺外的激烈活動。

「我瞧你今天是沒指望了。」小販說，「一個小時前，一大批造船廠的員工才被我勸走，我要他們留下電話號碼，待會兒我就去跟民進黨跟愛陣要時間表。」

柳四成以一種尊敬的眼光看著面前的這位「草莽奇人」，這裡可眞是個卧虎藏龍的地方呀，說不定還可請他指點指點。

「你老兄貴姓？」柳四成問。

「曾球，很好記，下次你要是進不來，就找鎮暴部隊一位藍少尉，跟他報我的名字。」

「謝了！」柳四成說，「給我二個櫻花牌膠卷吧，多少錢？」

老頭帶著一種奇怪的神情一跳一跳地過來。

「對不起，勞你久等，人太多。」

柳四成介紹了曾球，後者告訴他們，如果今天非得把事情辦成，那麼一定要搶在民進黨前面，也就是說，要一個箭步插在中間，讓雙方人馬傻眼。

「說來容易，曾兄。」柳四成說。

「想想看，所有的電視鏡頭全落在你兩位身上，多風光呀！」曾球說，「考慮看看。」

「搞不好會被夾殺。」老頭說。

「今天大概不會吧，」曾球說，「國會全面改選是個老題目了，頂多嚇唬嚇唬那些老傢伙罷了，沒人會動粗。」

像打了一劑強心劑一樣，兩個人又謝了曾球一次，然後小心翼翼地往那群示威者移去。

空氣好像突然凝結起來了，柳四成汗毛倒豎，也不知道爲什麼，他想起童年時候被反鎖在閣樓上的恐怖經驗。

各種奇怪的聲音在耳邊響了起來，包括某個人尖聲怪叫。

「我又想上廁所了！」老頭輕聲說。

「媽的！」柳四成罵了一聲，「我們裝作他們的同路人，大大方方穿過去。」

立法院門前馬路上，示威群衆陸陸續續就位，柳四成經過一群頭上綁著白布條的示威者時，不禁多望了一眼。耳朵但聽老頭小聲說，「有點像神風特攻隊。」

一名穿著迷彩服裝掛「糾察隊」臂章的男人叫住他們。

「你們屬於那個大隊？」

兩個人嚇了一跳，柳四成支吾著，心想，完了，被逮個正著，就像戲院插隊黃牛一樣，完蛋了。

幾個人回過頭來，一個人說：

「我看是愛陣的人想混進我們隊伍，製造騷動。」

「我們不是，」柳四成急得揮起手來，「我們也是來示威的。」

張清海趕緊攤開白布條，這回有同伴幫忙，十分順利。

「這是什麼？」糾察隊員搔著頭，「你們要不加入我們，就是改天來。」

就在怎麼扯也扯不清的當兒，左近起了一陣騷動，所有人都把頭轉向那兒。一個尖尖的男人聲音穿透騷動的人群。

「拿了我的膠卷不給錢，就是俞國華也不敢！」原來是那位曾球老哥。

「你看錯了吧，我們當中不會有這種人。」

「戴著臂章，好像你，不對，臉不像……。」

柳四成朝老頭使了個眼色，這曾球眞是救苦救難觀世音。兩個人悄悄移動重心，然後一溜煙地衝到前面。

台階下席地坐著一大群人，有些人輕聲聊著天，有些人嚼著三明治，看來是坐了一段時間了。

最前排某個人站了起來，離開他的位置。柳四成拉著起頭，搶上前，一屁股坐下了。右邊盤膝坐著一名黑衣婦人，臉色木然，背上斜掛著一條白布帶，上面寫著「受難家屬」。

「立法委員什麼時候出來？」柳四成偏頭問了一句，沒有反應，他又問了一句，仍然沒有反應，這個婦人根本不理他。

「喂，」柳四成朝左邊同樣穿著黑衣，但背上寫著「解散萬年國會」的男子問，「立法委員什麼時候出來？」

「老烏龜縮頭不敢出來，」這人說，說完好像想起什麼，猛地站立起來，朝後大嚷，「萬年老烏龜滾出來！萬年老烏龜……。」

席地而坐的示威者齊聲叫嚷起來。

過了幾分鐘，柳四成有點不好意思地發覺自己也跟著叫道，「萬年老烏龜……。」

張清海困惑地拉拉他的手，在喊聲的間隙問道：

「四成，怎麼青天大老爺變成老烏龜了？」

「我也不知道，」柳四成苦笑一聲，「大家都這樣喊嘛！」

就在這時，原先離座的那個人又折了回來。

「對不起！」那人說。

「沒關係。」柳四成回答。

那人看柳四成沒反應，皺皺眉頭，便緊緊挨著張老頭坐下。

過了很尷尬的五分鐘後，最後坐下的男子看看手錶說：「時候到了！」便站了起來。他轉過身，舉起手臂，作了個手勢，這當兒，柳四成才看清楚他胸上布條上寫了「第三路總指揮」幾個字。

鑼鼓聲響了起來。

「今天我們包圍立法院！」一名手持擴音器的男子叫道。

「明天我們占領立法院！」他繼續說。

「怎麼回事？是不是要幹起來？」老頭緊張地問。隨後猛一回頭，發現大門口不知什麼時候站了三排全副盔甲的鎮暴部隊。「我的媽呀！」

「唉呀！」柳四成也叫道。

「包圍立法院！占領立法院！」群衆的叫聲漫天遍野響了起來。

「不要衝動！不要衝動……。」身邊的總指揮說，但是他沒配備擴音器，聲音像蚊子叫。

「不要衝動！親愛的民進黨父老兄弟姊妹們，請大家保持冷靜，」立法院屋頂上一具巨型喊話器說，「國家是大家的，大家要愛國，不要彼此仇恨！」跟著一個渾厚的男中音唱了起來，「反攻、反攻、反攻大陸去，大陸是我們的國土，大陸是我們的家鄉……。」

這是首大家耳熟能詳的愛國歌曲，但是不播還好，播出來反而刺激了群衆，群衆開始不安。

「好國民要守法，」屋頂上麥克風裡一個嬌柔的女音說道，「民主就是法治。」

「放屁！」手提喊話器的年輕人大聲說，「法是你們立的，不是老百姓立的！同胞們！誰才有資格談民主、談法治？」

「民進黨！」群衆們齊聲大吼。

「民進黨！」老頭也跟著叫了起來，柳四成拉拉他的衣服，說，「沒有立委在裡面，占領立法院有什麼用！」

「過過癮罷了。」張清海踮起腳尖，望向鎮暴部隊後方，「後面站了一些人，那是誰？」

柳四成發覺自己也不知不覺地踮起腳尖張望，同時覺得有人在推擠他。

三個掛糾察臂章的男子擠到前面來，他們轉過身大叫，「大家要守秩序。」

「你指什麼？」柳四成罵道，他的腳被重重地踩了一下。

「原來是你，」那名糾察認得他，「你怎麼混進來的？你是情治機關的特務。」

「我不是！」柳四成回敬，「你才是。」

「抓特務！」

兩個人開始拉扯起來，後面的群衆有人大喊，「發生什麼事？發生什麼事？」許多人便往前面推擠。

就在此時，那首「反攻大陸歌」又唱了起來。

柳四成覺得腳跟好像不沾地般的往前移動，他一面作出像在逆浪中的游水姿態，一面回頭找尋同伴，沒有那老頭的影子。

一塊硬物絆了他的腳一下，原來是台階。然後突然間他發現鎭暴部隊的盾牌就在伸手可及的地方。

「媽媽呀！」柳四成驚恐地叫了起來，同時感覺到褲襠濕濕的，竟然嚇出尿來。

一張臉龐逼近他，柳四成看到一雙年輕的、驚訝的眼睛。「對、對不起。」他喃喃地說，「後面有人推我。」

盾牌後的年輕人嘴巴張合了幾下，但沒有發出聲音。

一個凶猛的力量猝然撞擊柳四成的背部，他的重心由於前面強大阻力而往側移，他的耳膜裡充滿了各種頻率的叫喊聲。

我必須離開這裡，他想，犯不著莫名其妙地命喪此地。

很多年前，他曾經在一家著火的戲院裡嘗過這種滋味，他飛快地召回那次記憶。立刻，他用手護住眼睛，弓起身子，收縮肩膀，打算像泥鰍一樣鑽出來。

可惜他的方向有了偏差，幾個人被他凶猛地推開，他感覺到幾波阻力，於是喉頭發出一聲輕吼，繼續加速。但一個可怕的撞擊，震得他腦際轟然一響，他撞到一堵牆。

柳四成慘叫一聲，昏倒在地。

血從他的額頭流了出來，旁邊的一個人摸到一手血，立刻尖聲叫了起來。

「殺人了！殺人了！」這幾個可怕的字霎時傳遍整個示威區。一分鐘後，所有的人都停止了動作。

柳四成作了無數個夢，那些夢千奇百怪的，在夢中，他化身千萬，但卻有一個共同的目的——到立法院示威。他想盡辦法混進立法院，卻沒有一次成功。這最後一個夢尤其可怕，他夢想自己長了翅膀，企圖從窗口飛進去，然而等飛臨窗台時，他發現自己不過是隻渺小的蒼蠅罷了，然後他鼓動翅膀從窗縫間飛了進去。就在終於混進立法院的那一剎那，他猛然抬頭，赫然看到一名鎮暴警察齜牙咧嘴地笑著，而且他的手上抓著一把碩大的蒼蠅拍。

柳四成掙扎著從噩夢中醒來。

「四成，四成。」他睜開眼睛就看到他老婆那張焦急的小臉。

「這是哪裡？」

「台大醫院的加護病房。」他太太身邊一位西裝筆挺、臉像彌勒佛的中年人說。

柳四成轉動眼珠，他發現病床四周還站了七、八個人。其中有幾位是醫護人員。

「我怎麼了？」他企圖撐起上半身，但被他太太阻止。

「四成，」他太太看一眼長得像彌勒佛的男子，說：「你被民進黨的人打昏了。」

「妳又沒去示威，妳怎麼知道？」

「趙先生告訴我的。」

「趙先生是誰？」

「就是小弟，」那位長得像彌勒佛的人說，「我叫趙剛，柳先生，我在社會局服務。」

柳四成突然覺得一陣虛弱，他喘著氣問：

「我怎麼了？」

這一次總算有人知道他眞正的意思。床尾的醫生趨上前，「柳先生，你有點輕微的腦震盪，沒什麼要緊。」

「四成，你好好靜養，什麼事都不要擔心，孩子現在在我娘家。」柳四成太太柔聲說，「而且昨天晚上，有人把我們家客廳打掃得乾乾淨淨。」

「是些什麼人？」

「我從沒見過，四、五個男人，我問他們，他們什麼話都不講，只說上面派來的，我想只要有人把我們家客廳的柏油清掉，管他是誰派來的。」

「是民進黨的人。」趙先生說，「他們想消滅證據。」

「民進黨的人？爲什麼？」柳四成問。

「在你受傷之後，他們向外界發表聲明，說你是支持國會全面改選的民衆，卻被鎭暴警察打成受傷，把你說成是爲台灣民主犧牲的烈士。」趙先生說。

「我那塊示威布條上，不是寫得清清楚楚的。」

「在混亂中，我把它弄丟了。」一個發自牆角的聲音說。

「張老，你也在這裡？」柳四成這才發現坐在牆角一張小椅子上的人是他的同伴。

「對不起，四成，」張清海離開座位，「對不起，」他眼眶紅紅的，開始嗚咽起來，「我事情沒有辦好。」

「不是你的錯，」柳四成說，「我昏迷了多久？」

「兩天兩夜。」

兩天兩夜，這是怎麼回事？這段時間內到底發生了什麼事？柳四成想。

「我們想，」趙先生說，「民進黨撿到了那塊布，知道你並不是他們的同路人，而只是為了一客廳的柏油去示威，所以就派了人去清除你家的柏油，好消滅證據。」

「四成，趙先生說得很有道理，」柳太太感激地說：「趙先生幫了很大的忙。」

柳四成並不知道這位神秘的趙先生究竟幫了什麼忙，但是從太太和張清海的神色間不難看出他們已經取得了某種默契。

「多虧趙先生，你的傷是民進黨造成的，」柳太太說，「他們不會付醫藥費，趙先生答應負責一切。」

「可是——，」柳四成看著圍在四周的這些人，心裡有點不是滋味，好像他們已經把所有事情都安排好了，「我是自己撞到牆的。」

趙先生和一位年輕的醫生對望一眼。

「這是很正常的事，趙先生，」那位醫生說，「人頭部受到重擊，常會產生幻覺。」

「我確實是撞到牆。」柳四成說。

「我們在現場撿到一支旗桿，上面沾了你的血。」趙先生說。

「你是說有人用旗桿打我？」

「我沒這麼說，不過那支旗桿怎麼會沾有你的血？」

柳四成有點搞糊塗了，他再度努力搜尋記憶，頭部又開始痛起來。

張清海從牆邊拿起一個圓筒形的東西，走上來。

「四成，這是我們示威布條，我重新寫了一遍，」邊說邊攤開布條，讓柳四成過目。

句子很熟，不過好像少了什麼。

「好像少了一條，」柳四成說，「業務課的陳小南要我加的——支持民進黨改造國會運動。」

「陳小南要我把這句話收回去，」張清海看看趙先生，「你不相信可以現在打電話問他。」

「不必打這個電話，」趙先生說，「有個人馬上可以證明，你們公司老闆，他人現在門外。」

趙先生吩咐一位護士開門去請老闆。

老闆進來時，柳四成勉強撐起上半身。

「躺下、躺下，」老闆又把他壓下去，「怎麼樣？傷勢好點沒有？」

「好多了，應該沒什麼問題。」年輕的醫生搶著說。

「眞抱歉！老闆，我沒辦法去上班。」

「抱歉什麼？我還應該謝謝你呢。」

「謝什麼？」柳四成覺得困惑。

柳太太俯下身，跟他先生耳語，「你告訴老闆那個號碼，讓他贏了好幾百萬，他昨天給我們五萬塊吃紅。」

「妳簽了沒有？」

「簽了，」她臉紅了一下，「可惜沒簽那個號碼。」

柳四成白了她一眼，不過現在可不是數落他太太的時候。他用一雙感激的眼光望著老闆，後者伸出手握了他一下。

「謝謝你，」柳四成由衷地說。

就在這一刻，所有問題彷彿都獲得圓滿的解決。客廳的柏油淸除了，老闆不僅不責怪他反而送來一大筆錢，家人視他爲英雄，而且在一夕間成了新聞人物。

但是，隱隱約約之間，好像有個地方不對勁，是的，「示威」不是件好事，怎麼會像中愛國獎券一樣，一下帶來這麼多好運？

趙先生也伸出手跟他握了一下，說，「待會兒我們舉行記者會。」隨後示意所有人離開病房，只留下柳四成夫妻兩人。

「四成，我想我們就照趙先生話去做。」

柳四成沉默。

「你怎麼不說話了，」柳四成太太忽然生起氣來，「你跑去示威，留下我們母子在家裡擔心受怕，現在你成了大英雄了，就這樣端起架子來。」

「我覺得有些不對勁？」

「什麼不對勁，不對勁的才是你，趙先生說，你被打昏了頭，記不住誰把你打昏。誰把你打昏不打緊，就是你自己撞昏也好。可是，出了這麼大的事情，你得先替我們想想。」

「奇怪了，妳怎麼生起氣來？」

「你知道嗎？你實在是個沒有責任感的傢伙，你從來沒一天顧過家，想想看，你為了一客廳的柏油差點死在立法院門口，這值得嗎？而且你根本不懂得示威。」

「什麼話？我不懂得示威。」

「趙先生說的，他是示威專家。」

這句話頓時使柳四成洩了氣。

「我是不想講而已，」他太太索性一不做二不休，「你從來沒有愛過我，你從來沒把我當太太看，你去示威根本就是想讓全家丟臉。」

這算什麼？柳四成用奇怪的眼神看著雙手叉腰、怒氣沖天的太太。

我是這樣子的嗎？他想，我是這樣子的嗎？

兩個人靜靜對視著。過了一會兒，柳四成的舌尖囁嚅地吐出這幾句話。

「妳這是在向我示威。」

「示威？」他太太說，「我還要『革命』呢！」

「革命」這兩個字使兩夫妻忍不住大笑起來。

「什麼事?發生了什麼事?」趙先生衝了進來。

「我們溝通好了,」柳太太說,「可以舉行記者會了。」

總統的販賣機

一夕之間，地面冒出了形形色色的販賣機。

1

有一天，我忽然發現大街小巷佈滿了各式各樣的販賣機。不騙你，僅僅在我住處一百米方圓內，就有十餘種不同款式的販賣機。以形式來說：有箱型、狹長型、鑲入式和盒狀掛壁式，以內容來分，則有冷熱飲、口香糖、面紙、香菸以及保險套等。

從塞入第一個銅板後，我立即對這個東西產生了好感。首先你用拇指和食指輕輕夾住銀幣，然後把你的視焦投注在投幣孔上——那是個中間一條縫、內凹的小圓盤。這個東西會忍不住讓你聯想到，種種誘人的女性生殖器官。

你的眼睛緊緊地被銀幣和孔逐漸接近的景象吸引，你的手指以令人難以察覺的振幅發著抖，接著在接觸的那一剎那，啊，從手指尖末梢神經傳來微弱的神奇的快感。

這是多麼銷魂的一刻。

然後，你搖搖頭，退後一步，這時候，你聽到機器裡面的齒輪發出「軋、軋」的轉動聲，最後是更大的物體下墜的一響，一只罐頭或是一包東西出來了。

我好喜歡這種最直接的「進入」和「射出」的過程。

對了，我叫羅思，一般人都會誤作「螺絲」，後來連我女朋友在留給我的字條上都這麼寫後，我就習以爲常了，事實上，這個綽號看起來也不錯。

所以，就叫我「螺絲」吧！我住在林森北路一條三米寬的小巷子裡，這條巷子無疑的是「大千世界」的一個小縮影。

我有一個人生觀：那便是——人不犯我，我不犯人。

我相信這個世界基本上是和諧公平的，就像販賣機一樣。

2

我們管這條巷子叫「名人巷」，大概是種反諷吧，後來名聲傳開了，有些司機居然也能琅琅上口，他們會瞇起眼睛說：「哦，是那條林森北路的名人巷呀！」眞正的名人巷在仁愛路和忠孝東路之間，「新名人巷」則在忠孝東路四段，這是每個人都知道的。

我們這條巷子住滿附近特種營業的「名女人」。原來巷子裡有一間小酒吧，後來老闆生意做大了，便把酒吧改爲宿舍，於是，巷子裡逐漸成了名副其實的「宿舍區」。

名人巷還有一個附近沒有的特點；白天較熱鬧，晚間大家都去上班，顯得格外冷清。

從三月開始失業後，我窩在巷裡的一個小房間已經整整四個月。這房間是我女朋友素素租的，她本名叫楊元素，學生時代，大家都叫她「氧元素」，把她當成科學怪人，私底下我也喜歡這麼叫她，我說：「我們都有一個工業化的別名。」

氧元素和螺絲、螺絲和氧元素。

聽起來，還眞有點「王永慶和辜振甫」、「辜振甫和王永慶」的味道喔。

這四個月間，我把自己關在房間裡，除了偶爾出去「餵餵」販賣機，大部分時間，我都趴在窗口，一面茫然地俯視「名人巷」，一面反省自己爲什麼又失業了。

對我這種人失業似乎是正常的，有時候換個角度看，我也不覺會有點同情起那些個目光炯炯的老闆來。

「我找到失業的理由了！」有一天我像牛頓發現地心引力一樣嚷了起來：「素素，我找到了！」

「找到什麼？」她從浴室探出頭來，這個浴室非常小，因此，她一伸出頭，連光溜溜的屁股都拖了出來，我趕緊去拉下窗帘。

「我失業最大的理由是——」我又回復到斜倚著床的姿勢，「我常常溜去給妳洗頭。」

「去你的！」她說，縮回頭去繼續洗澡。

於是我給自己點上一根菸，開始回想起那一段可資紀念的日子。

我進入「常青濾水器公司」之前已換過四個工作，那些工作有兩個是坐辦公桌（好像是在一家攝影器材當個辦事員什麼的）、有兩個是外務工作（我有一輛摩托車，失業後換了一輛腳踏車）。

「常青」賣的是離子交換作用的濾水器，因此我的口袋裡總是放了幾包化學劑，有一回兩包裝化學劑的塑膠袋破了洞，立刻那兩種粉末在我口袋裡起了化學變化。但是當我把燒焦了的口袋給老闆看，非但沒有召來同情，反被結結實實地教訓了一頓。

於是，我得了個教訓，那就是——老闆永遠是不會有錯的，錯的一定是你。

於是，爲了沖一沖這一天的「衰」氣，我便去洗了個頭。

於是，我便碰上了素素。

這是一家純美容院，是我同事介紹的，據他說這裡的顧客大都是附近的上班小姐，運氣好的話也許可以釣上一兩個。

「我以前怎麼沒有看過妳？」我說，一面從鏡子裡打量她。

「我才從南部上來。」她說，「你的口袋怎麼了？」

我告訴她口袋著火的事。她立刻笑了起來，同時不斷地說：「你們台北人，你們台北人……。」

「幸好沒燒到錢，」我說：「妳家要不要裝一個濾水器？」

我們從此交上了朋友，後來我幾乎每兩天就去給她洗一次頭。一段時間後，有人向老闆打我小報告，說我天天溜班去洗頭，我便失業了。

「如果不是我——，」素素披了條浴巾，走向我，「你現在會在哪裡？」

我失業後繳不起房租，素素說她的房間勉強可以擠兩個人，讓我暫作棲身之所。「不要以爲我想跟你結婚，」她說：「找到工作後，就得給我搬出去。」

「我會睡在火車站，像野狗一樣。」我一把抓下素素身上的浴巾，不過她很快地掙脫，開始穿衣服。

「妳幹嘛呀？時間還早呢？」

可不是嘛，「名人巷」這個時候還沒人起床。

「我跟小青約好，互相剪頭髮。」她說。

素素關上門後，我立刻趴在窗口，俯視著巷子。

我看到素素的頭，以及她逐漸遠去的背影。

然後這條巷子便又空無一人。

我呆呆地瞧了老半天，心裡模模糊糊地想著，也許這樣過一輩子也不錯。

3

我決定從那張「懶蟲彈簧床」（這是素素取的名字）跳起來，出去加入「生存方式的競爭」，可不是作了什麼偉大的反省之後，或者所謂「靈光一現，豁然開朗」，覺得自己必須立刻出去把世界扛在肩膀上。

我離開床和十四吋電視構成的那個棺材大的房間，完全是他媽的自作自受。

素素說過，她可以容忍我這條懶蟲，直到她失業，也就是說，我們兩個人隨時總得有一個在外頭張羅吃食。

所以只要老闆不叫她滾蛋，我就可以繼續維持一條懶蟲的姿勢，偶爾探頭瞧瞧巷子裡的動靜。

素素走後沒多久，我就被一陣爭吵聲叫醒——是隔壁兩個上班小姐，她們常常為一件小事爭個不停，不過不知道為什麼兩個人還住在一起，大概是同性戀吧。

我敲敲木板牆，這面牆薄得像厚紙板，我和素素幹「那件事」時就得特別小心，我們總是默默的進行，素素偶爾會忘形尖叫一聲，但立刻被我用手掩住。「眞希望能扯開喉嚨大叫一陣。」素素說。「我也這麼想，」我說：「我們可以去找一家旅館。」「你開什麼玩笑，」素素說：「那要花多少錢呀？」

我曾經有一個構想——讓素素戴上口罩。不騙你，我已經買了一副，不過一直不敢拿出來。

「我要搬出去了！」隔壁的小姐說。

「妳已經說過十幾次了，怎麼還不搬？」我隔著牆壁大叫。

隔壁安靜了下來。

這當兒，我的喉頭突然抽動幾下，這是要菸抽的表示。於是我不得不從床上撐起身，套上拖鞋，走下樓。

巷子裡沒半個人影，我的拖鞋在地上敲出一聲聲「滴滴答答」的聲音，你一定想不到，在鬧區裡居然會有這麼塊安靜的地方。

然後我走到大街上。在一台香菸販賣機前，我停下腳步，同時掏著口袋。

天呀，居然只有兩個十元硬幣。身上就只有這麼多。

我拍拍販賣機，對它說：「你老兄等我一下！」

我又踢著拖鞋回到房間，開始翻箱倒櫃，不過怎麼樣也找不到半毛錢。素素從來把鈔票貼身藏好，她認爲我們住的地方小偷進來十分方便，「那把小鎖沒有用，」她說，「而且你睡得像死豬。」

想到素素對錢財的執著，我的菸癮又上來了。喉頭像有無數螞蟻在爬，而且每隻都在高喊：「給我香菸、給我香菸、給我……。」

不過現實歸現實，沒錢就是沒錢，而且今天又厚不起臉皮向隔壁的上班小姐求援。所以我只好坐在床沿，趴在窗口，猛瞧著空盪盪的巷子找靈感。

有一條老狗，背上長著一大塊粉紅色的癬，它東嗅嗅西嗅嗅地朝窗下走來。

然後鬼頭鬼腦地四周張望一陣，（牠就忘了抬頭上望，這笨狗！）很快地朝大門撒了一泡尿，再夾著尾巴一溜煙的跑開。

當人倒楣的時候，連狗都會在你家門口撒尿，絕不騙你！

而且，如果那狗每天來尿上個兩三次，這門一定會穿洞。

且慢，我搔著頭，狗老哥這一招可能有其他的名堂。立刻，我把這件事跟販賣機聯想在一起。

你永遠不會了解我們的腦瓜子具有多大的潛力，你更不會了解愛因斯坦的腦子怎麼會想出「相對論」這樣稀奇古怪的東西。

相對論主要的論點是：天下萬事萬物都是相對的，譬如有對就有錯、有好人就有壞人、有螺絲就有氧元素……。

好個天才老頭！

只要有百分之一的可能！

我立刻找了一只空寶特瓶，衝進浴室，裝了一瓶子水，再衝出門。

我找到一台瑟縮在牆角的「保險套販賣機」，然後對準投幣孔，倒進半瓶水。

奇蹟發生了！

十多枚硬幣嘩啦嘩啦地掉下來！

「天上之水，上帝之水，」素素回來後，我興奮地對她說：「觀世音菩薩之水，妳一定不會相信……。」

素素把一張疲倦的臉轉向我，她的眼睛先是一片空白，彷彿我說的是外國話。

「我選擇市政府的販賣機下手，還有一個意思，」我心裡覺得有點不妙，不過還是繼續說：「我要督促政府注意社會福利。」

大概是「社會福利」這個字眼使素素回復神智。但立刻她「哇！」地大哭起來。

我怎麼安慰她都沒有用，直到木板牆上傳來重擊聲她才止住哭聲。

「我們再窮，也不能、不能、——」她嗚咽著，「幹這種丟臉的事。」

「下次不敢了，」我嘻皮笑臉地說，「放下屠刀，立地成佛。」

素素睜著淚眼，觀察了我一陣子後，伸手掏著口袋。

「拿去！」她攤開手掌，上面赫然是一些十元硬幣，「拿去還人家。」

我只好硬著頭皮，回到那台倒楣的販賣機前。

我很快投下硬幣，轉過身準備離去，但一陣響聲從背後傳來。

你猜怎麼著？

販賣機丟下十幾打保險套，足夠用一年的保險套。

4

必須去找一個正正當當的工作，使我煩擾了好幾天。而且在這段時間裡，素素變得越來越沉默，同時看我的眼神，讓我覺得臉上好像印上了「前科犯」這幾個字。

你永遠想不透，女人可從一件芝麻小事勾起大量的「正義感」。

這個世界到處充滿邪惡、不義的事，她可以容忍（不久前她才在一條暗巷裡被一個持彈簧刀的小鬼著實吃了一頓豆腐）。

「那小鬼得寸進尺，」素素不屑地說，「竟然要我把手放進他的褲子，我握住他的命根子，用力一捏——。」

那件事並沒給她造成多大的困擾，「附近的上班小姐在美容院裡談的遭遇比這可怕百倍。」倒反過來安慰我。

我也不要去了解女人的正義。

所以我必須去找一份工作。

這一天午後，我正在閱讀《就業情報》，那裡面什麼工作都有。素素不尋常地回來了，這時候她應該在美容院裡。

「快進來！」素素回頭說，門後應聲閃進一個人，素素很快關上門。

「小渝，你見過的，」素素說，「小渝，這是螺絲。」

小渝是個清秀瘦小的姑娘，是素素的同事。

素素讓小渝在我們僅有的那張沙發坐下，然後拉我進浴室。

「我不要洗澡。」我說。

「媽的，」素素一臉緊張，「耳朵過來。」

我從沒見過素素這樣緊張兮兮的傻樣。

「她有了麻煩、大麻煩。」

「懷孕了。」我內心嘆了一口氣，女孩的大麻煩八九不離十是這玩意兒，連避孕都不懂就敢亂來。

「不是，」素素一點也不生氣，「她身上有一把黑星手槍。」

素素用手把我嘴巴合攏起來。

「小渝的男朋友被抓之前把槍藏放在她那裡，小渝擔心這把槍犯過案，希望我們幫她丟掉，小渝是個可憐的女孩子，十六歲就被繼父強暴，從家裡跑出來。」

「可、可可是——，」我突然口吃起來，「那把、那把黑星手槍……。」

那是個致命的、邪惡的東西，往昔我只在電影中或新聞中看到那東西的醜惡模樣，黑烏烏的，渾身散發出魔鬼的氣息。

「沒膽的傢伙，」素素說，一面把我拉出浴室，「只要把它往淡水河丟就行。」

我從舌尖上收回「妳們膽子大，妳們怎麼不去？」這句話。

那個兩手放在膝蓋上，眼睛猛瞧自己腳尖，活像個國中生的小渝抬起臉來，眼眶上滿蘊淚光。

「螺絲先生，求求你幫我們這個忙。」

半由於素素的激將，半由於這女孩楚楚可憐的模樣，我忽然英雄起來。

「沒問題。」我大聲說，差一點拍起胸脯。

「小聲點。」素素說。

晚上，兩個女人睡彈簧床，我打地舖，那把用塑膠袋緊套著的喪命的黑星靜靜地躺在離我手臂一米外的床下。

要是警察來敲門，我會——

我側過身，把手伸進床下，打算作出快速掏槍拒捕的動作，但是很奇怪的，我的手伸到一半便很快縮回來。

我不想解釋這樣的行爲。

然後，我背過身，茫然地瞧向門的方向。

我失眠了一夜。

5

第二天黃昏，我帶著那個東西坐上往圓山方向的公車。

爲了掩飾緊張的神情，我買了一份晚報，努力地讀著。

一開始，我根本無法集中心思去了解新聞的內容。不過，一會兒後，那些句子終於展現出它們的意義。

一段觸目驚心的文字映入我眼簾：

「總統宣誓打擊罪犯的決心。他說：邪惡的魔鬼隱藏在人世間的每一個角落，隱藏在美麗的佈景後，隱藏在僞善的面具後，隱藏在怯懦的人心後。我們要用正義的力量打擊它、消滅它。我們要使用每一分力量、我們要咬緊牙關、我們要不講情面……」

這些充滿殺伐之氣的字眼，立刻像一把利劍般地刺入我的內心。

假如——我緊抓住小提包（裡面藏著那把魔鬼的工具）的手開始發起抖來。——假如我幫助壞人，那麼我也就是總統消滅的對象。我怎麼會把自己陷入這麼個進退兩難的窘境。

圓山站到了，我下了車，往河邊的方向走，我時時回頭，深怕有情治人員突然拍我的肩膀。

會不會是素素的朋友想陷害我。

不過，我立刻制止這種荒謬的想法。

繞過市立美術館後，便是一道大河堤，這時候天色逐漸昏黑，河水的臭味隨風飄來。要抵達河邊還得經過一大片蘆葦，我環目四顧，雖然周遭空寂，不過天知道，蘆葦中會不會躲藏著人。

我小心翼翼地往前走，但突然間，我發現身體有了異狀；我的褲襠居然濕了。羞恥和恐懼，使我止住腳步。

不！我內心大叫，我不能做這種事！

我一轉身，開始往回跑。

我的腦子裡一片空白，嘈雜的街聲充滿耳際，當我停止腳步時，我發現自己竟站在圓山派出所前。

刑警帶走小渝後，我呆呆坐在床頭。

素素從窗口轉身，走到我面前。

我抬頭發現她鐵青著一張臉，這是副自命不凡的表情。

「你怎麼可以出賣朋友！你怎……」

我的怒氣突然火山一樣爆發了，我跳起來，對面前這個自認站在正義一邊的女人拳打腳踢。

「幹妳娘！」發洩完之後，我指著瑟縮在角落的素素罵道：「幹妳娘，妳以為自己是誰，正義天使呀？妳知不知道妳那個黑道的朋友會害死我們，私藏槍械要坐幾年牢，妳有沒有想過？妳以為我呆子呀？我們再窮，也不能犯法，這是妳說過的，妳忘了呀？我只不過敲了販賣機幾個錢，妳就把我罵得狗血噴頭，現在妳居然要我去做那種傷天害理的事，幫人毀屍滅迹，妳這算什麼？犯賤呀！」

罵完之後，我開始冷靜下來，我喘著氣坐在床上，把視線投向窗外。

巷子裡反常的寂靜，不久之後，有個像是木屐的聲音由遠而近（我一定聽錯了，這個年代怎麼還有人穿木屐）。

當那個聲音消失後，我發現怒氣一下子消失得無影無蹤，代之而起的是一種要失去素素的恐懼。

我豎起耳朵傾聽門那邊的動靜。

她會不會衝出門，然後再也不回來？

我幹嘛那樣臭罵她？犯賤呀！

就在我不斷自責的當兒，膝上傳來奇怪的感覺使我渾身一震。

你猜怎的？

素素死命抱住我的腿，用一種彷彿怕我遺棄她的聲音，喃喃地求我原諒她。

6

我又回復男子氣概以及懶蟲的姿態，素素的脾氣則越來越好，同時更加努力工作。

這一天，我突然閒極無聊，打了個電話給高雄的父親。

我父親是一所小學的老師，去年來台北看過我，那時候我大概是在那家照相館工作，我打算送他一台傻瓜照相機，他不要，反而塞給我五千塊錢。

我很感動，如果不是小時候發生的那件事，我保險會掉下眼淚來。

我八歲的時候，他就打算把我訓練成籃球國手，他的籃球打得很好，曾代表縣參加教師盃比賽。籃球雖然令無數人著迷，不過我壓根兒就不喜歡那個玩意兒，那麼多人搶一個球，然後千辛萬苦地把球投入一只小籃子裡，實在無聊。不過我父親一直不能諒解我的觀點，他認為那是我個子太小的關係，過幾年我長高了，就不會這麼想了。一天下午，我突然決定不再當他的撿球童子，於是我把球用力擲還他，因為我力氣太小，所以擲球表情可以說是咬牙切齒。我父親當然注意到我生氣的模樣。偏偏在這個時候，我又丟下了一句：「我再也不打籃球了！」然後掉頭便走。

我父親的怒氣忽然一下子爆發了（後來我替他想過，也許他在學校很不得意，校長老看他不順眼，加上教師的待遇菲薄），他尖叫一聲：「幹！」同時狠狠地用籃球打向我。

然而那只籃球卻直奔我的後腦，我還來不及回頭看背後究竟發生什麼事，便被擊昏了。

直到今天，我仍然不清楚父親那次的舉動是故意的，或是一時失了準頭。

那一天，他在我租的小房間只待了十分鐘。

「是你媽要我來台北看你。」臨走前他說，然後塞給我五千塊錢。

我打電話回高雄，並沒抱什麼期望，最好碰到通話中，我便可以對自己交差了。電話好像響了很久，我暗中竊喜，準備掛上時，一個聲音進來了，是我媽。

「你現在在哪裡？」

我支吾了老半天，試圖讓她理解我辭掉工作和沒把新住址告訴她的原因。

「不要說了，」她說，口氣一點不像那個一向站在我這邊的母親。

「什麼！」

「你爸爸死了，」她說，「一個禮拜前下葬，大家怎麼找都找不到你。」

「天呀！」我說，「我的天呀！」

素素給了我一筆錢讓我回高雄，這筆錢正好也是五千塊。

臨行前，素素露出依依不捨的樣子，我覺得我可能眞正愛上她了，不過我還是丟下這麼一句話：

「我很快就會回來，可不要給我玩什麼花樣。」

下了莒光號後，我才開始想我爸爸。

他是個典型的不得志的傢伙，身材卻比別人高一個頭，他常常抱怨，大概只有在籃球場上才能忘卻煩惱。他並不是眞正喜歡我，而且他自己也搞不清楚應該拿我怎麼樣。

所以，臨終前，我不在身邊，他也不會太難過吧。

但是，列車在進入高雄縣境後，窗外灰蒙蒙的街景，卻使我禁不住掉下淚來。

我在車站附近一家文具店買了一只籃球，我並不清楚為什麼要買那個東西，我想是一種「補償作用」吧。

我在黃昏的時候回到家裡，我抱著母親著實痛哭了一場，我兩個姊姊也在一邊陪著掉淚，她們都嫁得不太好，臉上已佈滿生活壓力的痕迹。

「你帶個籃球幹嘛？」哭完後我母親問。

「送給爸爸，」我說：「這是一種表示。」

我想她們大概都以為我因為太悲傷而腦子短路了。

順便提一句，十年前一場大病後，我父親再也不能打籃球了。

第二天，我們到墓地，那是處頗為寒酸的公墓，到處圍繞著電線桿，看起來風水不太好的樣子。

我取下帶來的小鏟，開始在墳墓邊緣挖一個洞。

「你做什麼？」

「我送爸一個籃球。」

我把籃球埋進洞裡，在衆人驚訝的注視下把土塡平。

然後我在心裡說：

「爸，不管你在哪裡，祝你球技進步。」

我在家裡住了三天，實在待不下去，一方面我不能適應那種「喪家」的氣氛，儘管有那麼多缺點，我卻是個徹頭徹尾的樂觀主義者。一方面我受不了母親那種「你在台北究竟搞什麼鬼？」的眼神。

最後一天，我忍不住對她撒了謊，這是種善意的欺騙，同時也帶有激勵自己的意思。

「我得回去了。」我告訴她，「我那邊的工作很忙。」

我母親很快把臉轉向我，那種表情就好像我的頭髮突然著起火。

「什麼工作？」

我突然楞住了，我嘴巴張大，喉頭發出格格的聲音。當我第三次嚥下口水時，一個可以稱之爲奇蹟的靈感，像灌下一大口蘇打水從腹部猛往上升，然後噴到半空中。

「我、我作販賣機生意。」

「什麼？」

我向母親解釋販賣機的生意，你如果把那個東西擺對地方，每個人都會去餵它銀錢，就像吃角子老虎一樣，財富便被大嘴巴一口一口吸進來，沒多久你就變成有錢人。

「這是個投資理財的時代，」我告訴母親：「你不發財，你就慘了。」

「那個、那個東西可以賺大錢？」

「當然。」

我立刻不厭其煩地向她解釋，一台販賣機成本十五萬，每個月至少有兩萬塊利潤，運氣好的話加倍，四個月後又可以再以利潤添購第二台，就像母雞生蛋一樣，稀里嘩啦下個不停。

「你現在有幾台？」

「兩台，」我翻翻眼睛說：「我得馬上回去，給它們裝新貨。」

我母親點點頭說：「你等一下。」

她從房間出來後，塞給我一包錢。

「這裡是十五萬，是你爸爸撫恤金的一部分，」她說：「回去再買一台販賣機，還有裝個電話。」

7

你知道母親的偉大，但是你不知道母愛比你想像的還偉大。

我把那包錢在床上攤開來，素素瞪大著眼睛。

「不要小看這些錢，」我嚴肅地告訴她：「雖然這是我的一小步，但卻是我們的一大步。」

這句話是學登陸月球的那個美國人說的。

「什麼意思？」

「未來的販賣機大王就站在妳眼前。」我開始跟她解釋販賣機經營學，同時告訴她，等到我們擁有第十台販賣機，我們便去公證結婚。」

偉大的行動開始了，我打算穿遍大街小巷，尋找最適當的地點和機種，素素則負責籌錢，我第一個目標是四台，「四不太好吧，不吉利。」素素提出反對的理由。

「那就三台吧。」我說：「三羊開泰。」

「我有廿萬。」素素說。

「什麼？妳辛苦這麼多年，才有——。」我十分詫異。

「我給人家倒了一筆錢。」素素小聲說。

「爲什麼不告訴我？」

「我怕你生氣。」

「我們只夠買兩台。」我禁不住洩了氣，「兩台能幹嘛呀？給人家笑死。」

「我會想辦法。」素素說。

我側過身，背對著她，重新把注意力集中在巷子裡。

這個時候已是晚飯後，巷子裡充滿各種嘈雜的聲音。很多人吃過晚飯後，就出門逛逛，經過販賣機前就隨便餵個銅板。我似乎聽到了附近十幾台機器一起發出吞食錢幣的可愛的響聲。

第二天，我帶著一張台北市地圖（在上面用紅筆標示著幾個地點），騎著素素向美容院借來的老爺摩托車，開始眞正的行動。

除非你也打算經營販賣機生意，否則你不會發現台北市竟然會有這麼多販賣機。

一天下來，我悲哀地接受這麼個現實，任何有「賣點」的地方，都已有人捷足先登。

怎麼辦？

晚上我和素素兩個人愁眼相對，她也沒借到錢，她現在也發現美容院的同事實際上並不是她想像中的那種「患難之交」。

「我今天才發現人性的自私。」素素嘆了一口氣，「平常我總是幫她們忙。」

「我看我該改行了。」我說，「不是我不想作一番事業，而是什麼事都有人先做了。」

我想到我那可憐的父親，他最大的心願就是幹一任鄉下小學校長，不過終其一生，卻連個教務主任都巴結不上。

「怎麼？」素素說：「你還沒開始就想改行了？」

我不再理她。

次日，我一直睡到素素去上班才起來。

然後我騎著摩托車，無目的地閒逛。到了中午，我突然發現自己坐在一家法國餐廳裡，而且點了一份六百塊錢的牛排。

我很用力咬著這一塊素素需要工作一整天，洗廿幾個頭才能換來的牛肉，心裡有一種奇怪的虛幻的感覺。

好像我今天做的每一件事都不是眞的。

離開餐廳後，我去買了個籃球。過兩條街便是台北工專，我找到一處沒有人的籃球架。

我有好多年沒玩籃球了。

當第一個命中籃框，球摩擦網子發出「刷」的聲音時，我忘形地爲自己叫起好來。

我一直打到天黑才依依不捨地離開球場。

今天這一切好像都不是眞的。

如此這般，過了一個星期。這一天，素素很晚才回來，很難得的，她滿臉笑容。

「你想都想不到，螺絲，」她說，「我籌到了錢。」

素素告訴我，這些錢來自本公寓，有五位上班的小姐對我的「生意」感興趣。

「這怎麼可能？」

「她們到美容院作頭髮時，我就說明販賣機很好賺，每個月至少四分利。」

「哪有那麼多？」

「不說多一點，人家才不理你，」素素噘起嘴巴，「每股三萬塊對她們不當一回事，還不夠買一張股票。」

「她們不怕我們把錢捲走。」

「我人格保證。」

我詫異地看素素一眼，她居然擁有所謂的「信用」，實在匪夷所思。

話是這麼說，我的責任可更重了。

我這個獨門生意居然招攬了一批特種行業的股東。

可怎麼也沒想到。

8

於是，背負了這麼多人的期望，我便開始認眞工作起來。

當我騎上那輛借來的摩托車（素素已經開始付車主租金），一個嶄新的世界「跳」進了我的眼睛裡。

當你有了事業企圖心後，這個世界便不一樣了。

你發覺周遭滿佈「機會」與「財富」的香味，你的鼻子快速在空中聳動著，你的眼珠子滴溜溜的轉個不停，你的腦因爲興奮而充血，甚至你的談吐都不一樣了。

是的，從這一刻起，我已經步入了生命中的另一個階段，我是個「事業主」，套句俗話說，我是個「老闆」。

儘管我目前僅有三台販賣機，但誰能保證一年後，我不會有個三千台或三萬台？我現在騎的是二手貨機車，但誰能保證一年後，我不會坐在有司機的大轎車裡？

然後，沒多久我就發覺我擁有不錯的口才呢！

我找到一家價廉物美的製造商，憑我的三寸不爛之舌，把價錢整整殺了兩成半，當然發票還是照原價開。

「這一台、這一台、」我指著陳列的十幾台販賣機說：「還有這一台。」

我選的這三台都是冷熱飲販賣機，冷熱飲的成本絕對比香菸和口香糖便宜。

而且製造商老闆也介紹我一家濃縮飲料工廠。

「只有可樂人家會管你可口或百事，咖啡、可可亞沒人會管你是什麼廠牌。」老闆說。所以，我的販賣機雖然有十幾種冷熱飲，不過卻貼滿了可口可樂的標識。

「你這邊給我再噴上一個商標，」一切滿意後，我告訴他「新快速販售連鎖公司」。

我很滿意這個名字，聽起來十足的東洋味。

第二天早上，素素請來所有的股東，那眞是一場盛會。

我們這些上班小姐們，睡眼惺忪，猛打呵欠，有幾個仍然身著睡袍，乳房隱約可見，不過我和素素早已司空見慣。

「請抽菸。」我一一向她們敬菸。

「謝謝，羅老闆。」小珠說，引起了一片笑聲，小珠住我們隔壁，據素素說她是主動表示要參與我們的販賣機生意，我猜我們的談話十有九成被她們竊聽。

「大家隨便坐。」素素說。哪知道這麼一講，小姐們頓時東倒西歪，有的半躺在地板上，有的坐在小几上。

「股東們，我很高興舉行『新快速販售公司』的第一次股東大會，」我說，「這個名字是我取的，怎麼樣？」

「有沒有去算筆畫？」一名股東問。

「當然有，」我回答，一面發給她們製造商提供的說明書，「機器要一個星期後交貨。」

「現在我們要來討論販賣機應該擺在哪裡？」素素說。

話聲一落，大家便七嘴八舌起來。

「我建議擺在我們公司門口，」小珠說：「我可以帶客人去買。」

小珠服務的公司是「黑美人大酒家」。

「我們『月世界』人比妳多，」另一名小姐說，「應該擺在我們那裡。」

兩個人開始爭吵起來。

「停，」我制止她們，「兩個地點都列入考慮。」

送走她們後，我癱在床上，對素素說：

「我現在才知道最難應付的是股東。」

找尋地點的這個星期，可以說是我人生的一個大轉捩點，換句話說，我的人生觀有了重大的改變，我變得鬥志高昂、充滿責任感。

「新快速販售」將來會是第二個統一企業，將來它的連鎖企業會包括證券公司、期貨、保險、休閒娛樂。

對了，還有全省一百家連鎖美容院，由素素管理，每天至少做一百個頭。

每天掌管一百個頭的素素，想到這裡，我的嘴唇便泛起一抹微笑。

這時候，我正站在第一個選擇點上，這個地點在離圓環不遠處的街角，距兩家大酒家不遠。

我在附近足足徘徊了三個鐘頭，我觀察附近的商情，計算人潮，看看經過的行人是否帶有飢渴的表情。

初步的結果令人滿意，第一，周遭方圓兩百公尺內沒有冷飲攤，不遠處有一座公車站牌，常常有人等得滿頭大汗。第二，附近有個國中，部分學生會流向這裡。

然後，我就直接找擁有這座騎樓的店老闆（一家西服店）討價還價一番，從月租八千一直殺到三千。我獲得了一次驚人的成就感。

第二個販賣點在德惠街，這是個競爭激烈的地方，短短數十公尺的街廊內就有十台以上的販賣機。不過「新快速公司」是不怕競爭的，我相信很快它就會把對手打垮。

第三個地點，則花了我比較長的時間，原因是我希望它有廣告或形象的效果。

我把這個構想告訴素素，她一臉難以置信的表情。

「怎麼可能？我不相信。」

「我每天清晨，背著相機往那邊等，」我說：「嘿嘿，總有逮到他的一天。」

「不能用『逮到』這個字眼。」素素說，「太不敬了。」

「現在是民主時代，」我說，「那就用『抓』好了，總有被我相機『抓』到的一天。」

9

我要用相機「逮」的他乃是我們那位受人尊敬的總統先生。

再沒有比把總統「抓」來當廣告更讓人興奮的了。

當我們把這個偉大的構想告訴股東們時，大家都笑彎了腰。

「所以，我們的第三台販賣機就設在總統官邸旁，」我告訴小姐們，「總統每天清晨都要沿官邸旁晨跑，天氣熱一點，他會口渴，然後一眼看到我們的販賣機，然後我便閃身出來說『總統先生，小的請你喝杯可樂』，然後我就很快取出照相機，咔嚓一聲，總統便和『新快速公司』的機器一起攝入鏡頭，各位想想，總統喝我們飲料的照片鑲在我們的機器上，保險吸引很多人效法他，到時候啊——。」

「錢一天會滿出來三次。」素素接著說。

如此這般，每天清晨天還沒亮，我便帶著傻瓜照相機前往官邸附近去等總統，而且總會有一名股東跟著我去，據說能跟總統合拍一張照片，對她們的生意必定大有助益，我想也是。

總統果然每天要晨跑，天剛亮的時候他便出現在門口，然後沿著官邸跑三圈，他的四周總是被七、八名衛士團團圍住，同時街道兩頭也佈置了三、五輛黑色偵防車。

第一個星期，總統並沒有過街來，我和股東隔著街道望眼欲穿。

在我們身邊，每天也固定有幾十名群衆隔街瞻仰總統丰采。

有時候一些小朋友會朝慢跑的總統揮著手中的小國旗，同時喊道：「總統早。」

總統也會遠遠朝他們揮手招呼，可惜就是沒有跑過大街。

「得想個法子，讓他過街來。」我說。

「我們一起高聲大叫，冤枉呀！總統。」素素說。

「那會把他嚇跑。」我說。

「我們跳舞，吸引他過來看。」股東小秋說。

「總統只喜歡芭蕾舞，妳們誰會跳？」

小姐們面面相覷。

「我們一起唱〈梅花〉怎麼樣？」小珠說。

「有人唱過，但總統只停下腳步，隔街鼓掌了一下。」

「既然什麼方法都沒用，我看你一頭撞死在販賣機前好了。」素素笑著說。

「總統不喜歡血腥、暴力。」我說。

大家沉默了半晌，一向不喜歡開口的梅子小姐說：

「我想到一個法子，不知道……。」

「什麼法子快說！」素素說。

「小時候，我帶八十歲的老祖母去看歌仔戲。」梅子說。

「我的天！歌仔戲——」小珠說。

「不要插嘴，讓梅子繼續說。」我說。

「戲演完了後，台上那位扮皇帝的親自下來跟我老祖母請安。」

「什麼意思呀！梅子。」大家異口同聲說。

「這個——」梅子羞紅著臉。

「好呀！」我大叫一聲跳起來，「好主意，梅子妳眞聰明。梅子的意思是找幾位七老八十的老人家跟總統問好，他非親自過來不可。」

「為什麼？」素素問。

「中國的傳統倫理道德哪，」我說，「懂嗎？傳統倫理道德。」

拜傳統倫理道德之賜，我們從一家養老院租來的五名老人果然讓總統先生親自過街來。

總統咧開嘴笑著，和老人們一一握手。

當然這些老人都被安排在販賣機四周，所以，我就在這個節骨眼一閃而出，同時大喝一聲：

「總統早，我請您喝一杯可樂！」

大家附和著鼓起掌來。

總統高興地走近販賣機，他瞧瞧上面的標示，說：

「我請大家喝一杯可樂好了。」然後伸手摸著口袋。

但是晨跑是不可能帶著一大把銅板的，於是我立刻掏出準備好的一大堆銅板，一枚枚餵入販賣機裡。

於是，在一片歡呼聲中，圍繞四周的老人和小孩們都有可樂喝，總統手上也端了一杯。

「請總統跟我合拍一張照片，當作留念好嗎？」我打鐵趁熱說。

「好呀。」俗語說吃了人家的東西嘴軟，即使貴為總統在這個時候也沒辦法拒絕。

「咔嚓！咔嚓！」素素很快地搶拍了好幾張。

總統走後，我們立刻去洗照片。

照片出來後，股東們卻不太高興的樣子，她們認爲我搶走了所有的鏡頭。

「我跟總統合拍的根本沒用，」我安慰她們，「只有這張，總統站在我們販賣機前，大口喝可樂的照片才有用，但是更重要的是後面我特別貼在機器上的『新快速販售公司』這幾個大字，值一千萬塊。」

我們這一張照片放大加洗，再鑲在所有的販賣機上，同時加上這麼幾個廣告詞——「總統也愛喝。」

這張台灣廣告史上的驚人傑作果然產生了致命的效果；第一個星期我們的銷售量上升了百分之一百廿。一個半月後，我們添購了第四台販賣機。

10

現在「新快速公司」已經擁有了卅六台販賣機，我們估計，拜偉大、英明總統的幫助，到年尾，全省將突破一百台。

我告訴素素到那個時候，我們將舉行場面盛大的婚禮。

「不要忘記寄一份喜帖給英明的總統先生。」素素說。

「那當然，」我滿懷感激地說，「我是總統的民間老友。」

哦，對了，我現在工作輕鬆多了，而且在承德路租了一間十二坪大的辦公室，請了一名會計和兩名業務員。不過，爲了不忘本，以及跟小股東們聯絡方便起見（我跟素素擁有公司百分之七十五股權），我仍然住在原來的地方，而且仍然騎著那輛摩托車（素素以三千塊頂了下來），每天清晨，我吹著口哨穿過半個台北市，像交通局長視察紅綠燈一樣，巡視我那些販賣機，一發現有什麼不對勁（例如濃縮飲料用完了），便打電話回辦公室。而且我隨身攜帶一塊抹布，準備隨時擦拭那幀「英明總統大灌可樂」的照片。

不騙你，我在做這件事時，心中可是充滿肅穆與感激之情，就好像神父擦拭十字架一樣。

轉眼間，夏天即將降臨，換句話說，飲料的旺季又來了！

不過，美中不足的是，夏季也是示威遊行的旺季，而且烈日當空，難保暴民不會情緒高張，順手砸壞我們的販賣機。

經過討論，大家決定撤走我們在立法院和中正紀念堂的四台販賣機。

那一天，我帶著兩位業務員以及租來的一部小發財，到立法院旁撤走販賣機。

我們的心情就像從菲律賓撤退的麥克阿瑟。

「我發誓我們一定會回來。」我在心裡說，難過得幾乎掉下眼淚來。

然後我向房東道別。

「我也準備關門了，」房東說，「上次他們砸爛我的玻璃櫃，在門上噴『打倒老賊』，我怎麼求他們都沒用，我說拿黑板給他們寫，他們也不願意。現在聽說他們又準備了汽油彈，我裡面的文具用品、書刊那經得起燒。」

「唉！」我嘆了一口氣說，「我們隔壁這些委員們，即使是讓人把立法院拆了也立不出一條『禁止示威』的法律。」

「附耳過來。」老闆說。

我湊近了耳朵，聽到他用蚊子般的聲音說：

「幹他的民進黨！」

到了月底，我擔心的問題逐漸明顯，新聞報導說，開始有部分群衆對總統不滿。

「不至於跑到總統家去鬧吧？」素素說，「這樣就太沒風度了。」

「我擔心他們砸壞我們在官邸前的機器。」我說。

「我們早點把機器撤走算了。」素素建議。

「不行。」我堅持，「那裡是我們的發源地，不能隨便撤走。」

那裡是我們發迹的根，是羅思家族的象徵與榮譽，可不能隨便讓人拔除，我想，我們非得誓死護衛不可。

第二天早上九點鐘，事情終於發生了！

廣播說，一批要求制定新憲法的群衆突然變更遊行路線，改往官邸的方向前進。

「糟了！」我大叫一聲，立刻告訴素素，並要她盡力去找幫手，護衛我們的販賣機。

「告訴大家，拚老命也要保住它！」我丟下這句話，「我先過去。」

抵達青島東路時，那裡已實施交通管制，我不得不把摩托車丟在路邊，拍拍座墊說，

「顧不得你了。」

我抱頭穿進附近的群衆，口中連連說「對不起」，彷彿過了一段長時間才到達販賣機前。

「乖乖！」我暗叫一聲。

騎樓下已經站滿了群衆，裡面夾雜了數位頭綁黃布條、手持木棒，大概是所謂「突擊隊」的人物吧。

我飛快地站到販賣機前，用身體擋住它，這當兒我泛起了一種「與陣地共有之」的悲壯心情。

就只憑我這個血肉之軀，要阻擋千萬革命大軍呢！

過了自憐的幾分鐘，情勢逐漸惡化，我的腦神經逐漸繃緊。

遠遠一群人突然大叫：

「總統出來！」

「出來對話！」

接著響起漫山遍野的鼓譟聲。

鼓譟聲稍歇時，官邸前數排鎮暴部隊開始唱起軍歌來。

在歌聲中，聲音被壓制的群衆忍不住又發動一波攻勢，不過立刻被擋了回來。如此來來往往五六次後，群衆開始力竭了，有的乾脆席地而坐。

我身邊的一名「突擊隊員」卻忽然「抓狂」起來，這是我最害怕的。

他先大叫：

「老烏龜總統滾出來！」聲音卻很快被鎮暴部隊吞沒。

但這絕不是好現象，這位仁兄聲嘶力竭叫了一陣後，突然轉身，兩隻佈滿血絲的眼睛轉向我。

「王八總統在這裡！」他一下跳到我面前，指著我身後販賣機上掛著的照片。

「完了！」我暗叫一聲。

「讓開！」他指著我。

「你、你不能！」我結結巴巴地說。

「不能什麼？」

附近的群衆被引起注意，圍了上來。

「這台販賣機是我的，」我說，「我是名小生意人。」

「你讓開，我不動你的機器。」

「我請你們喝可樂好不好？」我哀求著，「每人一杯，免費。」

「你想賄賂我們呀？」那人指著我的鼻頭說，「原來你是走狗呀！」

「不！不！」我趕緊辯白，「我只是個小生意人。」

「那你像黨部那樣掛照片幹嘛？」

「促、促銷、爲了促銷。」

圍繞在四周的群衆爆出一陣笑聲。

「這麼說，你一定是給了老王八總統乾股囉？」另一名突擊隊員說。

「不，不是，總統跟我一點關係也沒有。」

「鬼才相信！」一名群衆說，「這傢伙有幾十台販賣機都掛那種照片，撈了不少錢。」

原先那名突擊員一下推開我，拉下相框。

「這樣好了，」他把相框扔在地面上，總統的臉朝上：「爲了證明你的淸白，你從上面踩過去。」

我感到腳底一陣灼痛，我的心像被撕碎了一般。

過沒多久，素素帶著娘子軍趕來，爲時已晚。

「發生了什麼事？」

我指指腳，一言不發。

11

有很長一段時間，我整天關在房間裡，瞪著灰牆出神，那上面什麼都沒有。

這一天，素素從外面衝進來。

「螺絲，」她的聲音怪怪的，「總統下台了。」

我緩緩抬起頭，望望她，再望望腳，然後走下床。

「你去哪裡？」素素滿臉驚異。

「我要把販賣機的總統照片全部拿下來。」

「爲什麼？」

我走到門邊，慢慢轉過身，用一種自己都不相信的聲音說：

「我要去換上、換上瑪丹娜的照片。」

國際機場

小時候，我最喜歡的一個遊戲，就是騎在我父親的背上。直到今天，我還記得他的狼狽樣子和那個燠熱難耐的夏季夜晚。低矮的天花板下，跪著胖胖的父親，他滿頭大汗，穿一條白痲布短褲，光著上身，兩個膝蓋在榻榻米上磨得發紅。我兩手抓住他的肩膀，注視著他後頸上一圈圈鼓起的贅肉，便笑了起來，說：「馬兒快跑，馬兒快快跑……」

1

高思站在那裡，一隻手插進褲袋，一隻手揉著一個空的香菸盒子。在他的右前方，一條黑色亞克力板圍成的走道，面對著入境處的大門。他的視線穿進這些門板的間隙，他看到了幾隻腳，一輛堆滿行李的手推車。當這些東西消失時，高思抬起頭，望著大廳一端的時間表和上面不時閃亮變換的數目字：馬尼拉、香港、新加坡、十六時卅分、十七時五十分、十八時……。一會兒，他伸出右手，把那一團揉皺了的香菸盒子交到這隻手上，猶豫了一下，便朝向販賣部走去。

此刻，黑夜已經來臨，玻璃門外馬路另一邊的停車場，所有的水銀燈都已點亮。僅僅半個鐘頭前，高思還站在那個種植丁香、杜鵑、山茶花的陽台上，瞧著夕陽下的停車場和火柴盒一樣五顏六色的小汽車。當入口處的自動柵門打開時，他聽到「噹！」的一聲，然後這輛車子便在一塊塊標示的停車區繞來繞去，最後倒進一輛小貨車和一輛頭部扁平的紅色跑車間。高思的眼睛跟著從車子裡鑽出來的男人，直到他消失在地下道的入口，他才轉過身，走向陽台的一邊。這時候，一陣噴射引擎的怒吼聲隨風飄來，高思豎起耳朵聽著。但是他看不到這些巨大、迷人、線條優美的飛機。雖然他們從廣播中告訴你，他們一有什麼東西從天上掉下來就跟你說，要你不要亂跑，卻從不讓你進入停機坪，在艙門打開的一剎那，接過什麼人的皮箱，說，歡迎回來、歡迎回來……。

「一包香菸，」他對著櫃枱說：「一包。」

在他等著找錢的當兒，頭上一個甜甜的聲音說：「各位旅客請注意……。」這個聲音隨後又用英語重複了一遍。高思背靠著櫃枱點起一根菸，吐出第一口煙時皺了皺眉頭，一邊把揉成一團的香菸盒子放在櫃枱上，走回候機室。

除了增加一些人外，候機室裡並沒什麼變化。高思彎下腰，拿起座椅上報紙的同時，看到了一雙著黑色絲襪的腿，這個女人半側著身子，姿態優雅地抽著菸，在她的懷裡斜放著一塊長方形的厚紙板。高思坐下來，瞄了一眼女人紅紅白白的臉，他第二次回過頭，假裝看一個胖子時，紙板上「中村浩二」這幾個字，彷彿正張大嘴巴望他笑著。

2

時候就要到了，候機室裡漸漸騷動起來。高思扔掉手上的香菸，對著一個穿長筒馬靴女警察的背部整理頭髮。也許我該擦點油，他想，姊姊看到我這個樣子會怎麼說呢？她會說，高思啊，你還跟從前一樣，不懂得怎樣照顧自己。他們倆已經有三年沒見面了，她從東京打越洋電話回來時，高思嚇了一跳，他在打字機和電話鈴聲交織的辦公室裡，聽著從太平洋彼岸傳來的哭聲，姊姊嗚咽著說，她不想再忍受下去了，她要回台灣，她要在這一天和他重聚，也許就此不再分離。高思拿起筆來，記下日期、飛機班次時，他的手不免微微發起抖來。

他站起來，四下張望著。現在面對入境處大門的旅客服務中心已經開始忙碌起來，一些臂上縫著旅館名稱的接待員，互相擠去擠來。第一個脖子上掛相機兩肩各背旅行袋推著行李車的男人，出現在門後。人群中的一個女人尖聲叫了起來。此後，呼叫聲此起彼落，高思在激動的人潮裡踮起腳尖。在他身旁不遠處，同時升起了「中村浩二」那塊厚紙板。

他熱切地注視著一張張疲倦、興奮的臉，這些臉像走馬燈一般在他眼前晃動、逼近，然後消失。

機場大廳逐漸回復原來的平靜後，高思還在呆望出神，直到一個發自腳邊的木頭落地聲，他才不知所措地回過頭來。原來是那個女人，她慢慢彎下腰，撿起那塊掉落的紙板，再平放在一張空椅上。她抬起頭，他們的視線碰觸在一起，高思立刻轉過身，走上前，站在那個巨大、閃亮的時間表底下。

當他聽到背後一個細細的聲音說：

「日亞、八○二、東京……。」他不禁感到一陣悲哀。

有很長一段時間，候機室裡彷彿只剩下他一個人。高思低著頭，把臉埋入手中。

他不知道發生了什麼事，沒有人告訴他究竟發生了什麼事。這班飛機從東京按時起飛，他們一定得等到每個人都上了飛機才能起飛。空中小姐會適時拿出一張單子，對照著上面的名字，她會唸到姊姊的名字，不！她不會唸到，因爲姊姊改搭下一班飛機，她一定得搭下一班。空中小姐那時唸著姊姊的名字，同時會看到一張蒼白、瘦小的臉和一雙大得出奇哀傷的眼睛，他們都有同樣的哀傷眼睛，但姊姊的眼角已有了皺紋，空中小姐沒有，我也沒有，因爲我們都還年輕，但是姊姊在十八歲的時候就已經不再年輕了，她的那個工作不斷使她衰老。他們要她在臉上塗厚厚的脂粉，要她穿緊身開衩旗袍，要她微笑，要她在酒氣煙霧中大聲說：「我很好，我很快樂，大家都很快樂。」所以，她一定得搭下一班飛機回來，她一定得在十一點五十分（也許更早）出現在他眼前，她非這樣不可，然後他會接過她的行李說，姊姊好久不見了、好久不見了、姊姊、姊姊、姊姊……。

3

十一點四十分班機抵達後，他站在人群裡。

「對不起，」十一點五十八分高思說，「妳踩到我的腳了。」

身旁的女人看了他一眼，把厚紙板換到另一隻手上，歉意地笑一笑。跟著人群將他們分開，幾分鐘後，不遠處再度升起「中村浩二」那塊紙板，孤獨地佇立在黑壓壓的人頭中。

十二點廿五分，目送最後一個旅客走出機場，高思收回茫然的視線。此際，時間再無任何意義，那些閃亮跳動的數目字和機場職員穿過大廳高跟鞋敲在地板上的聲音，以及從他們嘴中吐出諸如此類「什麼時候」、「派對」、「難過」的字眼都失去了它們原來的意義。

所有的聲音隨著女人的背影消失後，高思走出機場。門口一輛從黑暗中倒退出來的計程車停在他們面前。

「一個人兩百，」司機探出頭來說，「這麼晚了。」

「你要坐滿了人才開是不是？」高思坐進去時問了一句。

「是啊，一個人再加一百的話，我現在就走。」

那女人正抽著菸，他們彼此交換了眼光，她的嘴角牽動了一下。高思從她臉上得到了「好罷」「隨便」「我不在乎了」這樣的回答。

「開車好了！」

車子在進入燈火輝煌的交流道時，高思調整了一下坐姿。車窗外，耀眼的金色光芒，彷彿有形之物，一直穿進他的腦子裡。

我現在什麼都不能想了，高思閉起眼睛想。然後他就聽到自己內心說：

我說我是說每個人都以他自己才了解的意義存在不論幸與不幸我是說幸與不幸並非並非

決定一切的標準既然如此我是說既然如此那麼決定一切的標準是什麼是時間是時間我聽到我父親這樣說我父親這樣說是因爲他在在民國四十九年於時間中消失我不說去世或者死去或者撒手歸去乃因此字過於悲慘過於悲慘是我母親我母親在我出現時我不說出生或者出世或者呱墜地乃因此字過於歡樂我是說在我出現時我母親既不悲慘亦不歡樂因她此時也於時間中消失消失然而我母親並未於我等之記憶中消失我父親這樣說我父親這樣說是因爲我母親在記憶中對他對他微笑後來我是說後來我父親也如此這般在我記憶中對我微笑但我母親我母親並不這樣我母親只在照片中對我們對我們微笑我是說我們當時包括三個人一張照片後來我們是是兩個人兩張微笑的照片再後來我們是是是一個人三三張照片兩張兩張兩張微笑的照片一張是是我我姊姊姊姊姊姊姊姊姊她並不她並不並不微笑。

4

收費站前司機踩了煞車，他在一陣前傾的衝力下張開眼睛，身邊的女人這時候依然毫無動靜，她的沉睡中微露皺紋的臉正垂靠在椅背上。

「台北到了。」司機朝後座說。

車子駛上泛著銀光的橋頭時，高思搖著女人的肩膀說，「台北到了。」

「到了嗎？」女人揉著眼睛，「我在成都路下車。」

現在，這個躺著兩百萬人的城市就橫在他們眼前。司機打開車窗，喃喃地說了幾個字，便朝向窗外吐了一口痰。高思也打開車窗，這是個三月的晴朗夜晚，有點寒意，車子在寂靜的街道中穿來穿去，街道兩旁的水銀燈光斷斷續續地使他緊閉雙唇的臉龐在車窗上消逝重現。

一切又回復原狀，高思瞧著窗外想，跟著他就看到了那個潮濕、黑暗的房間和那張窗下的小床。每個夜晚，他熄了燈，躺在床上瞧著街頭車燈射進窗子在天花板上留下移動變幻的影子，就禁不住感到一絲寒意。尤其在冬天的日子，附近平交道傳來火車經過放下柵欄的聲音，高思會拉起被子一直蓋到頭上，當所有的聲音消失後，他就習慣地呻吟一聲，然後沉入夢鄉。

「這邊停，這邊停。」女人說著跨出車門。

車子向前駛了幾公尺，高思才發現座位上多了張厚紙板，他在一陣衝動下，讓司機停了車，跳下車子，一手抓住這張紙板，往來路跑去。

「幹什麼？」女人打開門說。

「妳忘了這個。」高思喘著氣說。

「我以爲是什麼，居然是——，」她倚著門，「他媽的『中村浩二』！」

高思瞪大眼睛，驚訝地看著她把手上的紙板撕成碎片。

「看什麼？」她冷冷地說，「要不要進來？」

「這麼晚了，不太好吧。」

「我無所謂。」

他隨後把門關上，跟著她走進屋裡，在黑暗中他踢到了幾件家具。

「小聲點。」她扭開走道上的小燈說。

「相反地，這是妳住的地方？」

「廢話，」她拿出鑰匙開著房間的門，「我只租了這個房間，你要不要進來？」

「我在客廳坐一下好了。」

「你那裡坐會吵到別人，要嘛你進來，要嘛你回去。」

高思呆呆的站在門口，拿不定主意究竟該怎麼辦。

「別傻了！」女人回過頭，朝他做了個手勢。

幾分鐘後，他坐在小房間的沙發上，一邊命令自己放鬆，一邊在心裡重複著「別傻了」這幾個字。

「喂！抽不抽菸？」

接過抛來的香菸，他說，「我叫高思，我去接我姊姊。」

「我叫依萍，我在等一個日本人。」

「我知道。」

「你什麼都不知道，」她坐在床頭，用力踢掉腳上的高跟鞋，做完這件事，她站起來，光著腳，低下眼睛打量著面前這個有些狼狽的男人。她張開嘴，無聲地說了幾個字，這個時候，她多麼渴望能有一個傾訴的對象，不管他是誰，作什麼。當她第二次審視高思時，一種可以稱之爲「痛楚」的感覺突然間襲上身來。她幾乎對著他大吼：「你知不知道我爲什麼要等那個日本人，你知道個屁！」

不理她，他開始抽菸，也許是香菸使他冷靜了一些，他搖搖頭站起來，看著梳妝台上的一個相片框，照片裡是個五、六歲模樣抱著皮球的小男孩。

「我知道，」高思說，「我姊姊嫁了日本人，他對她不好，她說她今天回台灣，可是，妳用不著跟我發脾氣。」

他們彼此沉默了一陣，女人怔怔地瞧著他。跟著笑了起來，然後越來越大聲。

「天啊！我的老天！」她手指著高思，塗滿脂粉的臉因爲扭曲而變形。

「我的天！你姊姊嫁給日本人，我的天……。」

「這麼大聲，會把別人都吵醒。」

「這是我的家，我愛怎樣就怎樣，你管不著。」

「好，好，」高思冷冷地說，「妳自己一個人慢慢去叫，要叫多久就叫多久。」

他頭也不回地走出房間，女人追了出來。

「去你媽的！」她用哭一樣的聲音吼起來。

「去死！你們統統去——死。」

午夜三點鐘，高思回到他的小房間，在黑暗中爬上床。他睜大眼睛凝視著一片漆黑的天花板，等著從窗口透射進來的街頭車燈和最後一班列車通過平交道柵欄放下的鈴聲。

5

高思對著鏡子整理領帶時，電梯正在上升，他面對著一張嚴肅、蒼白的臉（領帶的顏色很不調和），這張臉由於眼皮浮腫而消失了其他的特徵。當鏡子的右上方出現一個左右顚倒的阿拉伯數目字「6」，他便轉過身，走進辦公室。

一如往常，亞細亞公司營業部門的上午，充滿了商業活力，人人臉上露出自信的微笑。高思睡眠不足的臉上偶爾浮現一幅短暫而僵硬的笑容。他的辦公桌朝向一扇落地窗，窗外除了高聳入雲的固保十二層大樓，沒有其他東西，大樓玻璃窗上跳動的清晨陽光，像針一樣刺進他的眼睛。

「你好像很累的樣子，」同事林富雄說：「沒有接到你姊姊？」

「沒有，不知道發生什麼事？」

「會不會是機票出了問題？」

「希望是這樣，我想她會打電話過來。」

「沒什麼好擔心的，你知道現在的旅行社……。」

桌上的電話響起來時，林富雄正說到作業程序、人爲因素這些事；高思揮手阻止他繼續說下去。

他迅速拿起話筒，有幾秒鐘的時間，他整個人呆住了。

「對不起，麻煩你再說一遍好嗎？」

「我想請問你，十二月我們訂了三噸ＰＥ原料，怎麼……。」

這一天，高思總共接到七個這樣的電話，每一次拿起話筒，林富雄就會停下手邊的工作暫時轉過臉來。到了下午兩點鐘，全辦公室都知道了這件事：高思的東京電話。當他桌上的電話眞的響起來時，所有人都瞧向這裡。一個女職員後來甚至忍不住叫出聲：「啊！高思電話。」

夜幕降臨時，高思回到屋裡，發現房門上用大頭針釘了一封電報（房東是個細心的老人），他站在門口，打開電報。

高思：上機前你姊夫回心轉意，抱歉讓你空等一場，有時間寫信給我。姊姊

用原來的大頭針將這封電報改釘在書桌後的牆壁上，他打開桌上的小枱燈時，又唸了一遍。然後走到窗口，這時候，天色已經全黑，對街的雜貨店裡，昏黃的燈光下，正站著一位拿著紙袋的高大女人，雜貨店老闆蹲在地上在一個罐子裡掏著。一輛街車這時候將這幕景色遮住了幾秒鐘。車子離開後，雜貨店老闆站起來，遞給拿紙袋女人一包東西，便轉身走回屋裡。高思看著他消失在擺滿盒裝淸潔劑的架子後面，嘆了一口氣，背對著馬路，脫下上衣，給自己泡了一杯茶。一切就緒後，高思坐在書桌前，攤開紙，準備給姊姊寫一封信。

半個鐘頭忽然就過去了。高思放下筆，驚訝地發現到這封信竟完全變了樣。他在信紙上塗滿了東西；他畫了機場、停車場、一架日航班機，和機翼下一個塗得黑黑的人影，這是那個叫「依萍」的女人，她高舉著一塊長方形的牌子，牌子上寫著黑黑細細的四個字「中村浩二」。

6

兩星期後的一個週末下午，高思獨自從西門町一家電影院走出來，當時他的腦子裡還留存著影片中的強烈印象。那是個動人的悲劇，主角在幕落時對著觀衆發出野獸般的咆哮，跟著鏡頭越拉越遠，直到銀幕上出現一幅靜止的畫面：沙灘上跪著一個小小孤獨的男人，咆哮聲也漸漸成了受創後的呻吟。

高思回想整個情節，一面走進一條小巷。把假日嘈雜、興奮的人潮拋在身後不久，他站在巷子口，發現眼前竟是那條中興橋頭的成都路。

這是棟馬路邊的兩層樓房，有一個與衆不同漆成藍色的門。高思想起那個晚上，他就站在這裡，而現在他也站在同樣的地點。對著那扇緊閉的大門，高思無聲地笑了起來。當他正準備轉身離去，大門忽然打開，一個女人的聲音叫住了他。

「你找哪一位？」

「我、我，」高思臉紅了一下，「我找依萍。」

「你找依萍？」這是個頭髮蓬鬆，眼露懷疑之色的中年女人。

「對、對，她——。」

「她已經搬了好幾天，」中年女人說，「她沒有留下地址，不過你可以去她上班的地方問。」

「上班的地方？」

「中山北路的首都酒廊，難道你不知道？」

「謝謝妳，實在也沒什麼事。」高思露齒一笑，打算離開。

「等一下，」中年女人突然想到什麼事，「有一件她的東西，麻煩你。」

高思望著她消失在門後的背影，小聲說，可是、可是……。

門再度打開。

「她的信，」她說，「前幾天收到的，正好你來。」

信已經被拆開，高思拿著信在門口發了一陣呆。

7

他從電話簿上找到這家酒廊的地址。

中山北路的一條巷子裡，高思硬起頭皮走進那座黃色、綠色、紅色霓虹燈光下的拱門。

一個鐘頭後，他再度經過這座拱門，手上還拿著那封信。

究竟是怎麼一回事。高思坐在開往城西的巴士上，茫然地瞧著窗外逐漸模糊的景物。天就要黑了，巴士在每一站丟下一些人。車上只剩下幾個乘客時，司機打開車內日光燈。高思在燈光下，看著信封上整齊的鋼筆字跡和左上角顏色鮮豔的日本郵票。酒廊的莎莉小姐看到這封信，就笑了起來。

「原來是他。」莎莉說。

「怪不得，」那封信早被拆開，莎莉後來唸著信，「怪不得，她一直情緒不好。」高思張大嘴巴聽著。

「卅一歲，你知道幹我們這一行。」莎莉指著自己半裸的胸部說。

「中村浩二，這老王八蛋是我一個日本朋友的叔叔，剛剛死了老婆，」莎莉把信丟給他，「你知道幹我們這一行，依萍卅一歲了，身體也不好。」

他們坐在卡座上喝著啤酒。莎莉說，啤酒便宜，她又口渴，但是她到晚上就絕不喝啤酒，她說啤酒喝多了，就得常跑廁所，而且會發胖。

「依萍很瘦，」莎莉說，「又老、又有病。」

「他媽的!中村浩二這老王八蛋。」高思舉起酒杯時，莎莉說，「依萍不該幹這個。」喝乾了第二杯。沒有關係的，莎莉說，現在還早，而且她有的是上廁所的時間。

「依萍很可憐，卅一歲了，我活該。」

喝到第三杯，莎莉湊近臉，然後搖搖頭，高思苦笑了一下。

「你很老實，我活該，中村浩二那老王八蛋明天還來幹嘛？」

莎莉拿起酒瓶，倒不出酒，她使勁地搖著酒瓶，說:他媽的。

「他媽的，」莎莉說，「老實人，你現在就把這封信拿去給依萍，或者跟她結婚，以後不要讓我在這裡看到你。」

聽到沒有，莎莉送他到門口時說，不要讓我再看到你，聽到沒有。

8

高思輕輕敲著門，在只亮著一盞昏黃小燈的走道裡傳來了一陣輕微的回聲。這裡是一棟老舊公寓的二樓，走道兩旁是一排房間，髒髒的牆壁上滿是小孩的塗鴉，地板上有個小坑積了水。從一個房間後傳出電視特有的卡通片樂聲，另一個房間裡有個男人大聲說著話。高思又敲了門，這回他聽清楚了，門後一個細細的聲音說：「門沒有鎖。」然後他就推開門。眼睛適應了房裡的黑暗後，高思看到了一個蜷曲在床頭地板上的影子。

「依萍，」他小聲說，「是高思，記得嗎？國際機場……。」

過了半晌，這個影子說，「是你。」沉默。

「你姊姊嫁了日本人，對不對？」沉默。

高思找到壁上的開關，開了燈。

這是個凌亂的房間，床邊擺了個小小的梳妝台，梳妝台後面則是一間敞開的洗手間，和一個塑膠衣櫥，裡面塞滿了衣物，一件綠色裙子半露在衣櫥拉鍊外，靠近邊有一張掛著黑色胸罩的椅子，顏色和梳妝台一樣。

當燈光大亮時，依萍用手捂住眼，她坐在地板上的模樣頗爲奇特：穿著一件滿佈汙垢的絲質睡衣，頭髮凌亂、赤著腳，伸直的雙腿，裸露出兩個瘦小的膝蓋。

「妳怎麼了？」高思蹲下來問。

她放下手說，「燈光——好刺眼。」

「妳怎麼了？」

「我生病了，」跟著尖聲笑了起來，「你來幹嘛？」

這個很難解釋得清楚，他想了一下說，「我去看電影，今天下午……。」

「停，等一下再聽你說。你有錢沒有？」

「有啊，作什麼？」

「我肚子好餓，你到街口給我買些吃的，昨天中午到現在，我什麼都沒吃。」

「怎麼會？我是說。」

「少廢話。」

高思從外面回來，看到她還坐在原位，兩眼瞪著天花板出神，他將一盒牛奶，兩個麵包放在她腳跟前。

「什麼東西？這麼難吃。」

高思坐下來，好奇地注視著她。

「看什麼？你沒見過女人吃飯是不是？」

「妳怎麼會變成這個樣子？」

「你怎麼找到這裡？」她把空的牛奶盒一扔扔到牆角，掙扎著站了起來，旋即跌在床上，「唉呀！」她叫了起來，「我的腿，他媽的！」

「今天下午，我去看了場電影，」高思小心地把胸罩放回梳妝台，再坐在那把椅子上，「看完電影後，不知怎麼搞的，就走到成都路。」

「然後你就問房東，房東告訴你我上班的地方，你就到那裡去，對不對？」

「不完全是這樣，」高思說，「你人好一點沒有？」

「好個屁，你花了多少錢？誰告訴你我住在這裡。」

高思不解地望著她，她的瘦小蒼白的臉因盛怒而浮起一層紅暈。

「我沒有花錢，是酒廊的莎莉小姐要我來看看妳。」

「原來是莎莉，」她的怒氣平息下來，「她人不錯。」

「還有一封信，在這裡，妳的信。」

她看信的樣子，像個聚精會神的小學生。

讀完信後，她抬起頭，冷冷地瞧著高思。跟著深深吸了一口氣，放聲笑了起來，笑聲在四壁間迴盪，她邊笑邊將那封信撕成碎片。

「他說，明天來，我的天，中村浩二，他說明天來。」高思跟著傻笑了一陣。

「來，高思。」她第一次叫他的名字，「我們慶祝一下，我以為他不來了。」

「他來做什麼？」

「他來找一個老婆，這可能是我最後的機會。」

她爬過來，從床邊梳妝台前抽屜裡，拿出一個小玻璃瓶，倒出兩粒白色藥丸，自己先吞下一粒。

「吃一粒這個，高思，極樂丸。」

「什麼極樂丸？」高思說，「是迷幻藥對不對？」

「管你怎麼說，吃下去。」

「我不能吃這個，」他把藥丸丟在地上，「妳為什麼要這樣？」

依萍跳下床，蹲在地上，找那一粒藥丸。當她站起來，高思看到她臉上一片祥和，甚至噙著笑意，天花板下的日光燈，將她瘦小的影子映在牆壁上。

「來，我們來跳舞。」她張開雙臂，赤著腳繞了一圈，睡袍揚了起來，高思移開視線，對自己說怎麼辦。

房裡的空間很小，依萍一個人婆娑起舞，她碰到了一些東西、紙箱子、籃子、高跟鞋、一把靠著牆的傘，當這些東西亂成一團時，依萍嘻嘻笑了起來。

「來嘛，來嘛。」一邊唱起歌來，聲音沙啞，但是充滿歡樂。

「我好快樂，我好快樂……。」高思跟著她，將一路被她踢倒的東西歸回原位。

突然間，依萍反身抱住他，兩個人在床上滾作一堆。

「不要這樣。」高思奮力掙開。

躺在床上，成大字型的依萍，張開嘴巴，大聲地喘著氣，兩隻手在空中亂畫著。

「隨便你怎樣，」她開始動手解扣子，一邊嘻嘻笑著，「玩我好不好，好不好?不要你的錢，一毛錢都不要。」

高思受驚地看著她，沒有人告訴他該怎麼辦，他站在床頭，微微喘著氣。

「來嘛!」現在她褪下了睡衣，整個裸露的軀體呈現在他的眼前。她張開兩臂，兩個瘦小的乳房因為拉扯成了兩塊扁平的疤痕。「來嘛!」眼睛瞇成一條縫，眼角有淺淺的魚尾紋，「來嘛！」她喃喃地說，「不要錢。」

高思彎下腰，拉起被單蓋在她身上。

「妳會感冒。」他第三次拉起被踢掉的被單說。

「來嘛、來嘛……。」聲音越來越微弱，高思坐在床頭，等著她安靜下來。

當喃喃低語聲變成間歇性的低泣，高思抓著她的手說：「妳不要難過，妳不要難過。」

依萍終於安靜下來，她張著空洞、迷惘的眼睛看著他，「你是誰？」

「我是高思，妳忘記了，國際機場……。」

「我知道你是高思，你為什麼對我這樣？」

「我不知道，我想想看。」

「不要想，我好疲倦，」她閉上眼睛，「我很久沒有睡覺了。」

「那我不吵妳了。」

「你繼續說話好嗎，我閉著眼睛聽。」

「說什麼呢？」

「隨便什麼？」

高思低下頭瞧著她，實在不曉得說些什麼才好，他想，好罷。

「小時候我們家養了一條狗，妳知道那種腳很短，毛髒髒的土狗，牠很喜歡叫，看到什麼都叫，但是膽子很小。我父親讓我給牠取個名字，取什麼名字好呢？我想了半天，萊茜、吉米、哈利，到底哪一個名字好呢，我甚至想給牠取個『依萍』這麼美的名字，但牠是條公狗呢。」

她並沒有笑，她睡著了，高思呼了一口氣，看看手錶，將近十二點了。床上的依萍，被單裏著蜷曲的身子，睫毛下掛著淚珠，嘴角卻有一絲笑意。

高思熄了燈，打開門，準備離去時，聽到背後依萍呻吟了一聲。他猶疑了半晌，搖搖頭，便回身關了房門，坐在黑暗中的那張小椅子上。

9

高思望著車窗外綠意盎然的田野說：

「日本是個不錯的地方，妳會習慣的。」

「還不知道人家要不要我呢。」

一輛貨櫃車的陰影罩住了依萍幾秒鐘，這片陰影消失後，高思看到了一張疲倦、憔悴、濃妝也遮掩不住的臉。

「我姊姊剛去的時候，寫信回來說，那邊的蘋果眞好吃，而且她看到雪，她一看到雪就跳起來，她說我們家鄉也有雪。」

「你們家鄉？」

「我姊姊是在大陸出生的。」

「我也是外省人，可是我漸漸忘了自己是外省人。」

「那不重要，我姊姊在大陸出生，台灣長大，最後去了日本。」

「也許以後我也這樣，我希望這樣。我爸卅八年來台，跟我媽結婚，第二年生下我。我媽是山地人，現在靠我一個人寄錢回去過日子，我一直在存錢。」

「妳跟我姊姊很像，她也一直在存錢，她要我唸大學。」

「你是大學生？」依萍咦了一聲。

「我漸漸忘了自己是大學生，大學生太多了。」

「我唸到初中，莎莉唸了一半大學。」

「怪不得她一直說她活該。」

「那不是她的錯，」依萍說：「你姊姊後來怎樣了？」

「她不回台灣了，她拍了封電報給我。」

他們躺在中興號客車柔軟、舒適、造價昂貴的座椅裡，窗外午後發光的公路上，汽車互相追逐。車內擴音器則在播放一首進行曲，活潑、歡欣、節奏明快的軍樂聲中，一個小男孩嚷了起來：「飛機、飛機、飛機……。」

「今天天氣眞好，」依萍說，「我吃那個東西一連幾天都沒見到太陽。」

「妳不能再吃了，我姊姊有一次想自殺。」

「我從沒想過這個問題，」她笑了起來，「我辦不到，我怕死。」

「我一樣怕死，」高思也笑了起來，「我說姊姊妳得先殺死我，其實我心裡怕得很。」

「眞是的——」依萍笑了一陣說，「你怎麼會叫高思這個怪名字，思什麼？」

「大概是這樣，出生時我媽就死了，我爸取這個名字是想念她的意思。」高思說，「妳呢?依萍不會是妳的名字罷。」

「當然不是，依萍是酒廊經理給我想的，我叫王金寶。」

車子現在進入一條兩邊鑲著馬賽克瓷磚的隧道，出來時，潔白壯觀、夢幻般的國際機場立刻呈現在眼前。

「王金寶，」高思說，「到了，機場到了。」

10

午後三點鐘，他們坐在候機室裡，瞧著站在服務台前等候旅館接待員整隊的旅客。過一會兒，這一群人魚貫進入一輛停在機場門口的紅色遊覽車，接待員才回過頭朝大廳裡揮了揮手，但是沒有人理他。大廳裡這時候另一個接待員正在整著隊，他大聲地唸著一張名單：「史密斯先生，歡迎。溫德爾先生歡迎。保羅古曼先生歡迎、歡迎……。」

「好多人。」她收回視線說。

「這個時候人最多了，」高思說：「來，把這個拿去。」

他遞給她那塊「中村浩二」的厚紙板。

「你什麼時候寫的?」

「上午，妳還在睡覺，我隨便找個事做做。」

「抱歉昨天麻煩了你，很抱歉。」

「沒有關係，我想我該走了。」

「你不陪我等他來？」她用哀求的眼光看著他。

「我不想見到他，」高思說，「妳得再搽一下粉，飛機就要到了。」

「我怕他不會來。」

「他會來，他非來不可。」

「可是我等過一次，也許跟上回一樣。」

「不會，」他看著牆上閃亮的時間表，「他現在就在飛機上，在太平洋上空。」

「要是他沒能搭上這班飛機，怎麼辦？」

「妳要有信心，他一定在飛機上。」

「你陪我好不好？我們一起等他。」

「我不想這樣，」高思說，「我不想看到他，他一定會來。」

「我不知道，萬一他又失約。」

「妳一定要有信心，飛機到達時，妳把這塊牌子舉高一點，他會看到自己的名字。」

「可是他來了不喜歡我怎麼辦？」

「他會喜歡妳，妳不要想太多。」

「我不知道。」

「妳不要想太多，他等一下就到。」

「你要走了？」

「我不想見他，」高思站起來說，「我現在走了，等一下妳把牌子舉高一點，他會看到自己的名字。」

「謝謝你，眞的謝謝你……。」

「再見，好好保重。」

高思走進人群裡，在門口他忽然停下腳步，回頭對著機場大廳用了全身的力氣吼了一聲：

「王金寶！」

不管四周奇異的眼光，他繼續叫著：

「假如他沒有來，不要忘記，不要忘記打電話給我！」

王金寶目送著他離開機場，然後整理一下頭髮，把那塊厚紙板緊緊抱在胸前。以一種只有她才聽得到的聲音說：

「來了，他就要來了……。」

暴雨

雨不斷下著，帶著砂粒的雨水從山坡沖下，有幾棵樹倒了，樹根黏著紅褐色泥土，不情願地往下滑。路邊基石也開始鬆動。再往下，雨水匯集在一道道的小山溝裡，然後瀑布似地瀉進湖裡。

上千個大大小小的漩渦，使湖面翻騰起來，水庫管理局的人員已經撤走。辦公室桌上一台掌上型小收音機，沙沙啞啞地報告著全省各地的災情。最後在一陣可怕的嘈雜聲中，靜止下來。

珍珠猛然打開冰箱，但是裡面除了一瓶可樂，空無一物。可能是旅館的人把食物全帶走了。

她咒罵一聲，繼續翻著櫥櫃，情況差不多，除了幾隻蟑螂外，連包生力麵都沒有。

珍珠瞧著那些楞頭楞腦跟她一樣在搜尋食物的蟑螂，無聲笑了一陣後，走向前廳。

她在老舊的沙發上抽了根菸後，決定冒雨出去看看。

珍珠在這倒楣的鎮上已經住了一星期，觀光季節早已過去，小鎮居民的笑容也越來越僵硬，暴雨來臨前，旅館老闆臉上偶爾閃動的懷疑眼光，使她不覺心虛起來。

她的口袋裡只剩下兩百塊錢。而那個混蛋的傢伙卻還沒有出現，瞧這麼陣該死的大雨！大概被沖到太平洋去了吧！

這樣也好，珍珠心裡想，反正沒什麼希望，男人總是在最後一刻後悔。

當警車沿街廣播，要大家立刻撤退到安全地點時（誰知道那是個什麼鬼地方），珍珠已經絕望到了極點。

旅館老闆適時來敲門，告訴她最後一班客運十分鐘後開。

「沒想到這地方的人這麼怕死，」珍珠哼了一聲，「這是什麼時代了，還有人逃難！」

「走不走由妳，管理局的人都走了，」老闆又露出懷疑的眼光；「對了，房錢要結算一下。」

「我還沒走，算什麼房錢！」珍珠生起氣來。

老闆被罵走後，就再沒有人來找她麻煩。

但是現在這見鬼的小鎮大概已經走得一個人不剩。珍珠披上雨衣推開門。

雨繼續下著，而且越下越大，那層雨幕彷佛有形之物，珍珠後退了兩步，重回屋簷下，她開始有些拿不定主意，廣播的警告可能有點道理，瞧這陣勢，山洪隨時會爆發，水壩被沖垮後，第一個遭殃可能就是這座小鎮。

怎麼會這麼倒楣？

珍珠模模糊糊地泛起了一種天生命苦的感覺。

一陣強風挾著紙板一般的雨塊使她身體向後縮，背部抵到旅館的大門。

珍珠屁股用力，但是門卻打不開了，自動鎖在這個節骨眼兒發生了效用。

她嘀咕著，踮起腳尖去拉窗子，沒想到老闆早已把所有窗子封死。

好極了，就爲了想出來瞧瞧這雨究竟能把人作賤到什麼地步，竟陷進這樣愚蠢的境地。

一陣濕濕癢癢的感覺從小腿上升（兩個腳掌早已泡在水裡好一陣子了），加上背脊的涼意，使她由自責轉爲惶恐。

珍珠縮起脖子跑進雨裡，在另一座屋簷下瞧著那間該死的旅館。在雨幕裡那旅館帶著一種風景畫片的虛假感覺。

事情好像總是沒完沒了的！

她嘆了口氣，轉過身去試試背後這道門。

果然又上了鎖。

一連又試了幾家，也是同樣的情形。

現在珍珠全身已經濕透，寒冷與飢餓使她再也無力抱怨，她舔了幾下唇邊的雨水，靠在廊柱後喘著氣。

這是一家美容院的騎樓，玻璃後擺了幾組躺椅和鏡台，鏡子裡反射著昏黯的光芒。

珍珠無意識地望進窗子裡，逐漸模糊的光線突然使她警覺到夜幕就要降臨了。

而且——水位已經越過警戒線好一陣子了。

但是她立刻拋棄了下山的念頭，水壩是絕不可能崩潰的。

珍珠鼓起最後的希望與力氣再度投入雨中。

當夜幕降臨的前一刻，珍珠終於推開了一扇門。

這是家雜貨店，木架上凌亂地擺著瓶瓶罐罐和新貨，打開的收銀機裡還剩下幾枚銅板。

珍珠喜出望外，立刻用這些銅板打櫃枱上的公用電話，打給那個失約的混蛋。

電話根本打不出去！

珍珠頹喪地靠著櫃枱喘氣，她開始覺得自己孤零零地陷身在一片濕黏黏的蛛網裡。

回去吧！珍珠想，也許這件事從一開始就錯了。

那也是個雨天——

見鬼的雨總是帶給她霉運。那個雨天，她在南京東路三段的騎樓下等計程車。

足足等了廿分鐘後，才有一輛車子停在面前，但就在她懷著萬分感激之心準備拉開車門時，一個男人斜裡撞上來很粗魯地推開她說，「對不起，小姐，我有急事。」

珍珠懷疑自己聽錯了。

「什、什麼！」

「我趕時間。」這個年輕男子收起傘時還濺了她一身水。

「車子是我先叫的，」珍珠氣得發抖，「你這人怎麼回事——。」

「我不在意多坐一個人，」鑽進車子裡的男人拍拍座位，然後回頭對司機說，「先送我到基隆路，再送這位小姐，喂，妳到哪裡？」

「和平西路。」勉強坐進車子裡的珍珠說，「先到和平西路。」

那司機抬起右手臂擱在椅背上，轉過臉，用一種隔岸觀火的眼神看著他們。「你們慢慢商量好了，我的錶要開始計時了。」

「我說過我有急事。」那男人凶狠地說，「開車吧！司機先生。」

珍珠氣嘟嘟地望向窗外，眞是不可思議，她想，眞是不可思議。

更不可思議的事發生了，那男人抵達目的地後，取出一張千元大鈔。

「我沒有零錢找，」那司機說，然後對著珍珠露出一臉幸災樂禍的笑容，「小姐妳有沒有零錢換我？」

那不可思議的男人望望司機又望珍珠，不耐煩地說，「小姐，給我妳的住址好了，我把錢寄去。」

珍珠頓時由憤怒變爲無助的惶恐，她從皮包取出一張名片，給了那男人。

第二天，珍珠下班的時候，那男人從廊柱後閃了出來，他先向她爲昨天的事道歉，然後遞給她一束花。

這就是他們交往的開始。

三個月後，那男人帶她到水壩邊的小旅館。兩個人度過瘋狂、美妙的三天。

那時候水壩不是這個樣子，那男人也不是這個樣子。

這就是那個錯誤的開始，倚在櫃枱邊的珍珠想，而且最要命的是一錯再錯——她打了那個電話。

珍珠從雜貨舖的架子上取下一盒蠟燭，插在櫃枱上和每個牆角。

頓時，小小的店舖裡滿溢著溫馨的燭光。

她環顧四周，搖曳的光影以及窗外的雨聲，使她禁不住泛起一絲奇異的、浪漫的感覺。茫然了一會兒後，珍珠取來一只空罐頭，再將酒精燈擺在上面，當藍色火焰冒出來時，珍珠伸出手，暖意開始由手臂向裡爬行，過了一會兒，覺得自己身體逐漸乾燥的珍珠搬了張塑膠小凳坐了下來。

她注視著那盞酒精燈慢慢陷入回憶之中。

「我叫郭雨生，大家都叫我小郭。」那個冒失鬼這麼告訴她。

小郭在一家投資公司上班，那是他今年的第三個工作。

「我換老闆換習慣了，」小郭聳聳肩膀，「在這一行我還有點小名氣，就是膽子太小，膽子大一點我就出來自己開一家，也不會像今天，睜眼看著人家大捆大捆把鈔票往口袋裡塞，然後跑掉。」

那時候他們坐在SOGO百貨的咖啡座裡，俯視著街上的行人。

「你不過是運氣不好罷了，」珍珠安慰他，「找個算命的改改運就行。」

「不！我膽子太小。」

「運氣不好。」

「這樣好了，」郭雨生攤開雙手，露出白白的牙齒，珍珠頓時被這副笑容迷惑了一下，「我兩樣都有；膽子太小又運氣差。」

第四次約會後，郭雨生就帶她回家，所謂「家」不過是他租來的一間套房。

「不錯呀，麻雀雖小，五臟俱全。」珍珠說。

「妳呢，妳住的地方一定漂亮得多。」

「我住在單身女子公寓，跟政府租的。」珍珠說，「男賓止步。」

「那一定很有意思，妳可以見識到各式各樣的女人。」

「可不是嘛！我們有個室友，爲了逃避她的男朋友，便住進女子公寓，沒想到那個男人每天到巷口等她，大家便給他一個綽號——『守望相助員』。」

郭雨生陪她傻笑了一陣子，然後說，「我這邊有香檳酒，公司帶回來的，還是妳要喝咖啡。」

「咖啡好了，」珍珠說，「我們可以聊得晚一點。」

咖啡確能提神！他們的話題從公司、鄰居到期貨、股票，無所不包。但等到珍珠覺得疲倦時，已經午夜兩點。

「妳睡床，我睡地板。」郭雨生說，「有股友來我這兒，聊得太晚，就是這麼解決。」但他並沒指明所謂朋友的性別。

床和地板實際上是連結在一起的。

「只一翻身，便會壓到他身上。」珍珠模模糊糊地想。

第二天醒來，珍珠發現什麼事都沒有發生。而且，小郭已經去上班了，小餐桌上擺了早點，還有一張字條。

「妳的睡相太好看了，所以不忍心吵醒妳。」

後來，珍珠就常常睡在他這裡，一個星期總有兩三天。有一天，宿舍管理員終於忍不住請她搬出去。珍珠便正式和郭雨生「同居」起來。

但是，究竟是什麼時候，她決定跟他「共同生活」呢？

燈光逐漸黯淡，珍珠收回思緒，站起來，從架子上取下幾塊固態酒精。

她注視著掌中粉紅色的酒精塊，突然間又陷入回憶中。

是了，就是那一天，那個星期天的早晨，窗外也在下著雨，不過沒這麼大，也沒這麼恐怖，那是一種你可以稱之爲「略微帶點憂鬱」的雨。

郭雨生從背後抱住她。

「我知道你爲什麼叫雨生了！」珍珠說。

「眞的？」

「你爸爸一定這樣抱住你母親，那一天窗外也一定在下著雨。」

「沒這麼詩意！」郭雨生說，「我父親是種山的，那一陣子，一連兩個月沒下雨，山裡的農作物都快乾死了，給我取這個名字是爲討個吉利。」

「應該叫下雨才對，郭下雨。」

兩個人笑了一陣子後，郭雨生目光炯炯地注視著她，「我帶妳去那個下雨的地方，妳知道嗎？自從生下我之後，山區就經常下起傾盆大雨。」

「那樣很好呀，你這是造福鄉里。」

「不，完全不是這麼一回事，」郭雨生嘆口氣，放開珍珠，擠到窗口，茫然地瞧著窗外，好一陣子才開口，「世事難以逆料，我帶妳去那裡，妳就會明白。」

「現在？」

「現在，晚上我們可以住在那裡，明天大不了請一天假。」

說走就走，兩個人立刻坐了計程車到火車站搭新店客運前往水庫。

一路上，兩個人都很興奮，珍珠不斷地讚美著窗景，彷彿郊遊的小學生。她的朋友則愈來愈沉默。

水庫終於到了，那實在是座漂亮的水庫，碧綠的潭水倒映著山影，空氣是那麼樣的清新，使得珍珠不停地猛嗅著鼻子。

「我老了一定要住在這裡，」她說：「看呀！還有條好漂亮的小街。」

街長不過百多公尺，但卻樣樣俱全，餐廳、旅館、手工藝品店。

珍珠很快瀏覽完街景後，便拉著郭雨生登上水壩。

「風太大了，最好不要上去。」郭雨生有些不情願地說。

珍珠不理他，拍拍身邊的地上，「來，這邊坐下，」她說，聲調十分溫柔，「你看看潭水像一面鏡子，能照出人心裡在想些什麼。」

郭雨生聳聳肩膀，沒有吭聲。

「唉呀！我看到你心裡的念頭了。」珍珠說。

郭雨生哼了一聲。

「你懷念小時候在這裡漫山遍野奔跑，追兔子、釣魚，好快樂喲，對不對？」

「該死的水壩！」

「什麼！你說什麼！」

「該死的水壩！」郭雨生說，但這一次，他的聲音帶著一點點悲傷。

「爲什麼？」

「妳看到那個地方沒有？」郭雨生站起身，指著潭中央。

「沒有什麼東西嘛？都是潭水。」珍珠也跟著站起來，風颳著她的裙子，發出輕微的響聲。

「潭底，我家在潭底。」郭雨生提高音量，「爲了建造這座該死的水庫，他們引水把整座村子淹沒了。」

「啊！」珍珠輕呼一聲，抬起頭發現她的男友眼眶裡閃動著淚珠。

「我們沒有家、沒山種了，只拿了一點補償費，搬到城裡後，我父親住不慣，有一晚上喝醉酒，被一輛巴士從背後撞死，我是靠我父親那筆賠償金讀完大學的。」

「那是個悲喜交集的夜晚，」珍珠想，一邊蹲下來把酒精塊丟入小鐵罐，火焰加強，壁上頓時跳動著各式各樣的光影。

那是個悲喜交集的夜晚，珍珠在內心裡作了這樣的結論。

雨仍然在下著，但是好像比較小了，從屋頂上的響聲可以聽得出來。而這個響聲也是周遭唯一聽得到的聲音。

珍珠翻起衣領，找了一條毯子鋪在牆角，抱著胸，靠牆坐著。

過了一會兒，她的眼皮逐漸沉重，雨幕及火光所營造的虛假安全感令她放鬆下來。睡意降臨，珍珠終於閉上眼睛，沒有夢，或者還沒來得及作夢，某種聲音，把她拉回現實世界。

火仍未熄，珍珠警覺地握緊袋子裡的小叉子，這把叉子是她臨時從貨架取來，作爲防身用的。

響聲迫近，然後移到門上，急促的敲門聲。

「開門！開門！」那是個男人的聲音，但卻是如此地熟悉。

「郭雨生！」珍珠不自禁地嚷了起來，「郭雨生！」叫聲顫抖著，但充滿歡欣。

門打開，她的男人濕答答地站在面前，胸前緊緊抱著一只大皮箱。

「成功了！」那男人喃喃地說，把皮箱往屋內一扔，「成功了……。」

過了一會兒，兩個人鬆開擁抱，跪在那只皮箱前。

這是只塑膠假皮製成的黑色手提箱。

郭雨生用顫抖的手拉開拉鍊。

一道柔和的、妖異的綠光直直射進珍珠眼裡。

一整箱綠色的千元大鈔！

「我的天！我的天！」珍珠結結巴巴地輕呼起來，「這麼多錢！這麼多錢！」

郭雨生捧起一疊鈔票，再高高地丟下。

「妳高興嗎？珍珠，我們發財、發財了！」

兩個人對望著，然後噗哧地笑了起來。

郭雨生笑得在地上打著滾，無視於地面的潮濕。

「我一輩子都沒見過這麼多的錢。」珍珠也學著他把成捆的鈔票捧上摔下。

「一千三百萬，」郭雨生喘著氣說：「正確的數目是一千三百廿八萬五千元。」

珍珠一下子沒法理解這個數目，她停止動作，怔怔地瞧著她的男人，「一千三百萬，那是多少？」

「很多、很多。」

「是呀、是呀。」珍珠放聲哭了起來。

「怎麼回事?怎麼回事?」

「我想起我爸爸，窮了一輩子，他是窮死的，」珍珠突然破涕爲笑，「今天要是他看到我用千元大鈔擦眼淚，一定——一定——。」

「妳從沒告訴我妳父親的事。」

「沒什麼好講的，他是個小學老師。」

「哦，」郭雨生說，「對了，還有個東西送給妳。」

郭雨生從口袋裡取出一張揉皺了的紙片。

「什麼東西？」

「妳看看就知道。」

這是一張美國房地產公司的彩色廣告畫片，一棟加勒比海型的房子，紅瓦白牆加上一座

L型的游泳池。

「喬治房地產公司廣告，」郭雨生說，「有一天，我到世貿中心去，一個人塞給我這麼個東西，佛羅里達州邁阿密，妳知道那個地方嗎？」

「電影上看過，度假的地方，沙灘很美。」

「我們就要去住在那裡，妳看看這裡的說明，幾步路到海灘、現代設備、一座游泳池、壁爐、酒吧、套房、草坪、附家具，只要四十萬美金。」

「四十萬美金？」

「這些錢足夠了，」郭雨生眼前一片迷濛，彷彿看到了閃閃發光的海灘、棕櫚樹和天堂，「我們將要去那裡，住下來，養個小孩，我們要給他取個名字，就叫『郭邁生』。」

「郭邁生？」

「邁阿密出生，我在雨中生，我們的兒子邁阿密出生，比我高明多了。」郭雨生說，「妳高興嗎？珍珠，高興嗎？」

珍珠點點頭，沒有說話，郭雨生也沉默下來，但是突然把那張紙片塞進珍珠的手中。

「妳保管我們的房子。」

「可是，我們怎麼移民去美國？」

「世貿中心那個人說，只要有錢就有辦法，這年頭只要有錢，世界上哪個國家不歡迎，」郭雨生小心地把手提箱還原，「我們在這裡躲幾天，避過風頭，再下山到在台協會辦簽證，等到了邁阿密，妳便會說，『唉呀！好像作了一場夢！』」

「唉呀！好像作了一場夢！」珍珠說，「雨生，濕衣服脫下來，我來把它烤乾。」

「好大的雨，這雨眞是及時雨，太妙了！沒有人會想到我們躲在這裡，」郭雨生邊脫邊說，「我本來是痛恨這種暴雨的，現在不那麼恨了。」

火光再度熾烈，兩個人的影子一起在牆上跳動。

「沒有收音機嗎？」

「壞了。」珍珠說，「你想聽新聞嗎？」

「一點也不，」郭雨生說，「我只想聽妳心跳的聲音。」

珍珠把他的頭抱在胸前。

「妳知道嗎？」郭雨生低沉的聲音自她胸口升起，「我在辦公室裡每天好幾次把邁阿密的房子拿出來看，一面想像著和妳住在一起的情景，在邁阿密聽雨聲一定很美。」

「可不是嘛。」珍珠說。

郭雨生抬起頭尋找她的嘴唇。

牆上影子仍在跳動，世界雖然潮濕卻很溫暖。

「但願能如此過一輩子，」珍珠輕聲說。

「在邁阿密，」郭雨生喃喃地說，「但願能在邁阿密過一輩子。」

第二天清晨，珍珠在持續的雨聲中醒來。

有幾秒鐘的時間，由於背部的僵硬感覺，她以爲自己躺在白色沙灘上。

珍珠揉揉眼睛，身邊的男人仍在沉睡之中。她溫柔地瞧著他。

「像個，」她想，「像個嬰兒。」

不遠處，那只裝滿希望的皮箱靜靜躺在地板上，從拉鍊處露出一截綠色的鈔票。

珍珠捲起毛毯，套上半乾的鞋子，走到皮箱前，蹲下來。

她小心伸出手，拉開拉鍊。

妖異的、綠色的光芒頓時湧入她的眼簾。

她忍不住取出一張鈔票，湊近鼻頭。

生平第一次，她眞正注視一張鈔票。

美麗的圖案、美妙的線條，還有神秘的水印。

珍珠一瞬不瞬地注視著，忽然間便吹起口哨來。

「雨停了嗎？」郭雨生張開眼睛。

「沒有。」

但是雨似乎小了。

這個時候，兩個人撐著傘，站在水壩上。

「總有一天，」郭雨生低聲說，「總有一天，它們會把水壩沖垮。」

「很奇怪，管理員怎麼跑得一個不剩？」

「他們估計水壩會被沖垮，」郭雨生說，「哼，這些貪生怕死的傢伙。」

「不知道底下的人怎麼樣了？」

「我上來的時候，廣播說要把所有的人疏散到陽明山。」

「交通一定亂成一團，」珍珠說，「我想起第一次遇到你，記得嗎，南京東路——。」

「妳搶我的計程車。」

「還好意思講。」

「多謝那場雨，還有那輛計程車。」郭雨生由衷地說，「妳最後給司機小費沒有？」

「沒有。」

「妳應該給的。」

「我應該給他一百萬，給他買一輛新車。」

「賓士車，他應該開賓士車，載像我們這樣的情侶。」

「可不是嘛，」珍珠說，「來！我們回屋子吧，也許有人會回來。」

街上仍然不見半個人影，郭雨生推開門，先檢查貨架下，皮箱仍在原處。

他們再度生起火來。

「我希望雨趕快停。」珍珠說，「我不希望洪水把堤壩沖垮。」

「那當然，」郭雨生說，「等我們離開這個國家，坐在飛機上時，洪水再把它沖垮，然後把底下人沖進太平洋。」

「爲什麼？」

「底下沒有一個好人，」郭雨生撥撥火苗，「妳舉個好人的名字給我看看。」

珍珠想了一下，但一時間卻竟然想不出一個好人的名字。

「沒有，對不對？」郭雨生說，「不過，妳放心好了，等我們到了邁阿密，我們就不會恨任何人。」

珍珠抓過她男人的手，用溫柔的聲音說：

「不恨任何人眞好，我們將有一個不恨任何人的未來眞好。」

雨雖然仍在下著，但威勢已經減輕許多。郭雨生登上水壩，檢查水位。回來後對珍珠說，「水壩不會被沖垮了。」

珍珠鬆了一口氣，心裡說感謝老天。

郭雨生瞧著女伴如釋重負的表情，嘴角逐漸浮上笑意。

「妳知道嗎？」他說，「我突然間希望水壩保住，我希望每個人都擁有一千萬，都能住到邁阿密。」

「爲什麼你態度變得這麼快？」

郭雨生聳聳肩膀，眼睛望著自己的腳尖。

「我剛剛登上水壩，站在那裡想像著童年時的情景，然後，我又想了一下，假如不建這個水壩，我現在會是什麼樣子？不過是個愚蠢的鄉下人罷了。而且更重要的是，我不會認識妳。」

郭雨生抬起頭，用力注視著珍珠。

「是這個水壩使我們相遇，而且將要促成每一件好事。想通這一點之後，我就豁然開朗。」

「你眞的這麼想？」

「是呀！感謝老天爺，感謝建水壩的那些人。」

夜幕即將降臨時，兩個人收拾好行李，準備下山。

「我看明天一早，就會有人回來，」珍珠說，「我那些衣物就送給旅館老闆當房錢好了。」

「走吧，到美國，我們再把錢寄給他好了。」

珍珠關上門，「還有這間雜貨店，我們用了不少東西。」

「順便捐一筆錢給觀光局，」郭雨生笑著說。

「我還要上水壩看最後一眼。」珍珠說。

他們走到水壩，在細雨中，龐然的堤防似乎直達雲端。兩個人抬頭上望，都泛起一種聳然的感覺。

「妳自己上去，」郭雨生說，「我在這裡等妳。」

之後，他瞧著珍珠上升的背影，一邊點起一根菸。在煙霧中，他竭力捕捉這一刻在自己生命史中所代表的意義，但卻怎麼樣也集中不了思緒。

是水壩的關係吧，他模模糊糊地想。

但就在這個時候，一聲尖叫把他拉回現實。

那是珍珠，郭雨生抱著皮箱衝上階梯。

堤上空盪盪的，除了一座觀景的八角亭。

珍珠站在亭子裡，又尖叫了一聲。

一個男人正從背後勒住她的脖子，這個男子身穿雨衣，臉色蒼白。

郭雨生衝進亭子裡。

「郭雨生！」那男人大喝一聲，「站住！」

「秦主任！」郭雨生瞧清楚他的臉，同時看到他手上握著槍。

「沒想到吧？你這個忘恩負義的王八蛋！」

「放開她！」郭雨生由震驚轉爲哀求，「放開她……。」

「狗雜種，我介紹你進公司，你卻忘恩負義，讓我承擔後果，找不到你我就沒命！」姓秦的男人說，「把皮箱交給我，我就放開她。」

「雨生！不要管我，你趕快逃！」珍珠嚷了起來。

那男人突然給了珍珠一耳光，珍珠哭了起來。

下一瞬間，郭雨生撲了過去，兩個人扭打起來。

珍珠瑟縮在亭柱後，眼睜睜地看著兩個人滾下觀景亭。

「不能——你們不能——」珍珠狂叫，聲音無比的驚恐。

兩個人一起滾下斜坡，掉入潭中。

手提箱離開郭雨生的手，在半空打開。

無數的鈔票在空中飛舞，煞是好看。

珍珠僵立在堤上，她的心隨著那些鈔票，緩緩地沉入潭底。

護士推開門，這個響聲在四壁間迴盪。

這是間十分簡陋的隔離病房，牆壁鑲著膠墊，沒有窗。

房間裡唯一的裝飾品是張用膠帶黏在壁上的海外房地產廣告，上面是閃閃發光的白沙灘和別墅。

一個蒼白、瘦弱的女子佇立畫前。

門聲並沒有驚動她。

「珍珠！珍珠！」護士又叫了兩聲。

珍珠慢慢側身，視線並沒離開那張畫。

「今天怎麼樣？」護士被她專注於牆上的奇特眼神所動，禁不住壓低聲音，「妳還好嗎？」

「我今天很快樂，」珍珠停止轉身的動作，「眞的很快樂。」

「爲什麼？」

「剛剛接到我先生從邁阿密打來的電話，他問我什麼時候回去。」

「妳怎麼說？」

珍珠的臉上逐漸泛起笑意，這是種不屬於這個世界的笑容，護士一時間瞧呆了。

「他為我買了艘一百英尺長的遊艇，打算載我到巴哈馬玩，妳知道那個地方嗎？」

「我不知道。」護士低聲說。

「那沒關係、沒關係……，」珍珠喃喃地說，「我告訴他，我正在找一只皮箱，找到那個東西後，馬上就可以回去，妳們有沒有人看到那只皮箱，眞皮作的、棕色的、有一個……。」

電梯

1

「天昇大樓」位於敦南林蔭大道上，是一棟廿二層玻璃帷幕建築，它的金字塔型屋頂由大片不銹鋼建成，高高地聳入天際，這些加上帷幕牆所造成的光折效果，使得經過底下的行人都會忍不住抬頭上望。尤其黃昏的時候，夕陽餘暉從斜後方兩棟大樓間奮力穿進來，因角度與大樓陰影形成的視覺對比，竟使得整座塔頂彷彿燃燒著。

秦慧絲總是在這個時候進入「天昇大樓」，她習慣地站在台階仰起脖子。

「也許有一天，它會像火箭炮一樣衝上天。」每一回她都這麼想。

這一天，大選過後的一個黃昏，秦慧絲連奔帶跳地衝進電梯，她猛力搓著雙手，兩眼瞪著不斷上升的樓層數。

「四、五、六、七……。」她在心中默數著，「八、九、衝！」

「慧絲，加油！」打卡機旁的一個聲音說。

「媽的！只差一分鐘。」秦慧絲跺著腳，取回卡片。

「又是堵車？」櫃枱後站起一位跟她年齡差不多的小姐，「妳應該去讀夜間部，要不然薪水都被扣光了。」

「可不是嗎？」秦慧絲嘆了一口氣，「誰料到滿街都是銘謝賜票的車子，早知道我就不去投票了。」

「少來，妳根本還沒資格投票，」一陣笑聲後，櫃枱後的小姐說，「交給妳了，沒什麼特殊狀況。」

秦慧絲嗯了一聲，坐下來，套上耳機，朝著電梯揮揮手，無聲地說了「再見」兩個字。

她是「三聖國際投資公司」的夜班總機，「三聖」經營國際期貨與房地產買賣，有四分之一的職員需要熬夜工作，她的值勤時間由下午五時半到十時半，從放學到上班中間正好卅分鐘空檔，因此她的晚餐大都是在公車上完成。

「妳是眞正的新人類。」剛剛離去的總機有一回這麼告訴她。

「什麼意思？」

「都市叢林野獸派，在這裡生存必須依靠人類的獸性本能。」

但此刻——第一個電話進來了，秦慧絲收回遐思，重新集中注意力在面前的工作上。

這是個來自倫敦期貨交易中心的電話，那是他們的特派員古奇先生，秦慧絲聽得出這個濃厚的老外口音。但是除了口音之外，古奇先生鞭炮似的洋文，她可是一點也跟不上。

「這位古奇先生不知是何模樣？」她想，取下耳機，一眼望見桌上前任總機遺留的一本書。

《奇妙的數字》。

好奇怪的書名？又一個電話來了，紐約華爾街的魏德曼，魏德曼是公司的特約經紀人。

接到副總辦公室後，秦慧絲開始翻閱那本書，她讀到書中這一段：

「大約五十年前，一個名叫保羅·狄拉克的物理學家問自己，爲何十的四十次方這個數字一直出現。如果以質子質量爲衡量單位的話，這個數字的平方，十的八十次方，就是可見宇宙質量的總和。如果衡量單位是光穿越一粒質子所需的時間，十的八十次方這數字的本身，正是宇宙目前的年齡。還有，如果以兩顆質子之間的電磁力爲衡量重力的常數，那麼地心引力正是這股力量的十的四十次方分之一！還有，十的四十次方的四分之一次方，也就是十的十次方，正好等於銀河系內恆星的總和，也是宇宙內所有銀河系的總和，以及弱細微結構常數的倒數……」

要了解這段文字需要大專物理學的程度，秦慧絲搔搔頭，這些怪異數字的巧合好像跟宇宙的大神秘有些關聯，不過，這大概不關她的事，可不是嗎？像她這種人，這種下層階級的上班族，日日都要跟時間競爭，跟打卡機對抗，只能把關心的範圍縮小至分秒以內。

——一小時有六十分鐘，一分鐘有六十秒——

六十？這是個何等討厭的數字。

爲什麼一小時非只有六十分鐘不可？而不是三百分鐘，而一分鐘也不能有三百秒？假如一小時有三百分鐘該有多好，她在放學後可以舒舒服服吃頓卅分鐘的飯，然後再去ＭＴＶ混一百廿分鐘，最後慢慢散步到辦公室，以最散漫的姿態把卡片送進打卡機，然後說：

「看看還有多久上班？廿五分鐘，可眞難挨？做什麼呢？打個盹好了。」

打個盹的念頭使秦慧絲嘴角泛上笑意，她合上書本，右手支著下頷。一小時有三百分鐘該有多好——

她的眼神逐漸迷離，但就在這個時候，一陣急促的指關節敲擊櫃枱的聲響，將她嚇醒。

那是人事主任！大家背後叫他「猴子」。

討人厭的猴子主任！他唯一的專長就是令人討厭。

「看小說呀？秦慧絲！」猴子主任咆哮著，「妳以爲這是什麼地方？租書店呀！」

秦慧絲下意識地用手掌遮住書面。

「主任跟妳講話還不站起來，沒禮貌！」

秦慧絲順從地站起來，心裡盼望能有個外面打來的解圍電話，紐約、東京、巴黎，管它那裡，北京或是北極都可以。

果然有個電話，是從台南來的。猴子主任就在她接電話時離開。

主任走後，秦慧絲把那本惹禍的書收進抽屜裡，然後用茫然的眼神望向電梯間。

櫃枱面對著兩部電梯，這電梯四邊鑲著棕色木條，電梯門則鍍上厚厚的牛奶色烤漆，猛然一看就好像兩隻大眼睛。

秦慧絲突然覺得電梯正在注視著她。

這麼一想不自禁地使她嘴角泛起一絲笑意。

「看什麼?你也不見得比我好多少，每天送往迎來，任人使喚，電梯先生。」她小聲說。

那電梯靜靜地凝視她，然後突然打開，就好像朝她眨了一下眼睛。秦慧絲揉揉眼睛，那電梯迅速關上，很奇怪的卻沒有人走出來。

從那一個晚上，秦慧絲開始留意著電梯的一舉一動，她想像這部電梯是個像她父親一樣的男士，她父親早已過世，在她記憶中，他是個笑口常開的胖子。

於是，電梯成了她傾訴的好朋友，陪她度過乏味的夜晚。

2

「你知道嗎，電梯先生，」秦慧絲對著空盪盪的走道低聲說，「我叔叔是個不折不扣的混蛋，我爸爸以前對他多好，現在他竟然給我漲房租，你說是不是混蛋?」

電梯門打開，走出一個人，那是討厭的猴子主任。

他走過櫃枱，習慣性地用指關節敲敲櫃枱，丟下一句話，「認眞點!」

電梯門突然打開又關上，連續兩次。

猴子主任回過頭來，疑惑地問，「是不是壞了，秦慧絲妳打個電話給管理員。」

「是的，主任。」秦慧絲回答。

不過，她沒打這個電話，她永遠不會打這種電話。

九點鐘，秦慧絲走進辦公室，預備給自己倒杯水。

「慧絲，幫個忙，」曾瑪莉叫住她，「幫我沖杯咖啡。」

曾瑪莉是辦公室裡的花瓶，也是個討厭鬼。

秦慧絲把紙杯放在曾瑪莉的桌上，她連頭都沒抬起來。

回到自己位置上的秦慧絲對電梯說：

「你有沒有碰過這麼沒禮貌的人，你一定有，電梯先生，那個吐檳榔汁的工人。對了，待會兒下班，我幫你擦掉。」

十點半，秦慧絲一個人進入電梯，電梯門關上後，她從皮包取出衛生紙，蹲下來，小心揩拭著地板上的汙迹。

她沒有注意到，電梯竟然一動不動地懸在七樓和八樓之間。

第二天秦慧絲聽到曾瑪莉在走道上對她的同事抱怨，下午電梯門夾住她，差一點把她的裙子扯破。

「嚇死我了，」她說，「這到底是什麼鬼電梯。」

3

「妳到底想怎麼樣？秦慧絲！」猴子主任把她叫進辦公室，吼叫聲在四壁間迴盪，「妳以爲我這個主任是幹假的？」

秦慧絲兩眼望住自己腳尖，儘量想些愉快的事。

「妳有毛病不成？居然把總經理的電話接到我這裡來，」猴子主任指著她的鼻頭繼續叫囂，口水都濺到她身上了，「告訴我，妳們家是不是有遺傳性的癡呆症？」

秦慧絲倒退一步，這種侮辱——她哇的一聲哭了出來，奔回自己的座位。

電梯靜靜地上升，兩個門同時打開，對著抱頭低泣的女孩。

下班前一刻，秦慧絲偷偷撥電話給南部的外祖母，告訴她今天所受的屈辱，外祖母會要她搭明天的第一班列車回去，「不要待在台北了，那不是個好地方。」外祖母一定這麼說。不過電話卻怎麼也撥不進去，大概線路出了問題。

「偷打電話給男朋友呀？秦慧絲。」曾瑪莉的聲音把她嚇了一跳。

「沒——沒有。」她結結巴巴地說，抬起頭一眼瞧見曾瑪莉臉上邪惡的笑容。

「小孩子晚上不要亂搞，當心呀——。」最後那個尾音還拉得長長的。

曾瑪莉離開後，秦慧絲又撥了一次電話，仍然沒打通。她若有所失地背上書包，走進電梯。

電梯門關上，秦慧絲舉起手，伸向指示板。但是，她並沒按下「1」樓，反而迷迷糊糊地按了外祖母的電話號碼。

等她發現樓層指示板的錯誤後，禁不住地輕笑出聲，「我這是怎麼了？」她自語。

電梯輕微地震動了一下，秦慧絲抬頭看著另一塊指示板，然而很奇怪地，指示燈竟然全部亮著，一共有廿二個數目字。

這到底是怎麼回事？

秦慧絲驚愕地注視著，心裡隱隱約約覺得將會有什麼奇異的事情發生。

指示燈仍然亮著，不過電梯門終於打開。

門外被一層霧包圍著。

這到底怎麼一回事，這些霧從那裡來？一樓的門廳不可能有這個東西。

躊躇了一會兒後，她小心翼翼地走出電梯，走了幾步，忍不住回頭，電梯門仍然打開著。

「等我回來。」秦慧絲低聲說。

再往前走幾步，霧逐漸散去，一些東西模模糊糊地開始出現。

看清楚了！

「啊！」秦慧絲驚叫出聲，整個人呆住了。

橫在眼前是一間設備簡陋的小客廳，而且——而且，竟然是她所熟悉的外祖母的家。

她的第一個念頭是拔腿逃走，不過兩條腿卻是不聽使喚，還微微發著抖。

秦慧絲用力眨著眼睛，最好這是一場夢！她下意識地用指甲叉自己掌心，一陣痛楚立刻傳了上來。

天啊！這不是夢！

過了一會兒，她鼓起勇氣走進小客廳。她注意到茶儿上的話筒拿了起來，大概爲了怕騷擾。就在這時，一隻貓從沙發後竄了出來，牠對著秦慧絲弓起身子，毛髮聳立。

「小花、小花……」她輕聲呼叫小花貓，但貓兒竟然不認得她，受驚嚇地一溜煙奔進房間。

「怎麼回事？小花不認得我了？」秦慧絲想。

同一瞬間，房間裡傳來老人的咳嗽聲，然後是腳步聲。

「誰在客廳？」

「是我，慧絲。」她高興地說，一邊想著要如何向老人解釋這件奇怪的事。

披著睡衣的外祖母出現客廳，但沒有回應她的呼喚，大燈打開。

「是我，慧絲。」秦慧絲邊叫邊奔向老人。

但是，可怕的事發生了！

她竟然從老人的身體穿了過去，再鑽進牆裡。

回到電梯裡的秦慧絲，臉色蒼白，飽受驚嚇。

她很快按下一樓，只想離開這部恐怖的電梯。底層到了，她奔出門廳，站在對街大口喘著氣。

天昇大樓像一尊巨大的神像聳立在她前面，頂層的兩座雙塔，尤其彷彿兩根矛頭，直直刺進夜空。

此後，有半個月的時間，秦慧絲不敢使用電梯，她寧可多花點時間爬樓梯。

4

這一天，秦慧絲決定和電梯重建關係，原因是她再度受到曾瑪莉的刺激。

秦慧絲不小心把曾瑪莉要的熱咖啡倒在她的裙子上，後者勃然大怒，歇斯底里地尖叫，「死笨豬、死笨豬、白癡、死白癡……。」而且打了她一個耳光。

受了侮辱的秦慧絲躲在洗手間哭泣了一陣後，決定報復。

第二天中午，她向學校請了假，直接前往「天昇大樓」。

一如往常，沒有人注意她，管理員甚至連頭都沒抬起來。

她閃進電梯裡，門關上後，她竭力平伏緊張的心情，深深地吸了口氣，然後伸出顫抖的手指，按下曾瑪莉家裡的電話——五三一……。

「不知道會不會跟上次一樣？」她緊張地想。

電梯輕微地震動了一下，緊接著門上方的指示燈全亮了起來。

跟上回完全一樣。

門打開，秦慧絲走進霧裡。

這是一間佈置時髦的雙套房，秦慧絲一眼瞧見小廳裡那具紅色電話，她現在知道了，電梯會把她帶到電話邊。

這當兒，裡間的卧室傳來奇異的響聲。

有人——秦慧絲探頭往內瞧，她的頭穿透臥室門。所見的景象使她立刻把頭縮回來，她的臉漲得通紅。原來——原來曾瑪莉正在和一個男人幹那苟且的事，而且，那個男人竟然是——猴子主任。

秦慧絲快步奔回電梯，按下一樓。

她在「天昇大樓」附近一條小巷子裡打公共電話。她打了個匿名電話給猴子主任的太太，告訴她她先生正在這個住址和人幽會。底下的事，她就不管了。

下午，她又回到辦公室，預料的事果然發生了，猴子主任和曾瑪莉都沒來上班。第二天，公司的傳聞四起，這些傳聞繪聲繪影，精采無比。一個星期後，猴子主任再度出現，他的臉色灰敗，往昔趾高氣昂的模樣完全消失，經過櫃枱前總是低著頭。又過了三天，公司發佈了一項把猴子主任調職的命令。曾瑪莉則從未出現過，此後再也沒有人提到她。

5

曾瑪莉事件後，秦慧絲有好一陣子不開心，她沒料到事情會鬧這麼大。

下班後，她總是跟在人後，很快走進電梯，低下頭望著自己腳尖，儘量避開那些「數字」的誘惑。

這一天，十點半過後，遲遲沒有人光臨電梯間，秦慧絲只得一個人離開。

電梯門關上後，她按上「1」的數字。

但是電梯一動不動。

「謝謝你的好意，」她低聲說，「你知道我心情不好，可是我不能再玩那個遊戲了。」

電梯仍然不動。

「求求你，電梯先生。」

繼續等著，又過了一會兒她一眼瞧見腳邊有一張紙片。她彎下腰撿起紙片——這是張國立藝術館的宣傳海報。

「天鵝湖、芭蕾舞、國立藝術館表演廳，」她唸著紙片上的字，然後若有所悟，「原來你要我去看芭蕾舞，散散心呢。」

電梯在她說話時，突然開動。

星期日晚上七點鐘，秦慧絲進入電梯，按下表演廳的電話號碼，果然立即被送到藝術館。

這是著名的紐約芭蕾舞蹈團，表演廳裡座無虛席，貴賓席上坐滿了本地的政要。秦慧絲直接登上舞台，選擇了一個最好的角度欣賞表演。

她這輩子從來沒有這麼快樂過。

這次愉快的經驗後，秦慧絲又出席了幾次盛大的典禮，如中國小姐選拔和金馬獎頒獎典禮。

她的膽子一天比一天大（事實證明，沒有人能夠發覺她的存在），她甚至站到得獎人身邊，接受觀衆的喝采。

「只要有電話號碼，我就能去任何地方。」秦慧絲匯集了信心之後，決定作更大的冒險。

她花了幾天工夫，找到一本英文雜誌，雜誌裡有一頁關於美國白宮的報導，上面不僅出現白宮的圖片，還附上電話號碼，秦慧絲藉著字典的幫助，知道這篇文章是某位衆議員執筆，希望讀者打電話到白宮去抗議某件事。

星期天的晚上，秦慧絲打扮整齊，準備前往白宮看美國總統。

「妳要去哪裡？」長了一對白鼠般紅眼的叔叔說。

「出去看電影。」

「跟誰？」

「不用你管。」秦慧絲沒好氣地說。

「我不管妳，誰管。」叔叔生起氣來，「女孩子晚上出門準會惹麻煩。」

「我半夜下班，你怎麼不來接我，」秦慧絲也生起氣來。

「妳這是什麼態度，慧絲。」嬸嬸在一旁幫腔，「妳叔叔不過是爲妳好，別的房客我們才不管。」

你們這種態度根本收不到任何房客。秦慧絲從舌尖上收回這句話。她十分後悔又把自己陷入這種低水準的無聊紛爭上。

她就要去拜訪布希總統了，下個計畫則是到白金漢宮去看英國女皇。

不過，白金漢宮的電話往哪兒找？

秦慧絲邊走邊想，沒多久，「天昇大樓」到了，她跟管理員打了個招呼，人家還以爲她是來加班的。

她等了一會兒，才找到單獨進入電梯的機會。

電梯門關上後，取出預藏的字條，「白宮」的電話號碼加上國際代號足足有一長串。

秦慧絲很快把數字打上去，然後退後一步，緊張地觀察變化。

和前幾次不同，這次電梯震動的時間較長。恐怕是因爲長途通話的關係吧，她忍不住想。

電梯停止震動後，門緩緩打開。

秦慧絲鬼鬼祟祟地探頭瞧去。

呈現在她眼前的是一間牆壁白得發亮的橢圓形大廳，壁上掛著一只大鐘，時針正指在「八」上面。

強烈的陽光從窗外射進來，使得屋子裡的每件東西閃閃發光。

秦慧絲不自禁地躡手躡腳走進大廳。

顯然現在是清晨八點，她滿懷好奇地在每個房間鑽來鑽去，沒有任何東西擋得住她。

白宮好大好大，雖然有不少人住在裡面，不過並沒有人高聲說話，大概布希是位好靜的總統吧。

終於，秦慧絲在餐廳找到總統，他正和家人共進早餐。餐桌很大，足足坐了十個人，其中竟然有兩位身著軍服，顯然這是個典型的「早餐會報」。

秦慧絲繞著餐桌走了幾圈，雖然聽不懂這些大人物在談些什麼，但是他們的表情卻十分有趣。隨後她進入每個房間，讓好奇心徹底的滿足。

6

「慧絲，妳又去見周公了？」同學簡小霞輕輕搖醒她。

這是一堂會計課，老師正在黑板上畫「資產負債表」。

「只要他有電話，我就有辦法去拜訪他。」秦慧絲迷迷糊糊地說。

「什麼，妳說什麼？」

「沒什麼，我昨天晚上加班了。」

「上夜班又加班，妳不要命了，慧絲，」簡小霞說，「星期六下午，班上有個聚會妳參不參加？」

「我得加班。」秦慧絲聳聳肩膀。

她已經好一段日子沒跟同學來往了，大家不免把她歸入「怪物」這一類。

而且，她的功課也越來越差，老師曾經找她去訓了一頓。

秦慧絲只是垂著頭，心裡說，「老師，妳還沒我見多識廣呢。」

總而言之，即使功課全班殿後，她也不會在乎。

盼望的暑假終於來了。

當別的同學都到海邊或者麥當勞避暑去的時候，秦慧絲卻一大早便趕往「天昇大樓」。

她像上了毒癮般地日日玩著「電梯」的遊戲。

只要有電話的地方（能直撥的國際長途電話也行），她就能去。

非洲、大洋洲、地中海、加勒比海，這些地方只要向旅行社要觀光手冊，就能找到當地分社的電話。

她只要按一個這種號碼，電梯便會載她到世界有名的觀光勝地。

像賭城拉斯維加斯，她按下「皇宮大飯店」的電話號碼，立刻她便去逛了一趟大賭場。

不過，她在觀光勝地待的時間越來越久，以至於她上班遲到的次數越來越多。

她的同事老是看到她滿頭大汗從電梯奔了出來。

新的人事主任是個好好先生，不像從前那位「猴子主任」老是找她麻煩。

總之，公司比較好應付。然而借住的叔叔家開始說話了，他們日漸不能忍受秦慧絲「過度自由」的行爲，終於有一天，午夜時分，秦慧絲從一場「電梯遊戲」中回來。意外的，她發現大門深鎖，鑰匙根本打不開，她站在門外足足叫了半個鐘頭，叔叔才一臉怒氣地出來開門。

第二天，秦慧絲搬離叔叔家，她在公司附近找到一個小房間，房租比在叔叔家貴了一倍，不過交通費及其他開銷因為日日沉迷於「電梯遊戲」之中倒是省了不少。

就近之便，秦慧絲每天總要往「天昇大樓」跑好幾回，有時候，一大清早便進入大樓。「這個禮拜，我負責來開公司大門。」有一次她主動跟管理員說明。後者只「哦」了一聲，顯然對她何時進出大樓一點也不感興趣。不過，她偶爾會聽到管理員抱怨，八部電梯每天總會有一部出問題，誰也找不出毛病在哪裡，幸好從來沒有一個人被「卡」在電梯裡。

時間在無比的刺激中快速地溜過，終於假期結束了，然而，開學的第一天，秦慧絲卻發現到她再也無法適應學校的團體生活。

連續曠課一個星期後，她接到了退學通知書。

7

好極了，秦慧絲對自己說，我再也沒有牽掛了。

挺好她能一輩子住在電梯裡。

於是，每個週末，秦慧絲準備了一只大背包，裡面有衣物和食物，她開始延長進出電梯的時間。

於是，她便有了整整三天兩夜從週末到下星期一下午的時間從事她的時空探險。她什麼地方都能去，甚至免費搭了一次太空梭。

同樣的，天昇大樓的一部電梯也整整停擺了三天。

「慧絲，妳臉色好蒼白，最好去看醫生。」同事日班總機小姐告訴她。

「我最近很少出門曬太陽，謝謝妳。」秦慧絲撒了謊。不過，她還是去了一趟洗手間。

鏡中出現一張奇怪的臉，又蒼白又瘦小，眼神迷離，彷彿放射出一種妖異的光芒。

秦慧絲深深被這張臉所吸引，她呆呆地注視著鏡子。

「我完全變了一個人！」她自言自語。

逐漸地，她發現櫃枱後那位接線生的秦慧絲好像是假的，那個人像機械人一樣，一再重複接電話的刻板動作，臉色永遠蒼蒼白白、毫無表情。

而電梯裡的秦慧絲才是個眞眞實實的人，一進入電梯立刻容光煥發起來，就好像進入洞房的新娘。

正確地說，她的世界分割了，而電梯中的世界是她最喜歡的，同時重要性也遠超過櫃枱後的上班世界。

這一天，一通長途電話打到了她的辦公室。

「有誰會找我？」她想。

是一個陌生的聲音，這個聲音告訴她外祖母病得很重，目前在市立醫院的急診室。

「爲什麼？」秦慧絲如夢初醒，「爲什麼……？」

外祖母是她最親密的親人，自從父母親在一次車禍中過世後，有很長一段時間，秦慧絲和外祖母住在一起。無疑的，外祖母是她唯一牽掛的親人。

「我們接到警察局的電話後立刻派了一輛救護車，妳外祖母是被鄰居發現暈倒在樓梯間，經過急救後，她稍微能講話時，只提到妳，所以我們立刻打電話給妳，希望妳盡快來一趟。」

「她要不要緊？」

「很危險。」

秦慧絲告訴同事，她要出去十分鐘，同事答應代理。於是，她心急如焚地衝進電梯，按下市立醫院的電話號碼。

「只有十分鐘，快點！」她頻頻看著手錶。

但是今天，電梯速度似乎比往常慢得多，最後，秦慧絲滿頭大汗地衝出電梯。

急診處入口十分熱鬧，秦慧絲焦急地一張病床一張病床地找，終於在加護病房的一個角落找到外祖母。

孤零零的外祖母靜靜躺著，護士和醫生都不見人影，情景十分淒涼。

「祖母！祖母！」秦慧絲哭喊著撲向病床，但是她的形體和聲音都凍結在另一個時空。以至於外祖母毫無反應，依然緊閉著雙眼。

秦慧絲哀傷地半跪在病床前，第一次了解自己雖賦有穿越時空的本事，但實質上卻像泡沫一樣毫無著力的地方。

十分鐘早就過了，秦慧絲依依不捨地離開外祖母，回到急診處電話旁的電梯。

第二天一大早，秦慧絲搭火車南下，抵達醫院的時候，護士告訴她，外祖母在昨天夜間十點半過世，那個時間正好是秦慧絲坐電梯離開的時候。

8

外祖母的去世使秦慧絲更形孤單，她的世界只剩下一坪大的電梯範圍。

再沒有什麼東西能引起她的興趣，甚至於玩「電梯遊戲」時也顯得漫不經心。

「雖然我能到任何地方。」她想，「但每個地方還不都一樣，我就像個站在百貨公司佈置精美的櫥窗前往裡瞧的行人。」

於是，逐漸地，秦慧絲對這個世界完全喪失了興趣。

她像行屍走肉一般，臉色蒼白、表情呆滯，常常茫然地瞪著前方。

「慧絲，妳應該去看看醫生。」日班接線生好意對她說。

「哦，」秦慧絲仍然低著頭，當她抬起頭時，櫃枱前空盪盪的，她的同事早已離去。

隨後她又眨下眼睛，茫然地注視著面前棋盤式的交換機。

終於熬到下班時刻，秦慧絲匆匆進入電梯。

但是，這段日子裡的第一次，秦慧絲準備玩「電梯遊戲」的手指頭卻僵立在半空中，突然間，她發現自己喪失了玩「電梯遊戲」的興趣。

她很快地離開大樓，回到自己住處，立刻撲倒在床上，低聲地哭泣起來。

「我到底怎麼了?我到底怎麼了?」她猛力抓自己的頭髮,「我到底怎麼了?……」

有很長一段時間,秦慧絲不再去碰「電梯」,她總是隨著辦公室同事下樓,這樣她就可以避開「它」的誘惑,或者說「糾纏」。

日復一日,秦慧絲沉浸在恍惚、蒼白的世界裡,最後終於把自己完全「封閉」起來。

陪伴著她的除了電話機、小房間外,就只有從前的回憶。

而且童年的回憶越來越清楚,她一閉上眼睛就看到了她的父母和外祖母。

這些又傷感又美好的回憶,像電動玩具裡的小精靈,把她的心一寸一寸地呑噬掉。

這一天,日班的接線生在她桌上留下一本雜誌——《神秘》。

秦慧絲不經意地翻閱這本雜誌。

水晶球、幽浮、鬼屋、心電感應……書上這些奇奇怪怪的事,她都相信。

但相信又能怎麼樣?

是的,你相信宇宙中有全能的上帝和法力差一點的惡魔,你相信天堂和地獄。

但相信又能怎麼樣?你永遠沒辦法改變現在的處境。

秦慧絲繼續翻閱這本書。

然後,她的眼光被這一頁的標題所吸引。

「和陰間通電話。」

文章是說,最近六合彩盛行,許多人求神問卜,四處找明牌,因此神壇的生意特別好。

發展到今天，有人開始嘗試到陰間求明牌，幾種方法被提供出來；其中最令人毛骨悚然的一種：在午夜十二時正，有這麼個電話號碼，可以打到陰間，但必須連撥三次，這個號碼是前面十二個十。

秦慧絲合上書本，茫然地注視著圍繞在她四周的交換機組。

「這只是一種可能性。」她想。

不遠處的電梯仍然上上下下，秦慧絲抬起頭，一眼望見那兩部電梯，突然發現「電梯遊戲」的誘惑越來越大。

而且，這一次假如那個號碼行得通的話，她可以直達天堂地獄。

在那裡，她可以和日夜思念的親人重聚，也許還可以問問某個管事，這麼沒趣地活著究竟要證明什麼。

晚上，秦慧絲作了個夢。

她夢見外祖母住在一座很大的花園裡，園裡的花朵長得有臉盆那麼大。

「這是什麼地方？」她問。

但是外祖母沒有回答，只是用一種迷惘的眼神看著她。

「妳說話呀！奶奶。」

仍然沒有回答，外祖母反而轉身往前走，走進樹叢裡，秦慧絲追了上去，繞過樹叢，然而外祖母的身影已經消失在廣大的草原上，卻矗立著千千萬萬個箱子似的東西。

秦慧絲走近一看，禁不住尖叫出聲。

原來那是一座座的電梯，上千上萬座電梯。

秦慧絲決定試那個「陰間熱線」。

午夜十二點，她神色凜然地進入電梯。

「爸爸、媽媽、奶奶，我來看你們了。」她輕聲說。

電梯虛懸在半空中，彷彿在等待這件即將發生的大事。

秦慧絲伸出顫抖的手指，按下十二次十。

一陣奇異的嘯聲後，電梯竟然開始旋轉起來。

秦慧絲覺得自己像是被吸進一個巨大的漩渦裡。

一絲尖細的聲音從她的喉嚨迸出，投進漩渦中心。

下一瞬間，旋轉趨緩，終於靜止。

蜷縮在牆角的秦慧絲，慢慢站立起來。

9

這裡是陰間嗎？

秦慧絲小心翼翼地踏出電梯。

然而眼前的景象卻頓時令她目瞪口呆起來。

和書上說的「陰間」完全不一樣。書上描述的那個地方，陰暗、潮濕、氣氛怪異。

但此刻呈現在她眼前的竟是浩瀚無比的星空，有些像「星際戰爭」電影中的大銀河。

「這是怎麼一回事？」秦慧絲忍不住倒退數步，重新進入電梯裡。

但就在這一瞬間，環繞著她的電梯竟然起了變化。

它劇烈地震動、拉長、扭曲，最後居然變成一架小飛碟。

這是一架銀灰色的單人小飛碟，艙內空間雖然狹窄，但儀表板和座椅都好像經過特殊設計，十分賞心悅目。

電梯具有神奇的本事，她早已知道。但變成一架小飛碟，可就超出想像之外。

「我是不是在作夢？」秦慧絲摸著額頭。

就在這時，小飛碟開始啓動，她聽到一陣奇異的低鳴，然後，由於窗外星光的變化和遠處星體的位移，使她了解到小飛碟正以不可思議的高速向前飛行。

速度似乎越來越快，星體突然消失，四周籠罩在一層流動的彩光裡。

「這大概是科幻電影中的超光速了。」她想。

不過，就在這個超光速的念頭剛結束，四周的彩光忽然完全消失，又恢復了原來的星空。

不！不像是原來的銀河。

在秦慧絲的視野裡滿佈了密密麻麻的星群。

每組星群像葡萄般地結纍成串，亮晶晶的，十分好看。

小飛碟速度慢了下來，同時向一串葡萄狀的星群飛去。

距離逐漸拉近，星體逐漸放大。

秦慧絲又興奮又驚訝地注視著逼近的星球。

小飛碟選擇一顆翠綠色的星球登陸。

這顆星綠油油的，非常可愛。

而且很奇特的，沒有高山、沒有海洋，整顆星完全被綠色草皮所鋪滿。

秦慧絲步下飛碟，一腳踏在草地上，彈性頗佳。不過，這麼一望無際的草原，可不知道究竟是作什麼用的，而且竟然連隻小兔子都沒有。

這麼一想，禁不住踮起腳尖，朝遠處張望。

且慢，遠遠的地平線好像好像有個小白點奔向這裡，難不成剛剛的念頭變成真的了——一隻小白兔。

滿懷疑惑的秦慧絲注視著奔馳的白點，速度十分驚人。

「唉呀！」當白點逐漸清晰時，秦慧絲禁不住驚叫出聲。

那是一個人！而且是個年齡和她相似的白衣少女。

很可愛的女孩。

「嗨！」白衣少女煞住腳步，臉不紅氣不喘。

「妳是、妳是——」秦慧絲結結巴巴地問，「仙、仙女嗎？」

「我不是，」白衣少女綻放出花朵一般的笑容，「我叫尹小萍。」

「妳是中國人？」

「是呀，妳也是嗎？」

秦慧絲點點頭，一時不知道如何繼續發問。

「看妳這樣子，好像什麼事都不知道，」尹小萍說，「難道老師們沒告訴妳。」

「老師們？」

「他們會來找妳的，而且會教妳一些東西。」尹小萍說，「別擔心，他們一定會來的。妳耐心等吧，我得走了。」

「等等，妳要去哪裡？」秦慧絲抓住正欲登上小飛碟的白衣女孩手臂，「能不能告訴我這裡究竟是怎麼回事？」

「好吧，」尹小萍皺了皺眉頭，「我要站在門邊，免得它不等我就飛走。」

尹小萍登上小飛碟，站在門邊朝下對著秦慧絲說：

「妳大概跟我一樣，孤獨又好幻想，然後有一天不想活了，對不對？」秦慧絲來不及否認，尹小萍繼續說，「後來我就升了天，這種經驗妳也有，不必多提。」

「我沒死過。」秦慧絲說。

「愛撒謊的小孩不會到小孤星來，妳是在開玩笑。」

「我沒騙妳——」秦慧絲很快地把「電梯」的故事說了一遍，後者瞪大著眼睛，難以置信地瞧著她。

「不可能的、不可能的……。」尹小萍喃喃地說。

「信不信由妳。」秦慧絲說，「不過我保證絕沒騙妳。」

「也許——可是妳不是說想去見妳親人，怎麼又跑到這裡來？」

「我也不知道。妳能不能告訴我老師究竟是誰？還有這地方是怎麼回事？」

「也好，反正這是妳自己的麻煩，我在這裡待得夠久，討厭起孤獨來了，」尹小萍說，「我現在只想到熱鬧的地方去，奇怪的改變。老師們就像從前的學校老師，喜歡說些教訓人的故事，不過態度還不錯，我想過不久他們就會來看妳，給妳上幾堂課。至於我怎麼會到這裡來？剛才我說到不想活了是不是？」

「妳說升了天。」

「我開了瓦斯。那是一種十分愉快的解脫法，妳也可以試試。後來我就一直往上飛，覺得自己像艘太空梭，有道光在前面指引我，好像雷射光。沒多久，我就到了一顆像地球那麼大的星球，不過這個星球什麼都沒有，只有一座大機場，停滿了上千上百的飛碟。」

「飛碟！」

「有什麼好奇怪的，妳不是坐這個東西來的嗎？」尹小萍繼續說，「我跟一大堆人在機場入口處排隊，大家雖然都很驚訝，不過卻沒有人說話。然後一個像警衛般的人帶我進入一間辦公室，這辦公室好大，有數不清的隔間，在一個隔間裡，三位老師進來問我一些問題，然後用小飛碟帶我到這裡來，告訴我必須在這個小星球上待一段時間，直到有個人來接班。好了，故事很簡單，我得走了，我實在等不及離開這裡。」

「等一等，妳要去哪裡？」

「我可不知道，」尹小萍從門後伸出頭，「不過一定是個比這裡更有趣的地方。」

小飛碟收起吊梯，呼的一聲沖上雲霄。

秦慧絲目送飛碟離去之後，站起身來，懷著一絲尚餘的好奇心準備檢視這個地方。然而她越往前走，心裡越冷；果如尹小萍所云，這裡實在是個單調無聊的地方，除了連綿不盡的草地之外，什麼也沒有。

於是，日復一日秦慧絲便經常坐在草地上，抬頭望天，企盼尹小萍口中那些老師們的降臨。

那部經常莫名其妙出問題的電梯，已經壞了一個星期。大樓管理員終於忍不住找來一群人，準備把它拆開來，徹底整修一番。

當他們打開電梯門時，一具少女的屍體赫然出現眼前。

「那是三聖公司的總機小姐——」管理員驚呼出聲。

沒有人知道這女孩爲什麼死在電梯裡，而且臉上還帶著微笑。

小說實驗

1

街角的「希雅書店」是我週末常常逗留的地方，那裡建了一座新式電動陳列架，就像流行過一陣子的「火車壽司」，顧客只要往椅上一坐，便能隨手取閱由一部玩具坦克當火車頭牽引的書籍，第一節架上陳列本月的暢銷書，偶爾也有例外，譬如某位剛剛獲得諾貝爾獎作家的作品。炮管上也有精美佈置，《巴頓將軍自傳》這本書再版推出時，坦克旗桿上便升起了巴頓將軍像。我個人比較喜歡聖誕老人的那輛「鹿車」，車後拉著一張張聖誕卡和有關「雪」的故事書，吸引了不少家庭主婦，我記得那個月和女友見面的地點十有九次都是在鹿車經過的座位上，那一陣子書店也賣霜淇淋，大約也是配合「雪」的主題吧。

最近由於公務繁忙（緣於老闆一個偶發的奇想；他希望每個人都能交出一份家譜，藉以確定自己和職員們沒有任何親戚關係），週末我都得加班，當別人在街頭漫步或是嚼巧克力糖時，我得不停地打電話，重複千篇一律的內容：「你跟某某人有親戚關係嗎？」

通常的回答是：「你打錯電話了。」

且不談那份傷腦筋的家譜，我預料它最後可能演變成公司的「年度」作文比賽。

雖說如此，一連浪費了四個週末後，最先受不了折磨的是公司的總機小姐，她不再義務加班替大家接電話（公司的傳言是就讀圖書館系的男友幫她提前完成報告）。於是乎我突然擁有了一個自由的週末下午。

自由實在可貴！一個人要到陷入「家譜」的迷陣裡才能了解眞正自由的可貴。

瞧！放鬆的空氣分子在我的四周漫遊，雲層也做出懶散的姿態，有一種會唱歌的卡片在地下道出口被幾個人翻來翻去。我停下來，在一台販賣機前思考了半分鐘，隨後投入一塊銀幣，嘰嘰呱呱，可樂和冰塊混在一起。我手持紙杯巡禮於一處處櫥窗，如此安適、如此自然。

然後，街角到了，「希雅書店」大招牌的影子隨著午後的陽光伸到腳前。

「希——雅」，這兩個字提醒了我月前無數個美好的週末，我走向大招牌下一座電話亭。

「噫！你下午不加班。」我的女朋友在電話中說。

「老地方見。」

「去哪裡？」

「到時候說。」

我放下電話時，一個意念湧上心頭，「爲什麼這家書店這麼吸引我？我是個愛讀書的人嗎？」

答案是不確定，讀書的動機頗爲複雜，我只能說我喜歡「愛讀書」這個概念，因爲它包含了許多高尙的暗示，同時以我每月一兩本的購書量，有識之士大約也不會認爲我是個行動者吧。不過，管它的！

我約家倩在「希雅」大廳見面。

書店大門口新添了一塊大霓虹燈招牌，使我駐足觀望了幾分鐘。

即使在白天，特殊的陰影設計和超強的燈光，使得一般人認爲入夜才會起作用的霓虹燈廣告仍具有明顯的效果。

滾動的五顏六色小燈泡間突出的霓虹管寫了幾個大字：

「黃凡的小說實驗」

不知道這是什麼意思，也許書店換了老闆，也許在我加班的這個月裡書店完全電子化了。

至於黃凡這位作家，我倒是讀過他兩本書《反對者》和《都市生活》，我認爲他是位很穩重的作家，雖然有點虛無，不過當代作家大半具有這類傾向。這是個什麼時代呀？看看把作家當速食麵處理的書店經營者，看看把作家當電影明星崇拜的讀者，看看這個招牌的促銷效果。

這是個什麼時代呀？

「愛讀書」是個迷人的概念，我喜歡這個概念。

2

我進入書店，立刻發現大廳裡已擠得水洩不通，我的好奇心自書店門口便開始不斷增加，到此刻達到頂點。我排開衆人（說來簡單，作起來卻頗花一番工夫），擠到前頭，踮起腳尖。此時一個意念又襲上心頭：這麼多人家倩如何找我？不如一等到滿足好奇後，便退到霓虹招牌旁等她。

我喜愛的「電動書架」搬走了，大廳中央置放了一只巨大的玻璃櫃，作家「黃凡」就在櫃子裡供人參觀。

第一眼我覺得他一點不像書附照片上那個人，仔細一瞧原來他蓄了鬍子（是否這麼做也是實驗的一部分，不得而知），他蓄了鬍子實在難看，像是油漆用的刷子。不過，我儘量提醒自己不要因此影響到對他作品的印象，我今天的身分應是讀者而非觀衆，我進書店的目的是爲了「小說實驗」，而小說是用「讀」的。聽聽我四周的鼓掌聲和竊竊私議聲，我眞替他們羞愧。

這是個什麼時代呀？

「這是個賺錢的時代！」有一回老闆在會議上大聲宣佈。想到老闆我下意識地向人群中瞄一眼。

唉呀！他竟然也來了？不過僅有一秒鐘他的臉便消失在一顆愚蠢的、暴牙的大頭後。

又有一秒鐘的時間，我想到老闆和員工在這種場合中（理論上說我們正在一起同讀一本小說）不期而遇會發生什麼樣的情形。果不其然，令我擔心的事在下一秒鐘便發生了。老闆拍我的肩膀。

「你怎麼也來了？」老闆問。

「我是個小說迷。」我腦子裡斟酌著是否加上「報告」兩個字，但話已出口。

「你沒在辦公室加班？」他臉上閃過一絲不悅。

「總機小姐請假，我們沒辦法工作。」

「哦！」老闆回頭四顧，作出一副找尋總機小姐的樣子。

「我不知道董事長也喜歡小說。」過了半晌我說。

「我正好路過。」老闆說，「你呢，你了解櫃子裡這個傢伙嗎？」

「坦白說，不了解。」

「可以這麼說吧，你因不了解而走進來？」

「我不知道，我常常在週末逛書店。」

「這個主意不錯，」老闆好像沒聽進我的回答，他顯然被那位作家吸引住了，他一邊摸著短鬚，一邊自言自語，「這個主意不錯，密封的玻璃櫃辦公室，每個員工都隔離起來，既衛生又不會亂跑。」

且不管老闆的胡說八道（儘管轉述他的看法會在辦公室引起一場騷動），我受暗示地將視線移往表演場。

玻璃櫃內我們的小說家正倒吊著作出創作的動作。據說他維持這個吊燈的模樣已經一個鐘頭。

好厲害的寫作技巧！

玻璃櫃上方的一塊黑底電腦字幕，不斷打出這些字：

「小說實驗的意義旨在突破傳統的寫作形式。

小說家黃凡決定從三月廿九日開始自囚創作三個月。在這期間他完全生活在玻璃櫃內，不作任何活動，除了寫作。同時表演各種寫作動作。」

目前爲止，對「小說實驗」我沒有什麼概念，至於「傳統的寫作形式」我聽過這個名詞，但也僅止於聽過而已。

過了半晌（在這短短的幾分鐘內，老闆被背後的人群擠走，我希望他被群衆踐踏，或是被推撞到玻璃櫃的尖角。不過，我並未聽到慘叫聲，顯然上述想像並未發生），小說家按下了胸前的遙控裝置，解開了身上的吊索，落地後做了幾下體操，倒了杯水，很自然地喝了下去（看起來就像在自家廚房的冰箱裡取水喝），然後，來回地在玻璃櫃內狹小的空間背著手踱著。他步行的距離大約五公尺，玻璃櫃中間偏左的地方置放一只棕色的袋狀布罩，裡面大約擺著睡袋或旅行馬桶吧。觀衆有人喊叫著要求打開布罩，好像裡面隱藏著魔術師的所有秘密。我們的小說家似乎聽不到外界的動靜（可能是隔音效果，也可能他已具備充耳不聞的修養），他來回地踱著，偶爾把臉湊近玻璃，朝觀衆扮了個鬼臉。幾次之後，有一名高中生模樣的女孩衝上前去親吻玻璃後的臉。群衆便報以熱烈的掌聲和噓聲。總之，小說家繼續做出花樣繁多的自娛娛人動作。觀衆的情緒也隨之變化起伏。

這當兒，我身邊兩個人的談話引起了我的注意。原因是這兩位仁兄正爲了某件與小說無關的事爭執起來（此時此地這件事是多麼不尋常）。

「我被老傢伙坑了，我收回了。」一個穿著體面的紳士說。

「我告訴過你，那傢伙是個雜碎，你不要看他已經七十八歲了，」另一個說：「仍然詭計多端。」

「還不是你那句『試試看』。」

「錯不在我，誰知道老傢伙漏了底，我敢說他不是故意的。」

「你教我以後怎麼聽你的。」

「聽我的準沒錯！」

「這回就錯了。」

不知爲什麼，這兩位先生的談話使我泛起了離開此地的念頭。

當我擠向門口時，一個熟悉的背影出現在我的右側——有一秒鐘的時間我以爲自己看錯了。因爲總機小姐不可能出現在此地，何況她正拿著雞蛋朝玻璃櫃丟。不過沒什麼事不可能的，老闆不也來了嗎？

3

「過來這邊。」我把家倩拉進一條偏僻的小巷。

「幹什麼？」

「我好興奮。」我說，隨即抱住她。

「這裡不行，」她抗拒著，「你這是怎麼回事？」

「大概是看了『小說實驗』的緣故。」我涎著臉說：「來嘛，讓我——。」我嘗試著把手伸進她的胸罩裡。

「眞奇怪，那個東西怎麼會使你興奮？」

「不是東西，那是一個觀念，」我喘著氣說：「它告訴我什麼事都可以實驗一下。」

「去你的！沒結婚之前免談。」

就在拉扯之際，巷口一陣匆促的腳步聲，使我倆猝然分開，一個跌跌撞撞的人衝了過來。

「哎呀！」家倩驚叫一聲。

那個人差點把我們撞開，我氣得一把揪住他的領子。

「瞎眼狗，走路不長眼睛！」我罵道。

「對不起！對不起！」這個人蹲下來，作出找東西的姿態，「我的眼鏡，我的眼鏡。」

他終於抬起頭，他的臉把我嚇了一大跳。我的老天！他長得跟黃凡一模一樣。

「你不是小說家黃凡嗎？」

「我不是。」他戴上眼鏡。

「我剛剛在書店看到你，你關在一個大玻璃櫃裡。」

「好吧，被你認出來了，你想怎麼樣？」

「我是你的讀者，《反對者》、《都市生活》寫得眞好，我能不能請教你，羅秋南是不是眞的強暴了大學女生？」

「你認爲呢？」

「我就是不知道所以才問你。」

「以小說的立場，我沒有告訴你的必要。」

「假如是偵探小說，你就會告訴我對不對？」

「可惜它不是。」

「我問別的好了，你爲什麼要把自己關在玻璃櫃裡？」

「你應該問『爲什麼要搞實驗小說』。」黃凡說。

「不要盡問些不相干的問題，」家倩插進來：「問些實際點的。」

「好不容易跟我尊敬的作家面對面，我有一大堆的問題。」

「你沒看到他手腕在滴血。」家倩說。

「你怎麼受了傷？」我問：「而且好像有人在追你。」

「我打破玻璃櫃逃了出來，書店的警衛正在追我。」

「家倩，妳皮包裡有沒有繃帶？給他包紮一下。」

「正好有，」家倩打開皮包：「我家的小貓受了傷，我出來買了動物用的繃帶，不知道合不合用。」

「沒關係，」黃凡說：「有總比沒有好。」

4

趁著家倩對付小說家的當兒，我跑到巷口張望，看看有沒有電影中的追逐場面。沒有，眞可惜，大街上一切如常，只有一名香腸小販推著車子好像往巷子的方向過來。我跑回來把看到的場景重述一遍。

「快逃！」小說家跳了起來：「那是警衛偽裝的。」

我拉著家倩跟在他後面跑著。

「你怎麼會猜是警衛偽裝？黃先生。」我邊跑邊問。

「大概是小說家的觀察力和判斷力跟常人不一樣吧？」黃凡說：「起先我也懷疑你們是書店人員偽裝的……。」

「疑神疑鬼的傢伙。」家倩咕噥著。

「後來我根據你們熱吻的親熱樣子，判斷不是出自偽裝。」

「我們要去哪裡？」我問。

這句話使所有人停止腳步。我發現我們正站在一條不知名的街道上，天色也已黑了。

「我也不知道。」作家搔著頭，有些不好意思地說。

「我知道，」家倩說：「我肚子好餓。」

我們兩人同時瞪她一眼，女人家的反應眞不可捉摸，不過她說的倒是實情，「皇帝不差餓兵」，《紅樓夢》裡常出現吃飯的情節，吃飯的時候會發生許多意料不到的事，醫學上的說法是血液集中到胃部，腦子血液供應不足便容易造成思緒混亂，言不及義。且找一家館子吧！

這是一家白天供應商業午餐的小咖啡廳，老闆娘親切可人，菜單製作得頗有詩意，可惜菜不怎麼樣。我們的大作家並不計較這些，他伏案大嚼的模樣令人開心。我跟家倩對望一眼，心想作家跟常人沒什麼兩樣呢。

「很奇怪，」大作家長長嘆了一口氣說：「在玻璃櫃子裡一點胃口都沒有。」

「你覺得怎麼樣？」家倩好奇地問。顯然這個問題不甚得體，酒足飯飽之際最忌諱問人家你覺得怎麼樣，因爲最不虛矯的答案，「我覺得像隻豬。」

「此刻的我充滿了創作慾，」大作家摸著肚皮，「哦，對了；我忘了請教兩位尊姓大名。」

「我叫黃孝忠，她叫官家倩。」

「你們兩個，怎麼會在巷子等我？」

這算哪門子的問題，我又跟家倩對望一眼。

「問這問題的應該是我，」我說：「我跟家倩有個大疑問，黃先生怎麼會撞破玻璃櫃？」

「好問題，讓我思考一下。」他作出沉思的模樣，兩隻手交叉在胸前，兩眼瞇成一線。我們靜靜地等他，過了半晌，他說：

「突然之間，我的腦際靈光一閃，爲什麼我不能一拳把玻璃櫃打破，讓大家嚇一跳。」

「只是嚇一跳？」

「難道你期望他們會當《聖經》來膜拜。」

「至少要有點理由？」家倩問。

「你常被小說裡某個人物的行爲嚇一跳，這時候你會想立刻打電話給作者問原因嗎？」

「我知道了！」我嚷了起來，「我知道你的意思，這也是『實驗小說』的一部分。」

「我還是不懂，」家倩問：「書店不是說，你要自囚三個月嗎？」

「誰規定一定要在玻璃櫃裡才叫自囚？」大作家說。

「我怕那些人不懂你的意思。」我說。

「那當然，我也是剛剛才想通這個理由，」他得意地說：「我既然打算告訴讀者，小說有不同的寫法與讀法，那一擊簡直是神來之筆，小說就是人生，寫小說是生活，那一擊是重獲自由。」

「我就是不懂，」家倩搖著頭：「天啊！我眞笨。」

「妳不笨，」我安慰她：「妳很實際。」

「讓我們都實際點吧！」大作家站了起來：「我可是惹了大麻煩了。」

5

所謂的大麻煩，果然是大麻煩。

黃凡的這一擊完全破壞了與「希雅」書店簽的表演合約，他告訴我們「希雅」可能會上法院控告，事情一到那個地步，就沒有挽回的餘地。

「你不能說明那一擊也是小說的一部分。」

「那個豬頭，才不懂什麼是小說。」

「能不能請德高望重的人去說項，譬如王文興。」

「他不會肯的，他會說故事以入獄收場很不錯。」

「張大春呢？這位作家花樣很多。」

「他把我的一個短篇〈如何測量水溝的寬度〉貼在鏢靶上天天用飛鏢射。」

「他爲什麼這樣做？」

「他正在研究『讀者反應學派』的理論。」

「沒有人能勸止『希雅』？」

「沒有。除了幫他賺了一大筆的龍應台，但她現在在瑞士。」

「完了。」家倩說。

「完了。」我說：「我先付帳，你準備坐牢。」

「等一下，孝忠兄，」

「你要付帳嗎？」

「我爲什麼不能打電話向家人求助？」

「別人也會想到，希雅的老闆會在那裡等你。」我說：「你就認命吧。」

「你幹嘛對他那麼殘忍？」家倩說。

「我們莫名其妙惹了這個麻煩，就爲了我讀過這位大作家的兩本小說，我覺得我們好像陷入某部小說的情節裡，家倩，我們回到現實世界去吧。」

「我想到一個人，」黃凡好像沒聽進我的這番話，他拍一下腦袋：「顏正光，就是他，我的出版商，他點子多得不得了，打官司大王，曾經把一位作家逼著自殺。」

「再給他一次機會好不好？」瞧他著急的可憐樣，家倩懇求我。

「好吧，將來他如果寫出一部不朽的作品，文學史也會記上我一筆。」我轉頭對他說：「黃先生，你願不願意在你最好的書序上提到我的名字？」

「當然，」他取出小筆記簿：「你叫什麼名字？還有你的女朋友？」

「黃孝忠跟官家倩。」

「出生年月日？」

「幹嘛呀？你只要提到我們的名字就行。」

「你希望用幾號字體？」

「簡單樸素就行。」

「假如你肯再借我一點錢，」大作家說：「我會在諾貝爾文學獎頒獎典禮上提到你們。」

6

我給了他兩千塊錢。隨後我們離開咖啡廳。在鄰近一家商店裡，他買了盥洗用具，一打紙內褲刮鬍刀和兩雙籃球襪。然後又到另一家服飾店買了一套網球裝和運動鞋。等他換裝的當兒，家倩打了個電話回家，但她母親希望她立刻回去，因爲她的貓病得很厲害。

「不得了！傷口發炎，」家倩擔心地說：「我得立刻回去。」

「我們的作家怎麼辦？」

「你照顧他好了，將來你可以陪他一道去領獎。」

「也許我可以改行當作家經紀人，」我揮揮手：「妳快走吧，替我問候貴小貓。」

大作家左顧右盼地從試穿室裡走出來。

「我該節食了，小腹原形畢露。」

「你這個年紀，小腹突出是很正常的。」我安慰他。

「官小姐呢？」

「趕回去了，她家的貓生病。」

「溺死一頭老貓。」

「什麼？」

「黃春明的作品，意思是說一頭老貓被溺死了。」

「你爲什麼要作這種打扮？」

「逃亡。哦，對了！我們還得去買張台北市地圖。」

我們到售票亭買了一張地圖。然後招了計程車，直奔安和路顏正光的住宅。

計程車裡大作家一路上東張西望，一邊取出筆在地圖上畫著線條，大概是在設計「逃亡路線」吧，我沒有理他。我在想如果不是讀了這傢伙的兩本書，我才不會扯上這個大麻煩，小說眞是害人不淺，不過怎麼說，事情就到此爲止了。再來就是顏正光的事情了，我不認得這個人，想來總比我有辦法吧，應付作家，尤其是帶點神經質的作家可不是件輕鬆差事，顏正光啊，顏正光，祝你今晚有個美夢。

顏家在一棟十一層大樓的頂樓，據說他離過兩次婚，一個人孤零零地住在六十坪的大房子裡，爲人刻薄，有收集「地獄畫」的癖好。

「顏正光是個怪物，屋子裡掛滿了十八層地獄、鬼王鍾馗這類圖畫。」黃凡說。

「他到地獄時一定不會覺得陌生。」我漫應道。

很奇怪的，警衛台沒有人，大概都去吃消夜了吧，現在大廈裡的警衛多屬老弱殘兵，沒有年輕人願意投入這個行業，與政府不准他們佩戴眞槍有關吧。

電梯裡也沒有人，我有一個不太好的預感。但我們穿著運動服的作家卻頗喜歡這種情況。

「如果玻璃櫃換作電梯，你願不願意在這裡作實驗？」我問。

「開玩笑！」

「為什麼不行？」

當他準備回答時，頂樓到了。如果我是個文學院研究生，我一定會再按一樓，在電梯裡跟他研究這個高深的問題，可惜我不是，以致錯過了這個機會。

很奇怪的，顏家的硫化銅門虛掩著。

我們推開門，客廳亮著燈。

「老顏！」大作家喊了兩聲，沒有回應。

我們脫了鞋子，大大方方地坐在客廳上。這時候我發現我們的作家有一個難得的習慣：他到哪裡都能大大方方地坐下來，儘管身上不名一文。

「大概也出去吃消夜了吧？」他說。

「怎麼不鎖門？」我問。

「這棟大樓有警衛。」

「那麼他可能與藝術一道出去吃消夜了吧。」

「說得也是。」

7

於是我們便坐在客廳裡等候主人，大作家又取出筆記本在上面塗塗抹抹，我則開始觀賞起壁上的圖畫來。

這些畫有些像是古畫，有些新得讓你立刻想到神壇上掛的那種工匠的作品。

又過了一刻鐘，我頻頻看錶（沒什麼用意，只是一種等人的習慣動作）。我坐回作家身旁。

「你又在寫些什麼？」

「下部小說的大綱。」

「有趣嗎？」我說，「我看你面帶笑容。」

「當然有趣，以你當主角，現代俠客拯救一名落難小說家的故事。」

「你千萬不能這麼做。」我本來想說這算那門子的作家，出賣朋友，揭人隱私，不過我立刻警覺地從舌尖上收回這句話。因爲，第一，我們還算不上是朋友，第二，他根本不知道我的隱私。「我只是個湊巧幫點小忙的讀者，不值得你把我當主角。」

「在我的小說裡，沒有什麼事不可能發生。」他說，突然眼光一亮：「譬如我們正在等候的顏先生，說不定他也出了意外。」

這個想法使我從沙發上跳起來。我躡手躡腳走向卧房，再猛然推開門，裡面一個人影也沒有。

我走出來時，大作家似笑非笑地看著我，同時豎起拇指作了個了不起的手勢。

「黃兄，萬一卧室裡有歹徒怎麼辦？」我不禁生起氣來。

「我一聽到你的呼救聲，立刻撥電話給警察局。」

「我們一起偵查怎麼樣？兩個人勢力大些。」

「好吧，」他勉爲其難地站起來：「好像偵探小說的情節，老顏一回來，看到我們這副德性，不笑死才怪。」

廚房裡也毫無異狀，我打開冰箱，裡面有半塊「檸檬派」、一包「烤鴨」、兩罐啤酒。

「我們吃塊派怎麼樣？」

「哪來的心情。」我沒好氣地說。

「我寫過這麼個故事；男女主角爲了爭奪一塊派，在冰箱前大打出手。不過不是檸檬派，是草莓派，我喜歡草莓。」

「你的主角們都跟你一樣的飲食習慣？」

「有什麼不可以？」

「當然可以，」我說，「關上冰箱吧，我們去書房。」

書房很大，成排的書架上堆滿了書，牆角則置放了一堆雜誌。書架後隱隱露出一角辦公桌，我們走上前。

「唉呀！」我叫了起來：「有個人趴在桌上。」

「是老顏！」大作家也叫出聲：「我認得他的禿頭。」

「顏先生！」

沒有回音。

大事不妙！

果然不錯！顏正光的胸口插了一把刀，血流了滿地。我向後跳了一步，心臟彷彿也跟著跳了出來。

「顏先生！」過了半晌我又叫一聲，但隨即發覺自己有點愚蠢，人都死透了，還會回答你？這時候我們的作家仍然僵立在原地，臉色蒼白，兩眼發直。

「黃兄！」我拍他肩膀。

他僵硬地轉向我，向我敬禮，同時張嘴唱起歌來：

「三民主義、吾黨所宗、以建民國、以進大同……。」

「停！」我大吼一聲。

黃凡止住歌聲，用詫異的眼光看著我。

「顏正光被殺了，滿地都是血，你覺得該怎麼辦？」

「我是孫越，」大作家說：「捐血一袋，救人一命。來！我們給他輸血。」

他走上前，捲起袖子，作出輸血的準備動作。

這傢伙嚇瘋了！眞是難以置信。天啊！我該怎麼辦？現在又多了椿謀殺案，我眞是走了霉運。

「兄弟之愛，血比水濃……。」

大作家喃喃地唸著：「君住長江頭，我住長江尾，日日思君不見君，共飲長江水……。」

我跳上前去，把他拉離屍體，再狠狠摑他一巴掌。

這一招果然有效（我永遠不會向人家提起我狠狠打了名作家一耳光）。他搖了搖頭，神智恢復。

「老顏被謀殺了對不對？」

「任何人都看得出來。」

「任何人都會懷疑是我做的，對不對？」

「他是你的出版商，你跑來向他借錢，他不肯，你就給了他一刀，很簡單的推理。」

「有道理，我們該怎麼辦？」

「你該怎麼辦？對不起，我們可以分手了，我家裡還有事，今天發生的事我會統統忘記。」

「不要那麼天眞了，孝忠兄，你也脫不了關係的，如果我是殺人犯，你就是共犯。」

「放屁！」不過，坦白說我也脫不了關係。

「讓我們來想想辦法。」說完他又取出筆記簿來。

「你在幹嘛？」

「寫小說。」

「老天爺，這個節骨眼兒，你眞是個天才！」

「我本來就是，我唸這一段給你聽：顏正光在書房被謀殺，胸口插著一把普通的水果刀，也許刀上有指紋，不過他們兩個人留下的指紋更多，警方很容易就找出作家的指紋。因此，兩人面臨一樁可怕的謀殺案，同時並列凶嫌。作家決定逃離現場，先到同伴家躲一躲再談。」

「什麼！你說什麼？」

「我們應該按小說的情節進行，沒其他的辦法了，你總有家吧？」

8

我住在劍潭一間租來的公寓裡，面對著油污污的淡水河，風向不對的時候淡淡的臭味會飄進屋子裡。

「這是什麼味道？」大作家吸著鼻子：「你家有餿水嗎？」

「河水的臭味，」我說：「黃兄，我這裡只有一張床。」

「你睡沙發。」

「什麼？」

「如果不給我彈簧床睡，我會整夜走來走去，你受得了嗎？」

「好吧，」我嘆了口氣：「今晚解決了，明天呢？」

「我想一想……。」

趁他思考的當兒，我打了個電話給家倩。

「貓怎樣了？」我問。

「脫離險境，可憐的小咪，一個人孤零零在醫院裡……。」

「仔細聽著，家倩。」

「什麼？」

「記得那位作家嗎？我們一道去找他的出版商，想不到那個人在書房裡被謀殺了。」

「趕快去報案啊。」

「大作家死也不肯，第一，他說他睡不慣看守所裡的木板床。第二，報了案，警方接辦，他的小說就寫不成了。」

「我從來沒聽過比這更荒謬的事。」

「我也是，」我說：「聽著家倩，從現在開始不要打電話給我，我會主動聯絡妳，還有今天發生的事不可洩漏出去。我愛妳。」

「我也愛你。」她說，掛上了電話。

大作家思考完畢，我燒了一大壺咖啡，準備研商對策。

「孝忠兄，你家人呢？」

「住在南部，你可以住到明天，我星期一得去上班。」

「在哪裡上班？」

「旭日家電公司，我們老闆是個神經病，一個月前要每個員工交出一份家譜。」

「家譜？眞好玩，我可是寫不出這玩意。」

「大家還不都胡編一番，」我說：「對了，我們老闆也去看你的『小說實驗』。」

「丟雞蛋的可能是他，」作家說：「你想誰最可能殺了顏正光？」

「我怎會知道？」

「你再想一想他書房裡有沒有可疑的東西？」

「好像——。」

我站起來，在客廳裡來回地踱著，可疑的地方，他的辦公桌上好像有幾個不順眼的東西。

煙灰缸，打火機？桌曆？電話！相框、書……。

「有了！」我大叫一聲：「書！他桌子上有一本書。」

「書有什麼可疑？出版商桌子上有本書不足爲奇。」

「那是一本——是一本《家譜學》。」

我們兩個人沉默地互視了五分鐘，然後他又提起筆來寫了幾行字。

「被害者桌上有一本《家譜學》，作家的朋友正受命撰寫家譜，這兩者似乎有某種神秘關聯。」

「不通！」黃凡說：「怎會扯在一起。」

「我也知道不通，說不定顏正光有預感家譜這類書即將流行。而且——我們目前只有這麼個線索。」

「希雅跟這件案子會不會有關聯？」

「你把事情搞得太複雜了，說不定是個情殺案呢！」

「不可能，老顏對女人不感興趣，」作家說：「我的『小說實驗』是老顏跟希雅老闆談的，所以希雅老闆也可能是嫌犯。」

「希雅老闆是誰？」

「唐曼娜，一個精明的女人，我最近打算寫的一部長篇『曼娜舞蹈教室』就是借用她的名字，你想不想聽這個故事？」

「謝了，」我說，「你最好不要借用我的名字當主角。」

「為什麼？你可以出鋒頭呀！」

「不談這個，唐曼娜假如是凶嫌，她為什麼要謀殺顏正光？」

「這個——讓我想想。」

「你好好想，把它寫下來，我要去睡覺了。」

9

一夜未曾好睡，原因不是思潮如湧，而是作家鼾聲如雷，從來沒有見識過這麼可怕的鼾聲，一下像夏日午後的悶雷，一下又像排山倒海的巨浪，我則是一葉暴風雨的小舟。

第二天的早報和華視晨間新聞，都以這樁謀殺案為頭題，並且引述大樓警衛的話（我們下樓時不巧碰到警衛），暗示凶嫌有兩名，警方還取出黃凡的照片讓警衛指認，警衛說凶嫌之一很像照片上的人。

「糟了！警方把我們當成嫌犯，」我說：「你還是投案吧。」

「投案沒用，你也不能替我作證，」作家說：「我要打電話給李豔秋，問她怎能登出我的照片。」

「算了，你炒的新聞還不夠。」

現在可好，我也成了共犯。不過幸好沒人知道我是誰，我既沒前科，又跟文藝界無關，我只是個倒楣的讀者，被這件謀殺案撞上。我告訴大作家我仍然可以自由行動，他則非得躲在這裡，一步也不能出大門。

「我稿紙寫完了怎麼辦？」大作家說。

「等下去給你買一大疊。」

「眞是患難之交，孝忠兄，」他說：「哦對了，還有錄影帶，麻煩你也去租個廿捲來，推理、偵探、科幻。」

「不租行嗎？」

「嘿嘿，也許能幫我們找到破案的靈感。」

諸事安頓妥當之後（我特別交代不准偷看我的日記，我懷疑作家有偷窺別人日記的癖好，因此特別在抽屜用口水黏了一根頭髮），便出門給他買應用物品和打聽消息。街上刺眼的陽光，使我再一次地後悔自己的行徑，我是不是有點瘋了。

我先約了家倩，我們在一家漢堡店用早餐，家倩聽完我們昨晚的冒險後，先捧腹笑了一陣，然後一本正經地告訴我，「你們有麻煩了。」這實在是我這輩子聽過最標準的廢話了。

「麻煩早就有了，請問妳有什麼高明的建議？」

「推理雜誌上面有一篇小說叫做〈女老闆的秘密〉，我想希雅女老闆很有問題。」

送走家倩後，我又回到安和路的凶案現場，當然顏正光的屋子已被封鎖（在電影裡這個問題只有私家偵探能解決）。我只好在對街一家咖啡廳佯裝等人，我一面看報一面留意凶宅附近的動靜，因爲我讀過一本《犯罪心理學》中，認爲凶手十有九個有回到凶案現場的衝動。

10

過了十五分鐘，也許更久，一位打扮入時的少婦走進咖啡廳，她戴一副太陽眼鏡、臉型尖長。她也選了我前面的靠窗座位，背對著我。本來職業婦女抽空喝杯咖啡是很正常的，不過有件事使我對她起了疑心，她帶來的一本書不小心地掉在地上，當她彎腰撿書時，封面上的書名使我嚇了一大跳，《都市生活》——黃凡著。

是凶嫌還是被謀殺案引起興趣讀黃凡作品的人？

如果我是私家偵探就好了，我想我會找個理由上去搭訕。

就在我內心七上八下之際，對街又走過來兩名男子，從他們的穿著（不合身的西裝，腋下鼓鼓的，腳套輕便鞋，表情呆滯），一看便知是辦案的刑警。

他們進來要了一份早餐。

「睏死了，一夜沒睡。」一個人說。

「最近咱們分局不知走了什麼霉運。」另一個問。

「可不是嗎？剛剛組長用無線電要我趕到天母，又有案子發生了，這個月大概是旺季。」

「皇帝不差餓兵，你好好吃個飯，喝杯濃咖啡，破案靈感就來了。天母是什麼案子？」

「『旭日家電』的總機小姐被勒死在浴缸裡。」

旭日家電那不就是我們公司嗎？我被驚嚇得把湯匙掉在地上，發出「噹」的一聲。兩位刑警投過來詫異的眼光。

我的眼前浮起了總機小姐年輕稚氣的臉，想不到這麼個活潑可愛的女孩也會遭到不測，是什麼樣喪心病狂的傢伙會下這種毒手？

「年輕的女孩子！」第二個刑警說，「不是財殺就是情殺。」

「誰知道，這年頭小偷跟強盜根本分不清。」

兩位刑警很快用完早餐後離去。

過了幾分鐘，我前座的少婦也起身離去。

由於總機小姐之死給我很大的震撼，以至於忘了跟蹤帶黃凡小說的少婦，實在可惜。

雖說是假日，但對於一個有謀殺共犯之嫌以及同事剛剛被謀殺的男子而言，仍然沒有任何觀賞街景的心情。我離開咖啡廳，置身於馬路當中時，生平第一次，我不知道要去哪裡。

於是，我便在大街上遊魂似地蕩著。也不知道過了多久，我停下腳步，抬頭一看，竟又到了「希雅書店」。

是潛意識作用，還是冥冥中有一隻手拉我過來，我不知道，也無能探究。

書店裡擠滿了人，櫃台前也排了長龍，這是罕有的現象，我湊上前去，驚訝地發現到人人手上都抓著黃凡的書，顯然這位新聞人物的作品正大受歡迎。

在人潮的推擠下，我突然回憶起前天「小說實驗」表演的情景來，同時記起了到此的目的。

「小說實驗」表演場已被拆除，大廳中央恢復了舊觀，一列電動火車嗚嗚地走著，火車頭上插著兩面旗子，一面是黃凡的照片，一面則寫著：「黃凡作品特展」。

我穿過人群，躡手躡腳地閃進一道掛著「非本店員工請勿進入」告示牌的小門。門裡是一條長長的甬道，兩邊各有數間辦公室和倉庫。我靈機一動抱起牆角的一堆「回頭書」，僞裝員工模樣。

我聽到一陣說話聲。一扇門打開，走出三個人，我趕緊讓開路，把胸前的書舉高藉以遮住臉。這三個人只顧講話，並未留意書後一雙偷窺的眼睛，隨後他們進入一間倉庫裡。

猜我看到了誰？三人中央的那位女士（資料來源是身旁兩人都稱她「董事長」）竟然是希雅女老闆，卻也是不久前咖啡廳裡我前座的那位女士。

11

頭一回客串偵探的滋味實在刺激，同時大有斬獲。我滿懷興奮地回到家裡，我們的大作家正在睡午覺，我把他搖醒。

「先不要跟我講你刺探到的事，」作家說：「我唸故事大綱給你聽，作家的朋友自告奮勇出門探聽消息……。」

「你怎能用『自告奮勇』？」我抗議。

「改成『基於道義』好了。」

「那還差不多。」

「作家的朋友基於道義，出門探聽消息，他決定先到凶案現場看……。」

「你怎麼猜到——你跟蹤我對不對？」

「我跟蹤你個屁！我讀過一本叫《犯罪心理學》的書。」

「算是給你胡亂猜對了，然後呢？」

「爲了便於觀察，他躲進對街的一家咖啡廳，在咖啡廳裡他碰到了凶嫌希雅的女老闆……。」

「又給你猜對了，你的想像力眞令人佩服，」我伸頭看他筆記簿：「我問你一個問題，假如你猜錯了，你會不會重寫大綱？」

「告訴你一個秘密，小說家永遠不會錯。」

「你再猜猜看，我又碰到誰？」

「我不猜了，再猜下去這樁謀殺案就沒有懸疑性了。」

我把兩名偵探的談話和到書店偵察的事告訴他，他聽完之後，一語不發，來回地在室內踱著。

「總機小姐跟希雅女老闆會有關聯嗎？」他自言自語著。

趁他思考的當兒，我躺在床上，打算睡個覺，就在我迷迷糊糊時，好像有人打我耳光。

「幹什麼！你讓我小睡一下行不行？」

「一個重要的問題，你們公司老闆也到希雅看『小說實驗』了。」

「是呀，他就站我旁邊。」

「他當時有什麼表情?說了些什麼?用心想想。」

「他很欣賞你的表演。」

「眞的嗎?」

「他說他希望公司裡每個員工都用玻璃櫃圍起來,這樣既衛生工作又有效率。」

看樣子老闆這一條線索好像不管用。作家的眼珠子拼命轉著。

「有了!」過了廿分鐘,作家雙掌用力互擊叫了一聲:「你聽我這個構想怎麼樣?」

第一個構想:

希雅女老闆唐曼娜和出版商顏正光兩個人有不尋常的超友誼關係,同時也有財務上的合作,「小說實驗」便是合作的項目。但顏正光有拈花惹草的癖好,他的新歡是旭日公司的總機小姐,不巧一次偶然的機會被唐曼娜撞破好事,於是乎女老闆便計畫報復,終於趁著作家打破玻璃櫃那天晚上殺害顏正光,嫁禍於作家。至於總機小姐被殺是因爲她原爲旭日公司老闆的情婦,姦情敗露後,旭日老闆憤而殺之。兩樁謀殺案,兩個似相關又無關的凶手。

「不對,不對,」我說:「這個構想漏洞不少。」

「第一,總機小姐年輕純潔,說什麼也不像是人盡可夫之流。第二,我記得你以前說顏正光不近女色,現在怎麼突然變成好色大王?」

「知人知面不知心,老兄,」他嘆了一口氣說:「沒有比這個構想更完美了,我們就按照它去調查吧。」

我發覺我要做的事情足夠開一家偵探社了。

12

第二天，我照樣到公司上班。辦公室裡自然嘈雜異常，大家都在討論總機小姐被謀殺的事。刑警也來過，翻過了總機小姐的抽屜，沒有找到任何可疑的物品。

我趁著辦公室一片混亂的當兒，飛快地編完我的「家譜」（由於謀殺案的刺激，使我文思泉湧）。下午兩點半，我把「家譜」親自送到董事長辦公室。

老闆翻了一下（我利用這個機會觀察他的外表，結果一切如常），說，「很好，寫得不錯。」

「謝謝董事長。」

「等一下，辦公室怎麼樣？」

「大家都在談總機小姐的事。」

「她是個好女孩，」老闆面露哀戚之色（眞會表演），「她不該一個人在台北租房子。唉！我正準備升她作總機組長，想不到。她還是第一個交『家譜』的——」

老闆一邊說一邊翻桌上的一疊「家譜」，翻著翻著，突然從桌上掉下一本書，我彎下腰撿。這本書赫然與顏正光桌上那本書一樣，是《家譜學》。

下午三點鐘，我推說要到經銷商處調查一項產品（我負責經銷商的考核工作），飛奔回家。

「家譜學呀、家譜學……。」作家沉吟著。

「我看你應該修正第一個構想了。」

「爲什麼老闆要你們寫家譜？」

「他瘋了。」

「一定有個比『瘋了』更好的理由。」

「他希望我們跟他沒有任何血統關係。」

我讓他想，讓他想破腦袋。

我抽空打電話給家倩，她在一家婦女雜誌上班。

「怎麼樣？要我幫忙嗎？」

「能不能幫我查一下希雅女老闆跟顏正光的關係，以妳在雜誌社工作的身分，比較不會引起注意。」

放下電話，我發現作家正靠著牆作「倒立」。

我蹲下來問他，「你想通了沒有？」

「我腦部的血流量不夠，所以沒有靈感。」

原來作家是用這麼個奇怪的方式逼出靈感的。我好奇地注視著這個人；長相雖與常人無異，但思想和舉止卻經常令人不可捉摸。譬如發生這麼大的麻煩，常人早就瀕於崩潰邊緣，這個人卻仍能吃喝說笑，仍能創作，而且我隱約覺得，陷入這樣的「困境」竟然使他泛起某種歡欣。而且更不可思議的是，他也把原來不相干讀者的我帶入一個神秘的、光怪陸離、只有小說中才有的世界裡，眞是不可思議。

我翻開晚報，首先躍入眼簾的是「總機小姐被殺了！」這幾個大標題。根據警方初步調查結果，死者頭部先被某種硬物打擊，脖子再被隨身聽的電線勒住，顯然死者有入浴時聽音樂的習慣，不過令警方困惑的是：爲什麼她要在清晨洗澡。警方並不排除強盜殺人的可能。

第二則新聞仍然是關於顏正光的，警方正逐步清查死者的交往。同時呼籲，嫌犯作家黃凡趕緊投案說明。

我把晚報扔給作家，他很快地讀了一遍，然後恢復直立的姿勢。

「人生的意義是什麼？」他問。

「我從沒仔細考慮這個問題。」我回答。

「人生就是不斷地突破自我。」

「有道理。」

「不過要有破方能突，這個破就是限制，我們都被習慣的自我、怯懦的自我限制了。」

「這跟謀殺案有什麼關係？」

「我們的思考也被傳統的推理方式限制住了，所以我們的第一個構想失敗了。」

「什麼！」

「我告訴你，它不是一件單純的謀殺案，它是一件——」他拉長聲音：「『間諜案』！」

這是個什麼時代呀！

13

第二個構想：

旭日家電老闆原來的身分是中共特務頭子，總機小姐是他的下屬，她受命將中共東南亞特務名冊僞裝成「家譜」，混雜於公司員工的大堆「家譜」中。顏正光在無意中發現「家譜」的秘密，因此招來殺身之禍。凶手是特務頭子和總機小姐，隨後特務頭子又殺總機小姐滅口。希雅女老闆是顏正光情婦，顏正光嘗試把「家譜」秘密告訴她，但失敗了。

這第二個構想讀起來像間諜小說，雖解釋了每一件事，但我總覺得不對勁。

「還會有第三個構想吧？」我問他。

「我再倒立一下！」

「不必了，」我趕緊揮手阻止：「既然這是一樁間諜案，我們能做的就是打電話給調查局，然後坐著等兩百萬破案獎金從天上掉下來。」

「要掌握證據才行，否則調查局會認爲我們得了妄想症。」

「證據？你把故事大綱給他們看就行。」我笑著說。

「證據就是總機小姐的家譜。」

「我怎麼沒想到？」

「你是豬腦袋，當然想不到，」作家笑著說：「哈、哈、哈！我的問題解決了，剩下就是你那一部分了。」

「你這是什麼話，你老是躺在那裡編故事，上刀山下油鍋賣命的是我，還罵我豬腦袋。」

「抱歉，小弟剛剛失言，」作家說：「晚上一塊去喝一杯怎樣？」

「你得化妝才行，大街小巷誰不認得你這個殺人犯？」

「最危險的地方就是最安全的地方，走，我們到刑事警察局對面的喝酒屋去痛飲一杯。」

「喜悅啤酒屋」果然聚集了不少下了班的刑警，脫下上裝後，這些人公然地把槍袋露出來。我可是坐立不安，但我們的大作家卻是處之泰然，他甚至舉杯，向鄰座的刑警致意。

「奇怪，」我壓低聲音說：「沒人對你起疑心？」

「他們不讀小說。」

「什麼意思？」

「缺乏想像力，豬腦袋。」

「難怪很多案子都破不了，原來是這個緣故。」

作家的酒量實在驚人，喝起酒來就跟喝水一樣，幾分醉意後，作家話匣子打開了（幸好他言不及義，沒提到謀殺案一個字，想想看四周都是刑警）。

「很多人喜歡問我爲什麼我會成爲作家而不是程式設計師或是銀行行員，通常我總備有幾套答案，要看對方是誰，對不入流的傢伙我會反問爲什麼你是會計而不是電視台記者。對學生我會搬出作家成長心路歷程，諸如此類的大道理，告訴他們我有一個不幸的童年。對批評家我會說我有一個強而有力的『超自我』，我擅長於自我分裂。至於對我自己，我說這完全是命，你他媽的天生是個作家。」

「你相信你寫的故事嗎？」我問他。

「我相信那些故事眞正發生過，如果不在這個世界，就會在另外的世界。」

「你相信生命不朽嗎？」

「我相信人是宇宙大心靈想像力的造相之一，就跟我小說中的主角是我想像力的造相，同時也是一種模仿一樣，我不能創造不存在的東西。」

「我不懂，你說得太深奧了。」

「你不必多花心思。」

「爲什麼？」

「當你經歷了衆多的造相之後，你自己就懂了。」

「什麼是衆多的造相？」

「譬如另一個次元中的你，你想像過四度空間的你，是什麼樣子嗎？」

「天啊！」

「告訴你，極少數的人會這麼做，除了一些宗教大師。告訴你，我喜歡試著與另一個空間的我接觸，有幾次幾乎成功，我會繼續嘗試的。」

「天啊！你到底是在談些什麼呀？」

「剛剛說的是我另一部科幻小說的主題。」

我想我寧願潛回公司去偷總機小姐的「家譜」，也比坐在這裡聽他胡說八道來得有趣。

14

我跟公司警衛說我忘了一件重要公文，他便讓我上樓。我大大方方地開了燈，進入總機室。

翻遍被害總機小姐的抽屜，除了一包「可疑」的火柴外，什麼都沒有（火柴所以可疑，是因爲盒上印有咖啡廳的地址，而這家咖啡廳偏又在安和路上，我決定把火柴盒交給作家「研究」）。

老闆的辦公室在樓上，門上了鎖。我不得不從洗手間的窗口鑽出去，翻過四、五座陽台，雖然陽台間隔只有半公尺，但仍然驚險萬狀，不管怎麼說，摔成肉餅的威脅總是存在的，我覺得自己像電影中的蜘蛛人。

落地窗幸好沒上鎖。我打開小型手電筒，牆角有一只保險箱，我轉了兩圈立刻收棄，我可不是來偷錢的。於是我又開始翻箱倒櫃一番，終於在辦公桌上那疊「家譜」中找到我要的東西。爲此，我打了自己一個耳光，明明就擺在桌上，怎麼還找了半天。

「家譜」找到了，但喝了酒的作家正在呼呼大睡。用什麼方法都叫不醒他，最後想了一計。

「喂！你得了諾貝爾獎了！」

果然有效，他像彈簧一樣從床上跳起來。

「哪裡?在哪裡?」

「廿年後,」我笑著說:「只要你繼續這麼神經質,保險廿年內你可以弄到一座。」

他搖著頭:「到手了嗎?」

我們坐下來研究家譜,果然內中大有蹊蹺,我從沒有接觸過「間諜手冊」,這下總算開了眼界。

譬如其中的一行:

「叔叔,宮保中,職業:市場管理員。負責場內聯絡,就職日期七十三年二月十八日,別號:天宮。最親近的朋友萬文。住址……。」

「家譜是這樣寫的嗎?」

「當然不是,」作家說:「好證據,你們老闆完了。」

「我們為國除害,」我高興地說:「喜劇收場。」

15

我們把「家譜」送到調查局,立刻整個局子屋頂都被掀了起來,全國一千名調查員、情報員、反統戰員全部加班。我們則被安排在貴賓室,吃餅乾、喝咖啡。

「外面好吵。」作家說。

「全國總動員,當然吵,」我說:「這麼一抓,中共三年內不敢派間諜來。」

「好興奮,」作家說:「調查局不是說過抓一個間諜兩百萬獎金,我看這一次至少抓到一百個，兩億。跟買愛國獎券一樣，既愛國又發財。」

「不要作夢了，抓一個跟抓一批一樣兩百萬元。」說完，我們兩個都閉目養神起來。

我正在內心裡盤算，這筆獎金假如家倩也算一份，該有多好，不過對大作家可能不公。因爲破案完全靠他的「第二個構想」。想到這裡，我禁不住有點好奇，假如第二個構想不成立，那麼第三個構想會是什麼？

過了好一會兒，作家先開了口：「這件事情過後，你有什麼打算？」

「老闆被抓，公司垮掉，我會失業一陣子！」我說，「幸好有這筆獎金——你呢？你有什麼打算？」

「我打算以這次遭遇寫部小說，大綱不是都有了嗎？」

「一定很精采。」

「名字就叫它『小說實驗』吧！而且以你當主角。」

「不要把我的形象寫壞，我沒對不起你吧？」我說。

「那倒不會，」黃凡說：「你想讀者會有什麼反應？」

「就像我，即使參與了整個故事，我仍然摸不著頭緒，小說實驗，實驗什麼？」

他深深地看我一眼，再長嘆一口氣。

「小說中所描寫的人生是，既眞實又虛僞，既有趣又悲哀，所以換個角度看，小說實驗其實就是人的生活實驗。」

「啊！」

「小說開始時，一個小世界誕生了，結束時這個世界也同時毀滅，」他面露哀戚之色：「小說家一直在生死輪迴中受煎熬，可憐啊、可憐。」

「啊！」

「上帝何嘗不是如此。」

我欲言又止。

「上帝就是偉大的想像，上帝的意志就是想像力。」

「小說家是上帝？」

「不！上帝是小說家。」

上帝是小說家，這句話給我極大的震撼。

祂是既眞實又虛僞，既有趣又悲哀。同時祂永遠忙於創造世界和毀滅世界，唉！可憐的上帝！

可憐的人類！

可憐的我！

廣角鏡對準台灣都市叢林

——黃凡論

朱雙一

稱黃凡爲台灣最傑出的新世代小説家之一，並不爲過。他曾在四年內獲得五次《聯合報》小説獎而有「得獎專家」之稱。在八〇年代，他的小説集幾乎以每年一至數本的速率增加——一九八〇：《賴索》，一九八一：《大時代》，一九八二：《零》，一九八三：《自由鬥士》、《傷心城》、《天國之門》，一九八四：《反對者》、《慈悲的滋味》，一九八五年：《上帝們》，一九八七：《曼娜舞蹈教室》，一九八八：《都市生活》，一九八九：《上帝的耳目》、《東區連環泡》、《解謎人》（與林燿德合作）、《你只能活兩次》，此外尚有雜文集《黃凡的頻道》等數本。當然，決定他在文壇的重要地位的，還不僅因爲他的多產，更因他常能道人之所未道，觸及社會敏感問題，並在八〇年代新興文學潮流，如新政治小説的崛起、都市文學的繁盛、後現代文學的萌發中，或開風氣之先、或獨樹一幟、或統領風騷，總是扮演一個引人注目的角色。

一九五〇年生於台北市的黃凡，中原理工學院工業工程系畢業，曾在貿易公司和食品工廠任職，後去職專事寫作。這一經歷在他的一篇顯然帶有自傳性的幽默小小說〈麥芽糖的香味〉中有所透露。主人公服役回來後碰上經濟衰退而一職難覓，在同學幫助下才進入一家小小的製糖工廠任生產主任，曾重新開始業餘創作。儘管生活舒適安穩，但在處女作〈賴索〉獲獎後，即毅然辭去這來之不易的工作，在衆人迷惑的眼光中走上「專業作家」之途。作品顯露一種對於文學的赤忱鍾愛，爲黃凡嚴肅的文學理想和追求作了一個小小的註腳。

黃凡的文學成就，幾乎是與八〇年代一起降臨的。一九七九年十月，他以第一篇小說〈賴索〉震動文壇。小說刻畫了一位因從事台獨活動而流亡海外，後搖身一變，返台並成爲傳播媒體上的大紅人，卻視早年因追隨他而遭囹圄之苦、現特來看望他的賴索如同陌生人的政客式人物的險惡嘴臉，同時也呈露了小人物因政治偶像的破滅而遭精神凌遲的可悲。小說顯然不僅抨擊了「台獨」，也抨擊了國民黨，實際開創了一種超然於對立的政治派別之外，對各方的醜惡的政治行爲均加以譏諷、批評的政治文學的新類型。稍後發表的〈人人需要秦德夫〉是黃凡又一重要作品。小說刻畫了一位粗野然而充滿活力、勇於進取、精明幹練的資本家形象，並以其成功對比於另一焦慮、孤寂、苦於妻子變節事實的懦弱人物。作品以現代都市人嶄新行爲模式的刻寫切入了「都市文學」的核心。它與〈賴索〉分別奠定了黃凡此後兩大系列——都市文學與政治文學——創作的雛形。

黃凡的政治小說對台灣政治生活進行了廣泛的反映，從現實政治中各派別的各種醜陋行爲、群衆運動中的非理性傾向，乃至中國傳統政治文化影響問題，均有所觀照和針砭。但黃凡最關注的問題，一是人在政治運作中的作用和地位，二是政治與社會其他部門的關係。〈賴索〉、〈示威〉、〈一個乾淨的地方〉等描寫的是「小人物」有意無意地被捲入政治漩渦中，淪爲被人利用的可憐蟲。而〈將軍之淚〉、〈夢斷亞美尼加〉、〈自由鬥士〉等則寫中、高層政治人物也仍逃脫不了被政治機器碾碎的命運。如曾顯赫一時的將軍最後卻不免被冷落於博物館的角落裡，應了「帝王將相今何在，荒冢一堆草沒了」的悲劇；一位爲大陸特赦後去台的戰犯，在歷經人生滄桑後，徹悟自己淪爲政治工具的可悲而自殺。這些作品所要表現的，是固守某種荒謬意識形態的可笑，以及人在弊端叢生的政治運作中的渺小、被動、無力和無助感。

長篇小說《反對者》對於後一個問題作了較深入的刻畫。小說主人公、書生氣十足的大學教師羅秋南突然被一女生指控曾於酒後對她非禮，校方即以風化罪名加以審查。原來此案與羅曾身居要職的岳母乃至高層權力鬥爭有緊密的關係。小說揭示了政治無孔不入地滲透到社會其他部門，干擾了這些部門正常運行的嚴重泛政治現象。另一部長篇《傷心城》則同時涉及了上述兩方面的問題。小說主角范錫華爲出身於擺麵攤的貧窮家庭的知識分子，靠自己的努力和岳父的提攜擠進權力階層，然而他擔任要職的所謂「泛華文化基金會」，實際上是政經勢力相結合入侵文化界的代表，他的政治生涯完全操縱於其岳父、財勢兩全的陶慶甫手中。當他懷抱著自己的政治理想越出早已被規定好的軌道時，立刻從政治的顚峰跌落，落個客死他鄉的可悲下場。顯然，黃凡的政治小說批判著台灣各種醜陋的政治現象，不論它們是何黨何派所爲。這種政治的「中立」立場和超然態度，有別於以往具有鮮明的政治派別立場或明確的政治訴求的政治文學作品，其特殊意義，在於反映著相當一部分台灣人民的一種特殊政治心態——對於醜惡政治極端厭倦，希望遠離此是非之地，避開各種意識形態的紛爭和干擾，而這種心態顯然源自台灣政治的種種弊端，是對長期專制政治的一種反彈。近年不少新世代作家的政治小說均具有這種新的觀照角度，印證了這種心態的普遍性，也凸顯了黃凡這類小說在文學發展中的意義。

如果說在黃凡兩大系列作品中，八〇年代前期側重於政治小說的創作，那後期則益發偏重於都市文學的經營。作家對於都市的觀察和描繪是全面的，它包括如下幾個方面：

其一，對於都市整體風貌的反映，即描繪都市迥異於較單純的農業社會而成爲容納、並列、摻雜各種不同成分空間的情景。黃凡對此有個基本看法：「我們這個時代，是歷來所有思想觀念的大雜燴。」❶在這裡，「政治、經濟、是非、恩怨、眞理、謊言、個人的意志、時代的夢想、永恆的嘆息，一切都攪成一團，像天堂花園裡的一塊泥巴。」❷這也是黃凡小說常大量夾雜情節外內容的原因——直接應合了都市的紛亂雜沓的特徵。

其二，對於都市社會結構特徵的揭示。台灣都市構成一個由政治、經濟、文化等多重關係相互糾纏盤結、各部門相互滲透制約的大系統，其中起關鍵支配作用的因素是經濟，而政治也占有舉足輕重的地位。這是由台灣資本主義形態融合了買辦型和封建型經濟，與統治者利益緊密結合的特徵所決定的。如系列短篇小說集《都市生活》中的作品，雖分別以商業生活、藝術生活、道德生活、政治生活、宗教生活等爲副題，但描寫的卻是各種因素相互滲透摻雜，使得都市社會的所有生活領域，都已難找到一塊純潔清白、未被汙染的淨土。被稱爲「台灣第一部眞正成功表述企業界『現世』相的長篇傑作」的《財閥》，則對作爲資財化身的大財團與當局相互依賴、利用，從而駕馭整個社會的情景作了甚爲著力的描繪。

其三，對於都市人新的行爲模式、思考方式、性格特徵的刻畫。求強求勝、勇於競爭是某些都市人的嶄新行爲模式。在黃凡筆下，從早期的著名人物典型秦德夫到〈往事〉中的華琳、《都市生活》中的范銘樞、〈聰明人〉中的楊台生，再到《財閥》中的賴樸恩，形成一個一脈相承的都市強人形象系列。一方面，這些人勇於進取、精明幹練，掌握現代經營手段，在都市複雜的多重關係網絡中，能避其束縛，施展謀略和才幹。另一方面，這些人崇尚實力，恪守恃強凌弱、爾虞我詐的資本主義法則。這些人並非傳統道德規範中的正經人，但都市中那股粗糙、強烈的生命力就部分地來自他們身上。由於他們令人稱羨的財富和成功，他們的行爲自然爲人所崇尚和仿效。從這個意義上說，他們正是都市人的精神代表和行爲典範。黃凡通過這些人物達到對都市精神和都市文化意識的觀照和呼喚。

其四，對於都市人普遍的焦慮、孤寂的精神狀態，疏離、隔絕的人際關係和轉變了的價值觀念的刻畫和描繪。如〈守衛者〉、〈紅燈焦慮狂鄉〉、〈憤怒的葉子〉等篇描寫廣大上班族體力上從事著單調、機械的工作，精神上卻須應付多重關係盤纏交錯的複雜局面所產生的嚴重精神危機；〈雨夜〉、〈國際機場〉、〈曼娜舞蹈教室〉、《慈悲的滋味》等篇中，做好事被人誤解或後果不佳等現象，充分表現了人與人之間缺乏信任、難以溝通的關係，同時也說明了所謂人道、愛心、互助等已經與都市人的一般行爲和思路相違拗，在都市社會中反而成爲稀罕怪異之物。著名短篇〈房地產銷售史〉既表現了「去中心」的後現代建築觀念，更顯露了現代社會中某些人力圖以膨脹的自尊掩蓋其極度自卑的變態心象，而這正代表著某種社會的集體情緒。反烏托邦科幻小說《零》則呈現了人類面臨機械文明的強大異化力量所引發的絕望的夢魘。

其五，對於台灣都市社會發展趨向——由工業文明向後工業文明階段過渡——的揭示。這種反映主要從最普通的日常社會現象入手，這是由於在台灣，因著特殊的經濟結構，屬於後工業文明的種種現象是最先從社會底層大量湧現的。資訊普及等原因促使社會更趨向多元無序狀態，而商業邏輯的入侵，致使「文化」也成了消費品，這種狀態在〈小說實驗〉等小說中均有重筆描繪。在精神特徵方面，都市強人那求強求勝的競爭性和咄咄逼人的生命活力已逐漸消失，代之以猥瑣、膚淺、碌碌無爲、得過且過的社會風尚。隨著理想主義的消失，人的性格趨向懦弱，以前人群中瀰漫的孤獨感和焦慮感，也爲隨遇而安、知足常樂所取代。這些人沒有歷史、沒有未來、沒有生活目標和意義，追求的只是短期利益和現時享受，這一主題在近著《東區連環泡》、《你只能活兩次》等書中表現得特別明顯，而《都市生活》中描寫都市幼年期、少年期和成年期的三篇小說，象徵性地展示了與都市發展趨勢相吻合的都市人的心靈歷程——由孤寂、焦慮到世故，最後趨向猥瑣和鄙俗。

由上述可知，黃凡的都市文學實際上可約略分爲兩個部分，一是對一般工業文明階段台灣都市生活的反映，其文學表現大都屬於現實主義或現代主義的，二是對後工業文明階段（或向此過渡中）的台灣都市生活的反映，其文學表現大都帶有後現代特徵，二者呈交叉並行狀態。黃凡由於酷愛索爾·貝婁等，受其影響，早期創作帶有明顯的西方現代主義的若干痕迹，如時空跳躍和場景的快速轉換、混合著詼諧、嘲諷、冷漠的話氣、敘述觀點的靈活轉變、情節外內容的大量夾雜等。近期的黃凡則越來越多的顯露某些後現代的特徵，如適應精緻文化和通俗文化界限模糊、嚴肅文學通俗化的趨向，注意採用一些爲大衆喜聞樂見的內容和形式。長篇科幻小說《上帝的耳目》即一典型例子。小說描寫一突降於台北街頭、用盡方法也難以摧毀的怪樹迅速蔓延，吞噬了整個地球和人類，而靠著外星人援助倖存的小說主角葉雲喬，從此在太空中展開與怪樹所代表的惡魔力量的角鬥。葉雲喬的宇宙浪遊看來就像《鏡花緣》式的海外搜奇獵怪的太空翻版，而他歷盡磨難最終進入高次元宇宙，則如唐三藏上西天取經終獲正果一樣。小說有意吸收和混雜古今中外各種文化、文學素材，如中國的儒釋道、外國的基督、回教等，融爲一個新的文學世界，可見其對後現代的「多元平面拼貼法」和「分解、重組功能」的採用和發揮。整部小說洋溢著較爲輕鬆的氣氛，與前期的《零》中籠罩的悲觀、絕望氛圍迥然有異，而這也正是現代主義與後現代的一個區別。此外，黃凡還更直接切入後現代美學的核心——瓦解語言反映眞相的神話。這在幾篇後設小說，如〈如何測量水溝的寬度〉中，有極爲巧妙的經營。

綜觀黃凡創作，可見如許總體特徵：其一，具有較寬闊的視野，力圖對現實生活做宏觀的觀照和把握。他的作品涉及社會生活的各個方面，並試圖揭示它們之間的關係和都市社會整體結構特徵，即一明顯例子。其二，與現實有著極爲緊密的扣合。儘管黃凡並不恪守典型化和細節描寫等現實主義規範，反而經常採用現代主義或後現代的技巧，但他的作品卻緊扣著時代的脈搏。急遽變化、發展的現實生活，包括政經結構和社會情緒的變動等，均得到及時的反映。如對於在台灣萌芽的後工業文明狀況，黃凡即以特有的敏感加以捕捉和描繪。這種與現實扣合的緊密度，比起一些鄉土派的拘囿於緩滯的鄉村生活描寫的現實主義作品，有過之而無不及。其三，打破了非此即彼的二元對立線性思考模式，建立比較全面地觀察和評價事物的新角度。價值中立的政治文學的創作、兼具善惡兩面性的模糊性格的塑造、對於都市的既排拒又擁抱的情感態度等，均爲顯例。當然，這些多爲台灣新世代作家的共同特點，只是黃凡表現得較爲典型。從這裡也正凸顯黃凡在同代作家中的代表性和引領潮流的作用。

註

❶黃凡〈黃凡的頻道·自序〉。

❷黃凡《反對者》。

黃凡著作簡目

林燿德

長篇小說

《天國之門》 台北：時報文化出版公司，一九八三
《傷心城》 台北：自立晚報，一九八三
《反對者》 台北：自立晚報，一九八五
《解謎人》 與林燿德合著，台北：希代書版公司，一九八七
《財閥》 台北：希代書版公司，一九九〇
《上帝的耳目》（科幻） 台北：希代書版公司，一九九〇

中篇小說

《零》（科幻） 台北：聯經出版事業公司，一九八二
《慈悲的滋味》 台北：聯經出版事業公司，一九八三

小說集

《賴索》台北：時報文化出版公司，一九八〇
《大時代》台北：時報文化出版公司，一九八一
《自由鬥士》台北：前衛出版社，一九八三
《上帝們》（科幻）台北：知識系統出版社，一九八五
《曼娜舞蹈教室》台北：聯合文學出版社，一九八七
《都市生活》a 台北：何永成，一九八七
《都市生活》b 台北：希代書版公司，一九八八
《你只能活兩次》台北：希代書版公司，一九八九
《冰淇淋》台北：希代書版公司，一九九一
《黃凡集》台北：前衛出版社，一九九二

雜文／散文

《黃凡的頻道》台北：時報文化出版公司，一九八〇
《黃凡專欄》台北：蘭亭出版社，一九八三
《我批判》台北：何永怡，一九八六
《東區連環泡》台北：希代書版公司，一九八九

叢書總目錄

郵撥九折，帳號：17623526聯合文學出版社有限公司
《聯合文學》雜誌訂戶八五折。掛號每件另加14元
本書目所列定價如與版權頁有異，以各書版權頁定價為準

A001	人生歌王	王禎和著	140元
A002	刺繡的歌謠	鄭愁予著	100元
A003	開放的耳語	瘂弦主編	110元
A004	沈從文自傳	沈從文著	180元
A005	夏志清文學評論集	夏志清著	130元
A006	如何測量水溝的寬度	瘂弦主編	130元
A010	烟花印象	袁則難著	110元
A011	呼蘭河傳	蕭　紅著	130元
A012	曼娜舞蹈教室	黃　凡著	110元
A015	因風飛過薔薇	潘雨桐著	130元
A017	春秋茶室	吳錦發著	180元
A018	文學・政治・知識分子	邵玉銘 著	100元
A019	並不很久以前	張　讓著	140元
A020	書和影	王文興著	130元
A021	憐蛾不點燈	許台英著	160元
A022	傅雷家書	傅　雷著	220元
A023	茱萸集	汪曾祺著	260元
A024	今生緣	袁瓊瓊著	300元
A025	陰陽大裂變	蘇曉康著	140元
A028	追尋	高大鵬著	130元
A029	給我老爺買魚竿	高行健著	130元
A031	獵	張寧靜著	120元
A032	指點天涯	施叔青著	120元
A033	昨夜星辰	潘雨桐著	130元
A034	脫軌	李若男著	120元
A035	她們在多年以後的夜裡相遇	管　設著	120元
A036	掌上小札	蘇偉貞等著	100元
A037	工作外的觸覺	孫運璿等著	140元
A038	沒卵頭家	王湘琦著	140元
A039	喜福會	譚恩美著	160元
A041	變心的故事	陳曉林等著	110元
A043	影子與高跟鞋	黃秋芳著	120元
A044	不夜城市手記	蔡詩萍著	180元

A045	紅色印象	林　翎著	120元
A046	世人只有一隻眼	凌　拂著	120元
A048	高砂百合	林燿德著	180元
A049	我要去當國王	履　彊著	120元
A050	黑夜裡不斷抽長的犬齒	梁寒衣著	120元
A051	鬼的狂歡	邱妙津著	150元
A052	如花初綻的容顏	張啟疆著	100元
A053	鼠咀集——世紀末在美國	喬志高著	250元
A054	心情兩紀年	阿　盛著	140元
A055	海東青	李永平著	500元
A056	三十男人手記	蔡詩萍著	120元
A057	京都會館內褲失竊事件	朱　衣著	120元
A058	我愛張愛玲	林裕翼著	120元
A059	袋鼠男人	李　黎著	140元
A060	紅顏	楊　照著	120元
A062	教授的底牌	鄭明娳著	130元
A068	少年大頭春的生活週記	大頭春著	120元
A069	我們在這裡分手	吳　鳴著	130元
A070	家鄉的女人	梅　新著	110元
A072	紅字團	駱以軍著	130元
A073	秋天的婚禮	師瓊瑜著	120元
A074	大車拚	王禎和著	150元
A075	原稿紙	小　魚著	200元
A076	迷宮零件	林燿德著	130元
A077	紅塵裡的黑尊	陳　衡著	140元
A078	高陽小說研究	張寶琴主編	120元
A079	森林	蓬　草著	140元
A080	我妹妹	大頭春著	130元
A081	小說、小說家和他的太太	張啟疆著	140元
A082	維多利亞俱樂部	施叔青著	130元
A083	兒女們	履　彊著	140元
A084	典範的追求	陳芳明著	250元
A085	浮世書簡	李　黎著	200元
A086	暗巷迷夜	楊　照著	140元
A087	往事追憶錄	楊　照著	130元
A088	星星的末裔	楊　照著	150元
A089	無可原諒的告白	裴在美著	140元

A090	唐吉訶德與老和尚	粟　耘著	140元
A091	佛佑茶腹鳾	粟　耘著	160元
A092	春風有情	履　彊著	130元
A093	沒人寫信給上校	張大春著	250元
A094	舊金山下雨了	王文華著	140元
A095	公主徹夜未眠	成英姝著	160元
A096	地上歲月	陳　列著	120元
A097	地藏菩薩本願寺	東　年著	120元
A098	四十年來中國文學	邵玉銘等編	500元
A099	群山淡景	石黑一雄著	140元
A100	性別越界	張小虹著	180元
A101	行道天涯	平　路著	180元
A102	花叢腹語	蔡珠兒著	180元
A103	簡單的地址	黃寶蓮著	160元
A104	在海德堡墜入情網	龍應台著	180元
A105	文化採光	黃光男著	160元
A106	文學的原像	楊　照著	180元
A107	日本電影風貌	舒　明著	300元
A109	夢書	蘇偉貞著	160元
A110	大東區	林燿德著	180元
A111	男人背叛	苦　苓著	160元
A112	呂赫若小說全集	呂赫若著	500元
A113	去年冬天	東　年著	150元
A114	寂寞的群眾	邱妙津 著	150元
A115	傲慢與偏見	蕭　蔓著	170元
A116	頑皮家族	張貴興著	160元
A117	安卓珍尼	董啟章著	180元
A118	我是這樣說的	東　年著	150元
A119	撒謊的信徒	張大春著	230元
A120	蒙馬特遺書	邱妙津著	180元
A121	飲食男	盧非易著	180元
A122	迷路的詩	楊　照著	200元
A123	小五的時代	張國立著	180元
A124	夜間飛行	劉叔慧著	170元
A126	野孩子	大頭春著	180元
A127	晴天筆記	李　黎著	180元
A128	自戀女人	張小虹著	180元

A129	慾望新地圖	張小虹著	280元
A130	姐妹書	蔡素芬著	180元
A131	旅行的雲	林文義著	180元
A132	康特的難題	翟若適著	250元
A133	散步到他方	賴香吟著	150元
A134	舊時相識	黃光男著	150元
A135	島嶼獨白	蔣　勳著	180元
A136	鋼鐵蝴蝶	林燿德著	250元
A137	導盲者	張啟疆著	160元
A138	老天使俱樂部	顏忠賢著	190元
A139	冷海情深	夏曼・藍波安著	180元
A140	人類不宜飛行	成英姝著	180元
A141	夜夜要喝長島冰茶的女人	朱國珍著	180元
A142	地圖集	董啟章著	180元
A143	更衣室的女人	章　緣著	200元
A144	私人放映室	成英姝著	180元
A145	燦爛的星空	馬　森著	300元
A146	呂赫若作品研究	陳映真等著	300元
A147	Café Monday	楊　照著	180元
A148	我的靈魂感到巨大的餓	陳玉慧著	180元
A149	誰是老大？	龐　德著	199元
A150	履歷表	梅　新著	150元
A151	在山上演奏的星子們	林裕翼著	180元
A152	失蹤的太平洋三號	東　年著	240元
A153	百齡箋	平　路著	180元
A154	紅塵五注	平　路著	180元
A155	女人權力	平　路著	180元
A156	愛情女人	平　路著	180元
A157	小說稗類	張大春著	180元
A159	黃凡小說精選集	黃　凡著	280元
A160	好女孩不做	成英姝著	180元

當代觀典系列

F001	文學不安	張大春著	180元
F002	愛與解構	廖咸浩著	180元
F003	騷動島嶼的論述反抗	蔡詩萍著	180元
F004	台灣文化的邊緣戰鬥	王浩威著	180元
F005	文學、社會與歷史想像	楊　照著	180元

《聯合文學》 黃凡小說精選集 書友卡

感謝您購買本書，這一小張回函，是專為您、作者及本社搭建的橋樑，我們將參考您的意見，出版更多的好書，並提供您相關的書訊、活動以及優惠特價。

姓名：＿＿＿＿＿＿＿＿＿＿

地址：＿＿＿＿＿＿＿＿＿＿＿＿＿＿＿＿＿＿＿＿

電話：＿＿＿＿＿＿＿＿＿＿ 職業：＿＿＿＿＿＿＿

出生：民國＿＿年＿＿月＿＿日 性別：＿＿＿＿＿

學歷：＿＿＿＿＿＿＿＿＿＿＿＿＿＿＿＿＿＿＿＿

您得知本書的 方法

□報紙、雜誌報導 □報紙廣告 □電台 □傳單 □聯合文學雜誌

□逛書店 □親友介紹 □其它＿＿＿＿＿＿＿＿＿＿

購買本書的方式

□＿＿＿＿＿市(縣)＿＿＿＿＿書局 □劃撥 □贈送

□展覽、演講活動，名稱＿＿＿＿＿＿＿＿＿其他

對於本書的意見(請填代號 ❶滿意 ❷尚可 ❸再改進 請提供建議)

內容＿＿ 封面＿＿ 編排＿＿ 其它＿＿＿＿＿＿＿＿

綜合建議＿＿＿＿＿＿＿＿＿＿＿＿＿＿＿＿＿＿＿＿

您對本社叢書

□經常買 □偶而選購 □初次購買

您是聯合文學雜誌

□訂戶 □曾是訂戶 □零售選購讀者 □一般讀者 非讀者

購買時間 年 月 日

打開它

就進入文學的殿堂

來自心底的聲音

一段故事，幾句感懷

或者

滿腹牢騷

文學

與我們如此親近

聯合文學雜誌社 服務專線：(02)27666759

廣告回郵
北區郵政管理局登
記證北台字7476號
免貼郵票

聯合文學出版社有限公司
台北市基隆路一段180號10樓
服務專線：(02) 27666759

請填妥後對折裝訂，直接投郵即可，免貼郵票。

聯合文叢 137

黃凡小說精選集

作　　者／黃　凡
發 行 人／張寶琴

總 編 輯／初安民
主　　編／江一鯉
編　　輯／余淑宜
美術編輯／戴榮芝
校　　對／呂佳真 黃雅芬

出 版 者／聯合文學出版社有限公司
地　　址／台北市基隆路一段180號10樓
電　　話／27666759．27634300轉5107
郵撥帳號／17623526聯合文學出版社有限公司
登 記 證／行政院新聞局局版臺業字第6109號

印 刷 廠／世和印製企業有限公司
總 經 銷／聯經出版事業公司
地　　址／台北縣汐止鎮大同路一段367號三樓
電　　話／（02）26422629

出版日期／1998年3月 初版
定　　價／280元

版權所有©翻版必究
《本書如有缺頁、破損、裝幀錯誤、請寄回調換》

ISBN 957-522-193-1

Printed in Taiwan

國家圖書館出版品預行編目資料

黃凡小說精選集／黃凡著. -- 初版. -- 臺北市：
聯合文學. 1998〔民87〕
面： 公分. --（聯合文叢；137）
ISBN 957-522-193-1（平裝）

857.63　　　　87002050